高等职业教育课程改革示范教材

经济数学基础

第二版

主　编　周　晓

编写人员　戴志娟　周玉平　吕企刚
　　　　　许乃武　姚星桃

南京大学出版社

内容简介

本书是遵照教育部"高职高专教育经济数学基础课程教学基本要求"编写的,也是作者从事高职院校高等数学教学改革课题研究的成果之一,主要内容包括函数、极限与连续,一元函数的导数和微分,微分中值定理和导数的应用,一元函数积分学,线性代数初步,概率论与数理统计。本书可作为高职院校经管类各专业的经济数学教材,参考学时为 100 学时。

图书在版编目(CIP)数据

经济数学基础 / 周晓主编;戴志娟等编写. —2 版.
—南京:南京大学出版社,2011.9
高等职业教育课程改革示范教材
ISBN 978 - 7 - 305 - 04761 - 9

Ⅰ. ①经… Ⅱ. ①周… ②戴… Ⅲ. ①经济数学—
高等职业教育—教材 Ⅳ. ①F224.0

中国版本图书馆 CIP 数据核字(2011)第 163312 号

出版发行	南京大学出版社
社　　址	南京市汉口路 22 号　　　邮编　210093
网　　址	http://www. NjupCo. com
出版人	左　健
丛书名	高等职业教育课程改革示范教材
书　　名	经济数学基础(第二版)
主　　编	周　晓
责任编辑	吴　华　　　　　编辑热线　025 - 83596997
照　　排	南京玄武湖印刷实业有限公司
印　　刷	丹阳市兴华印刷厂
开　　本	787×1 092　1/16　印张 11.25　字数 278 千
版　　次	2011 年 9 月第 2 版　2011 年 9 月第 1 次印刷
印　　数	1～3000
ISBN	978 - 7 - 305 - 04761 - 9
定　　价	22.00 元

发行热线　025 - 83594756
电子邮箱　Press@NjupCo. com
　　　　　Sales@NjupCo. com(市场部)

前　言

　　经济数学是高职院校经管类各专业十分重要的基础课程。在高等职业教育快速发展的今天,基础课程的教学如何打破传统的教学内容和教学方法,使之适应高等职业教育的特点,充分体现"以应用为目的,以必需够用为度"的原则,是一个值得研究和实践的课题。我们结合多年从事经济数学教学的实践,广泛吸收各高职院校经济数学教学改革的经验和成果,在充分调查研究、深入分析的基础上,组织一线教师编写了这本教材。

　　这本教材的编写,主要体现了如下特点:

　　(1) 在保证数学原有的系统性和科学性的基础上,对传统的经济数学教学内容作了删减和整合,既满足了经管类各专业对高等数学的需求,也有效地缓解了高职院校基础课教学课时少与内容多的矛盾。

　　(2) 充分考虑高职院校学生的特点,在保证学生掌握所需的基本思想、基本方法和基本技能的同时,恰当把握教学内容的深度和广度,不过分追求理论的严密性,力求内容深入浅出、通俗易懂,便于教,也便于学。

　　(3) 注重经济实例的引用,从数学概念的引入到数学知识、数学方法的应用,经济实例贯穿各章的始终,有助于培养学生应用数学解决实际问题的意识和能力。

　　本书的编写、出版得到了扬州职业大学领导和南京大学出版社的大力支持和帮助,在此一并表示衷心的感谢。

　　由于编者水平有限,编写的时间仓促,书中不妥之处在所难免,恳请专家、同行和读者批评指正。

编　者

2011 年 6 月

目　　录

第1章　函数　极限　连续 …………………………………………… 1

§1.1　函　数 ……………………………………………………… 1

§1.2　极　限 ……………………………………………………… 10

§1.3　极限的性质与运算 ………………………………………… 14

§1.4　两个重要极限 ……………………………………………… 16

§1.5　无穷大量与无穷小量 ……………………………………… 19

§1.6　函数的连续性 ……………………………………………… 23

第2章　一元函数的导数和微分 …………………………………… 30

§2.1　导数的概念 ………………………………………………… 30

§2.2　导数的求法 ………………………………………………… 33

§2.3　微　分 ……………………………………………………… 39

第3章　微分中值定理和导数的应用 ……………………………… 44

§3.1　微分中值定理 ……………………………………………… 44

§3.2　洛必达法则 ………………………………………………… 45

§3.3　函数的单调性 ……………………………………………… 48

§3.4　函数的极值和最值 ………………………………………… 49

§3.5　曲线的凹凸性和拐点 ……………………………………… 52

§3.6　函数的渐近线 ……………………………………………… 54

§3.7　导数在经济上的应用 ……………………………………… 55

第4章　一元函数积分学 …………………………………………… 59

§4.1　不定积分的概念及其性质 ………………………………… 59

§4.2　不定积分的换元积分法 …………………………………… 63

§4.3　不定积分的分部积分法 …………………………………… 69

§4.4　简单的微分方程 …………………………………………… 71

§4.5　定　积　分 ………………………………………………… 80

第 5 章　线性代数初步 ································· 99

　§5.1　行　列　式 ································· 99

　§5.2　矩　阵 ································· 107

　§5.3　线性方程组 ································· 119

第 6 章　概率论与数理统计 ································· 127

　§6.1　随机事件与概率 ································· 127

　§6.2　随机变量及其分布 ································· 131

　§6.3　随机变量的数字特征 ································· 139

　§6.4　统计量及其抽样分布 ································· 143

　§6.5　参数估计 ································· 146

　§6.6　假设检验 ································· 149

　§6.7　一元线性回归分析 ································· 153

附表 1　泊松分布表 ································· 158

附表 2　标准正态分布表 ································· 159

附表 3　χ^2 分布表 ································· 160

附表 4　t 分布表 ································· 161

附表 5　相关系数临界值表 ································· 162

参考答案 ································· 163

参考文献 ································· 174

第1章 函数 极限 连续

函数是高等数学中最重要的基本概念之一,也是微积分学研究的主要对象;极限是微积分学研究的基本工具,贯穿高等数学的始终;连续则是函数的一个重要性态.本章将介绍函数、极限与连续的基本概念以及它们的一些主要性质.

§1.1 函 数

1.1.1 函数的概念

一、函数的定义

在研究某一自然现象或实际问题的过程中,总会发现问题中的变量并不都是独立变化的,它们之间往往存在着一定的依存关系.我们先看下面的例子.

【例1-1】 某工厂每年最多生产某产品 200 吨,固定成本为 16 万元,每生产 1 吨产品,成本增加 0.8 万元,则每年产品的总成本 C 与年产量 x 的关系可由公式

$$C = 16 + 0.8x, \quad 0 \leqslant x \leqslant 200$$

确定.当 x 取 0 到 200 之间的任何一个值时,由上式可确定唯一的 C 值与之对应.变量 x 与 C 之间的这种对应关系,就是函数概念的实质.

定义 1-1 设某变化过程中有两个变量 x 和 y,如果当变量 x 在其变化范围内任取一个值时,变量 y 按照一定的对应法则,有唯一确定的值与它对应,则称 y 是关于 x 的函数,记作 $y = f(x)$,其中 x 叫做自变量,y 叫做因变量.自变量 x 的取值范围称为函数的定义域,y 的对应值称为函数值,全体函数值的集合称为函数的值域.当变量 x 在定义域内取某一值 x_0 时,函数 y 的对应值记为 $f(x_0)$ 或 $y|_{x=x_0}$.

【例1-2】 已知 $f(x) = x^2 - 3x + 2$,求 $f(1), f(-x), f(x+1)$.

解 $f(1) = 1^2 - 3 \times 1 + 2 = 0$;

$f(-x) = (-x)^2 - 3 \cdot (-x) + 2 = x^2 + 3x + 2$;

$f(x+1) = (x+1)^2 - 3 \cdot (x+1) + 2 = x^2 - x$.

函数的定义域与对应法则是函数的两个要素,给定函数就要指出函数的定义域和对应法则.如果两个函数的定义域相同,对应法则也相同,那么它们就是相同的函数,否则就是不同的函数.

在实际问题中,函数的定义域是根据问题的实际意义确定的.若不考虑函数的实际意义,而抽象地研究函数,则规定函数的定义域是使其表达式有意义的一切实数值.

通常求函数的定义域主要依据是:

(1) 分式函数的分母不能为零;

(2) 偶次根式的被开方式必须大于或等于零;

(3) 对数函数的真数必须大于零;

(4) 三角函数与反三角函数要符合其定义;

(5) 如果函数表达式中含有上述几种函数,则应取各部分定义域的交集.

【例 1-3】 判断函数 $f(x) = \lg x^2$ 与函数 $g(x) = 2\lg x$ 是否表示同一个函数?

解 $f(x)$ 的定义域是 $x \neq 0$ 的一切实数;$g(x)$ 的定义域是 $(0, +\infty)$. 由于 $f(x)$ 与 $g(x)$ 的定义域不同,故 $f(x)$ 与 $g(x)$ 表示的不是同一个函数.

【例 1-4】 求下列函数的定义域.

(1) $f(x) = \dfrac{1}{x^2 - 2x} + \sqrt{3 - x}$;

(2) $f(x) = \lg(x + 1) + \arcsin(x + 1)$;

(3) $f(x) = \sqrt{\lg(x^2 - 2x - 2)}$.

解 (1) 由 $\begin{cases} x^2 - 2x \neq 0 \\ 3 - x \geq 0 \end{cases}$ 得函数的定义域为 $(-\infty, 0) \cup (0, 2) \cup (2, 3]$;

(2) 由 $\begin{cases} x + 1 > 0 \\ |x + 1| \leq 1 \end{cases}$ 得函数的定义域为 $(-1, 0]$;

(3) 由 $\begin{cases} x^2 - 2x - 2 > 0 \\ \lg(x^2 - 2x - 2) \geq 0 \end{cases}$ 得函数的定义域为 $(-\infty, -1] \cup [3, +\infty)$.

定义 1-1 规定了对于定义域内任一自变量的值,函数只有一个确定的值和它对应,这种函数叫做单值函数,否则就叫做多值函数.本书所讨论的函数,如果没有特别指出,均指单值函数.

二、函数的表示

函数的表示方法通常有解析法、列表法和图示法三种.

利用解析法表示函数时,一般用一个解析式表示一个函数.但有时需要用几个解析式表示一个函数,即对于自变量不同的取值范围,函数采用不同的解析式,这种函数叫做分段函数.

【例 1-5】 火车站收取行李费的规定如下:当行李不超过 50 千克时,按基本运费计算,从上海到某地每千克收 0.20 元.当超过 50 千克时,超重部分按每千克 0.30 元收费.试求从上海到该地的行李费 y(元)与行李重量 x(千克)之间的函数关系式.

解 当 $x \in [0, 50]$ 时,$y = 0.2x$;当 $x \in (50, +\infty)$ 时,$y = 0.2 \times 50 + 0.3(x - 50) = 0.3x - 5$. 故所求函数为

$$y = \begin{cases} 0.2x & 0 \leq x \leq 50 \\ 0.3x - 5 & x > 50 \end{cases}.$$

> **注意** (1) 分段函数是用几个解析式表示一个函数,而不是表示几个函数.
>
> (2) 分段函数的定义域是各段自变量取值集合的并集.

【例 1-6】 设有分段函数 $f(x) = \begin{cases} x-1 & -1 < x \leqslant 0 \\ x^2 & 0 < x \leqslant 1 \\ 3-x & 1 < x \leqslant 2 \end{cases}$.

(1) 求此函数的定义域;(2) 求 $f\left(-\dfrac{1}{2}\right)$, $f\left(\dfrac{1}{2}\right)$, $f\left(\dfrac{3}{2}\right)$ 的值.

解 (1) 函数的定义域为 $(-1, 2]$;

(2) $f\left(-\dfrac{1}{2}\right) = -\dfrac{3}{2}$, $f\left(\dfrac{1}{2}\right) = \dfrac{1}{4}$, $f\left(\dfrac{3}{2}\right) = \dfrac{3}{2}$.

1.1.2 函数的几种特性

一、单调性

定义 1-2 设函数 $y = f(x)$ 定义在区间 (a, b) 内,如果对于 (a, b) 内的任意两点 x_1, x_2,当 $x_1 < x_2$ 时,都有

$$f(x_1) < f(x_2) \quad (或 \; f(x_1) > f(x_2))$$

成立,则称函数 $y = f(x)$ 在区间 (a, b) 内单调增加(或单调减少),而称区间 (a, b) 为单调增加(或单调减少)区间.

在单调增区间内,函数图像随着 x 的增大而上升,如图 1-1 所示;在单调减区间内,函数图像随着 x 的增大而下降,如图 1-2 所示.

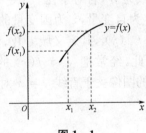
图 1-1

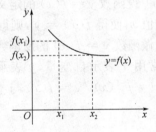
图 1-2

例如,函数 $y = x^2$ 在区间 $(0, +\infty)$ 内是单调增加的,在区间 $(-\infty, 0)$ 内是单调减少的,在区间 $(-\infty, +\infty)$ 内函数 $y = x^2$ 不是单调函数.

二、奇偶性

定义 1-3 设函数 $y = f(x)$ 定义在区间 $(-a, a)$ $(a > 0)$ 内,如果对于任一 $x \in (-a, a)$,都有 $f(-x) = -f(x)$ 成立,则称函数 $y = f(x)$ 在区间 $(-a, a)$ 内是奇函数;如果对于任一 $x \in (-a, a)$,都有 $f(-x) = f(x)$ 成立,则称函数 $y = f(x)$ 在区间 $(-a, a)$ 内是偶函数.

奇函数的图像关于原点对称,如图 1-3 所示;偶函数的图像关于 y 轴对称,如图 1-4 所示.

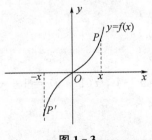
图 1-3

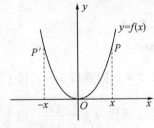
图 1-4

例如，$y = x^3$ 在区间 $(-\infty, +\infty)$ 内是奇函数，$y = x^4 + 1$ 在区间 $(-\infty, +\infty)$ 内是偶函数. 有的函数既不是奇函数，也不是偶函数，如 $y = \sin x + \cos x$ 在区间 $(-\infty, +\infty)$ 内是非奇非偶函数.

三、周期性

定义 1-4 对于函数 $y = f(x)$，如果存在一个常数 $T(T \neq 0)$，使得对于在其定义域内的所有 x，都有 $f(x + T) = f(x)$ 成立，则称 $y = f(x)$ 是周期函数，而称 T 为函数的周期. 周期函数的周期通常是指它的最小正周期.

例如，函数 $y = \sin x$ 和 $y = \cos x$ 都是以 2π 为周期的周期函数；函数 $y = \tan x$ 和 $y = \cot x$ 都是以 π 为周期的周期函数.

四、有界性

定义 1-5 对于定义在区间 (a,b) 内的函数 $y = f(x)$，如果存在一个正数 M，使得对于 (a,b) 内的所有 x，都有 $|f(x)| \leqslant M$ 成立，则称函数 $y = f(x)$ 在 (a,b) 内是有界的. 如果这样的 M 不存在，则称 $y = f(x)$ 在 (a,b) 内是无界的.

例如，函数 $y = \dfrac{1}{x}$ 在区间 $(0,1)$ 内无界，但在区间 $(1,2)$ 内有界.

1.1.3 反函数

定义 1-6 设函数 $y = f(x)$ 的定义域为 D，值域为 W，若对于任一 $y \in W$，在 D 中都有唯一确定的值 x，使得 $f(x) = y$，则得到一个以 y 为自变量，x 为因变量的新的函数，这个新的函数叫做函数 $y = f(x)$ 的反函数，记作 $x = f^{-1}(y)$，其定义域为 W，值域为 D.

习惯上，常用 x 表示自变量，y 表示因变量，因此，经常把 $y = f(x)$ 的反函数 $x = f^{-1}(y)$ 记作 $y = f^{-1}(x)$. $y = f(x)$ 与 $y = f^{-1}(x)$ 的图像关于直线 $y = x$ 对称，如图 1-5 所示.

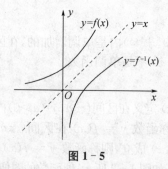

图 1-5

【例 1-7】 求下列函数的反函数.

(1) $y = \dfrac{x-1}{x+1}$；

(2) $y = 10^{x+2}$.

解 (1) 等式两边同乘以 $x+1$，得 $(x+1)y = x-1$，$x(1-y) = 1+y$，$x = \dfrac{1+y}{1-y}$，故 $y = \dfrac{x-1}{x+1}$ 的反函数为 $y = \dfrac{1+x}{1-x}(x \neq 1)$.

（2）等式两边同时取以 10 为底的对数，得 $x+2=\lg y$，$x=\lg y-2$，故 $y=10^{x+2}$ 的反函数为 $y=\lg x-2(x>0)$.

1.1.4 初等函数

一、基本初等函数

常值函数　　$y=C$　（C 为常数）；

幂函数　　$y=x^{\mu}$　（μ 为常数）；

指数函数　　$y=a^{x}$　（$a>0,a\neq1$，a 为常数）；

对数函数　　$y=\log_{a}x$　（$a>0,a\neq1$，a 为常数）；

三角函数　　$y=\sin x,y=\cos x,y=\tan x,y=\cot x,y=\sec x,y=\csc x$；

反三角函数　　$y=\arcsin x,y=\arccos x,y=\arctan x,y=\operatorname{arccot}x$.

以上六类函数统称为基本初等函数，常用的基本初等函数的定义域、值域、图像和性质见表 1-1.

表 1-1　基本初等函数的主要性质

函数	解析式	定义域和值域	图　　像	主 要 特 性
常值函数	$y=C$	$x\in(-\infty,+\infty)$		
幂函数	$y=x^{\alpha}$ $(\alpha\in\mathbb{R})$	依 α 不同而异，但在 $(0,+\infty)$ 内都有定义		在第一象限内：当 $\alpha>0$ 时，x^{α} 单调增；当 $\alpha<0$ 时，x^{α} 单调减
指数函数	$y=a^{x}(a>0$ 且 $a\neq1)$	$x\in(-\infty,+\infty)$ $y\in(0,+\infty)$		过点 $(0,1)$；当 $0<a<1$ 时，a^{x} 单调减；当 $a>1$ 时，a^{x} 单调增
对数函数	$y=\log_{a}x$ $(a>0$ 且 $a\neq1)$	$x\in(0,+\infty)$ $y\in(-\infty,+\infty)$		过点 $(1,0)$；当 $0<a<1$ 时，$\log_{a}x$ 单调减；当 $a>1$ 时，$\log_{a}x$ 单调增

(续表)

名称	解析式	定义域和值域	图　像	主　要　特　性
三角函数	$y = \sin x$	$x \in (-\infty, +\infty)$ $y \in [-1, +1]$		奇函数,周期 2π,有界;在 $\left[2k\pi - \dfrac{\pi}{2}, 2k\pi + \dfrac{\pi}{2}\right]$ 单调增;在 $\left[2k\pi + \dfrac{\pi}{2}, 2k\pi + \dfrac{3\pi}{2}\right]$ 单调减 $(k \in \mathbb{Z})$
	$y = \cos x$	$x \in (-\infty, +\infty)$ $y \in [-1, +1]$		偶函数,周期 2π,有界;在 $[2k\pi - \pi, 2k\pi]$ 单调增;在 $[2k\pi, 2k\pi + \pi]$ 单调减 $(k \in \mathbb{Z})$
	$y = \tan x$	$x \neq k\pi + \dfrac{\pi}{2}$ $(k \in \mathbb{Z})$ $y \in (-\infty, +\infty)$		奇函数,周期 π,在 $\left(k\pi - \dfrac{\pi}{2}, k\pi + \dfrac{\pi}{2}\right)$ 单调增 $(k \in \mathbb{Z})$
	$y = \cot x$	$x \neq k\pi$ $(k \in \mathbb{Z})$ $y \in (-\infty, +\infty)$		奇函数,周期 π,在 $(k\pi, k\pi + \pi)$ 单调减 $(k \in \mathbb{Z})$
反三角函数	$y = \arcsin x$	$x \in [-1, 1]$ $y \in \left[-\dfrac{\pi}{2}, \dfrac{\pi}{2}\right]$		奇函数,单调增,有界
	$y = \arccos x$	$x \in [-1, 1]$ $y \in [0, \pi]$		单调减,有界

（续表）

名称	解析式	定义域和值域	图　像	主 要 特 性
反三角函数	$y=\arctan x$	$x\in(-\infty,+\infty)$ $y\in\left(-\dfrac{\pi}{2},\dfrac{\pi}{2}\right)$		奇函数,单调增,有界
	$y=\text{arccot}x$	$x\in(-\infty,+\infty)$ $y\in(0,\pi)$		单调减,有界

二、复合函数

定义 1-7　设 $y=f(u)$，而 $u=\varphi(x)$，且函数 $u=\varphi(x)$ 的值域部分或全部包含在函数 $y=f(u)$ 的定义域内,那么 y 通过 u 的联系也是 x 的函数.我们称这样的函数是由 $y=f(u)$ 及 $u=\varphi(x)$ 复合而成的函数,简称复合函数,记作 $y=f[\varphi(x)]$,其中 u 叫做中间变量.

例如,设有函数 $y=\cos u$，$u=\sqrt{x}$. 由于 $u=\sqrt{x}$ 的值域 $[0,+\infty)$ 包含在 $y=\cos u$ 的定义域 $(-\infty,+\infty)$ 内,于是函数 $y=\cos u$ 与 $u=\sqrt{x}$ 构成了复合函数 $y=\cos\sqrt{x}$. 而对于函数 $y=\arcsin u$ 和 $u=x^2+2$,由于 $u=x^2+2$ 的值域 $[2,+\infty)$ 不包含在 $y=\arcsin u$ 的定义域 $[-1,1]$ 内,于是函数 $y=\arcsin u$ 与 $u=x^2+2$ 不能构成复合函数.

复合函数不仅可以由两个函数复合而成,也可以由更多个函数复合而成.例如,由函数 $y=u^2,u=\cos v,v=x^2+1$ 复合成函数 $y=\cos^2(x^2+1)$；由函数 $y=a^u,u=v^3$，$v=\sin w,w=\dfrac{1}{x}$ 复合成函数 $y=a^{\sin^3\frac{1}{x}}$.

对于复合函数,必须弄清两个问题,那就是"复合"和"分解".所谓"复合",就是把几个作为中间变量的函数复合成一个函数,也就是把中间变量依次代入的过程;所谓"分解",就是把一个复合函数分解为几个简单函数,简单函数是指基本初等函数或是由基本初等函数与常数经过四则运算所得到的函数.

【例 1-8】　下列函数是由哪些简单函数复合而成的?

(1) $y=e^{-x^2}$；　　　　(2) $y=\lg\sqrt{1+x^2}$.

解　(1) $y=e^{-x^2}$ 是由 $y=e^u$ 和 $u=-x^2$ 复合而成的;

(2) $y=\lg\sqrt{1+x^2}$ 是由 $y=\lg u$，$u=\sqrt{v}$ 和 $v=1+x^2$ 复合而成的.

三、初等函数

定义 1-8　由基本初等函数经过有限次的四则运算和有限次的复合所构成的函数统称为初等函数.例如,例 1-8 中的函数都是初等函数.

1.1.5　常用的经济函数

一、需求函数与供给函数

1. 需求函数

市场上某种商品的需求量除与商品的价格有关外,还受其他许多因素的影响,如消费者的收入、代用商品的价格、消费者的人数等,这些因素是厂商无法控制的,且在一段时间内不会有太大变化,因此我们假定消费者的收入、代用商品的价格、消费者的人数等都是常量. 这样,商品的需求量 Q_d 就是价格 p 的函数,称为需求函数,记为 $Q_d = f(p)$. 通常 Q_d 是 p 的减函数.

常见的需求函数模型有:线性需求函数 $Q_d = a - bp(a > 0, b > 0, p > 0)$;双曲线需求函数 $Q_d = \dfrac{a}{p+c} - b(a > 0, b > 0, c > 0)$;指数需求函数 $Q_d = Ae^{-bp}(A \geqslant 0, b \geqslant 0, p \geqslant 0)$.

2. 供给函数

某商品由于价格不同,生产此种商品的厂商对市场提供的总供给量(简称商品的供给量)将不同,商品的供给量 Q_s 也是价格 p 的函数,称为供给函数,记为 $Q_s = \varphi(p)$. 通常 Q_s 是 p 的增函数.

常见的供给函数有线性供给函数 $Q_s = -c + dp(c > 0, d > 0)$,还有幂函数、指数函数.

二、成本函数、收益函数和利润函数

1. 成本函数 $C(q)$

一种产品的成本可以分为两部分:固定成本 C_0 和变动成本 C_1. 总成本就是固定成本加上变动成本,即

$$C(q) = C_0 + C_1 = C_0 + cq.$$

其中,q 为产量,c 为单位产品的变动成本.

总成本不能说明企业生产的好坏,因此常常用到平均成本的概念:

$$\overline{C} = A(q) = \frac{C(q)}{q} = \frac{固定成本 + 变动成本}{产量}.$$

2. 收益函数 $R(q)$

$$R(q) = pq = qp(q).$$

其中,$p(q)$ 是价格 p 与产量 q 之间的函数关系.

3. 利润函数 $L(q)$

$$L(q) = R(q) - C(q).$$

$L(q) > 0$ 盈利,$L(q) < 0$ 亏损,$L(q) = 0$ 盈亏平衡. 满足 $L(q) = 0$ 的 q_0 称为盈亏平衡点(又称保本点).

【例 1-9】 已知某厂生产某种产品的成本函数为 $C(q) = 500 + 2q$ (元),其中 q 为该产品的产量,如果该产品的售价定为每件 6 元,试求:

(1) 生产 200 件该产品时的利润;

（2）求生产该产品的盈亏平衡点.

解 （1）由题意可知，$C(q) = 500 + 2q$（元），$R(q) = 6q$. 因此，利润函数为

$$L(q) = R(q) - C(q) = 6q - (500 + 2q) = 4q - 500（元）.$$

故生产 200 件该产品时的利润为 $L(200) = 4 \times 200 - 500 = 300$（元）.

（2）由 $L(q) = 0$ 得 $4q - 500 = 0$，解得 $q = 125$（件），即盈亏平衡点为 125 件.

习题 1.1

1. 下列各题中的函数是否表示同一个函数？为什么？

（1）$f(x) = \dfrac{x}{x}$，$g(x) = 1$；

（2）$f(x) = |x|$，$g(x) = \sqrt{x^2}$；

（3）$f(x) = \ln 2x$，$g(x) = \ln 2 \cdot \ln x$；

（4）$f(x) = \sin^2 x + \cos^2 x$，$g(x) = 1$.

2. 求下列函数的定义域.

（1）$y = \dfrac{5}{x^2 + 1}$；　　　　　　　　（2）$y = \lg(x^2 - 4)$；

（3）$y = \arcsin \dfrac{x-1}{2}$；　　　　　　（4）$y = \sqrt{x+2} + \dfrac{1}{x^2 - 1}$.

3. 已知 $f(x) = \begin{cases} x^2 & 0 \leqslant x < 1 \\ 0 & x = 1 \\ 1 - x & 1 < x \leqslant 2 \end{cases}$，求此函数的定义域，并求 $f(0)$，$f(1)$，$f\left(\dfrac{5}{4}\right)$，$f\left(\dfrac{\pi}{4}\right)$.

4. 已知 $f(x+1) = x^2 - 3x + 2$，求 $f(x)$.

5. 判别下列函数的奇偶性.

（1）$y = x(1+x)(1-x)$；　　　　　　（2）$y = x^4 - 2x^2$；

（3）$y = a^x + a^{-x}(a > 0, a \neq 1)$；　　（4）$y = \ln(x + \sqrt{1 + x^2})$.

6. 求下列函数的反函数.

（1）$y = 2x^3 - 1$；　　　　　　　　　（2）$y = 3^{2x+5}$.

7. 下列函数是由哪几个简单函数复合而成的？

（1）$y = 3^{\sin x}$；　　　　　　　　　（2）$y = \lg \tan 3x$；

（3）$y = \cot \sqrt{2x+1}$；　　　　　　（4）$y = \arccos \lg \sqrt{x}$.

8. 设 $\varphi(x) = x^2$，$\psi(x) = 2^x$，求 $\varphi[\varphi(x)]$，$\varphi[\psi(x)]$，$\psi[\varphi(x)]$，$\psi[\psi(x)]$.

9. 一台机器的价值是 50 万元，如果每年的折旧率为 4.5%（即每年减少它的价值的 4.5%），经过 n 年后机器的价值是 Q 万元，试写出 Q 与 n 的函数关系式.

10. 某厂生产电冰箱，每台售价 1 200 元，生产 1 000 台以内可以全部售出，超过 1 000 台时，经广告宣传后又可以再多售出 500 台，假定支付广告费为 2 500 元，试将电冰箱的销售收入 y 表示成销售量 x 的函数.

§1.2　极　限

1.2.1　数列的极限

定义 1-9　以自然数 n 为自变量的函数 $a_n = f(n)$（称为整标函数），其函数值按自变量 n 由小到大排列成一列数

$$a_1, a_2, a_3, \cdots, a_n, \cdots$$

叫做数列，记为 $\{a_n\}$. 数列中的每一个数叫做数列的项，第 n 项 a_n 叫做数列的通项或一般项.

例如

$$3, 6, 12, 24, \cdots, 3 \cdot 2^{n-1}, \cdots$$

$$\frac{1}{2}, \frac{2}{3}, \frac{3}{4}, \frac{4}{5}, \cdots, \frac{n}{n+1}, \cdots$$

$$1, 2\frac{1}{2}, 1\frac{2}{3}, 2\frac{1}{4}, \cdots, 2 + \frac{(-1)^n}{n}, \cdots$$

$$1, -1, 1, -1, \cdots, (-1)^{n+1}, \cdots$$

都是数列的例子，它们的一般项分别为 $3 \cdot 2^{n-1}$，$\dfrac{n}{n+1}$，$2 + \dfrac{(-1)^n}{n}$，$(-1)^{n+1}$.

观察以下两个数列：

(1) $\{a_n\} = \left\{\dfrac{1}{n}\right\}$，即数列 $1, \dfrac{1}{2}, \dfrac{1}{3}, \cdots, \dfrac{1}{n}, \cdots$

(2) $\{a_n\} = \left\{\dfrac{1 + (-1)^n}{2}\right\}$，即数列 $0, 1, 0, 1, \cdots$

将数列 (1)(2) 的各项分别画在数轴上，如图 1-6 所示. 从图中可以发现，当 n 无限增大时，数列 (1) 的各项呈现出确定的变化趋势，即无限趋近于常数零；而数列 (2) 的各项在 0 和 1 两数之间变动，不趋近于一个确定的常数.

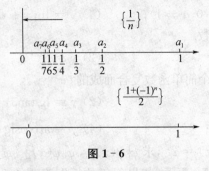

图 1-6

定义 1-10　对于数列 $\{a_n\}$，如果 n 无限增大时，通项 a_n 无限趋近于某个确定的常数 A，则称该数列以 A 为极限，或称数列 $\{a_n\}$ 收敛于 A，记为

$$\lim_{n \to \infty} a_n = A \text{ 或 } a_n \to A (n \to \infty).$$

若数列$\{a_n\}$没有极限,则称该数列发散.

【例 1-10】 观察下列数列的极限.

(1) $\{a_n\} = \{C\}$(C 为常数);

(2) $\{a_n\} = \left\{\dfrac{n}{n+1}\right\}$;

(3) $\{a_n\} = \left\{\dfrac{1}{2^n}\right\}$;

(4) $\{a_n\} = \{(-1)^{n+1}\}$.

解 将数列(1)(2)(3)(4)的各项分别画在数轴上,如图 1-7 所示.

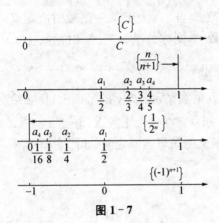

图 1-7

观察数列在 $n \to \infty$ 时的变化趋势,得

(1) $\lim\limits_{n\to\infty} C = C$;

(2) $\lim\limits_{n\to\infty} \dfrac{n}{n+1} = 1$;

(3) $\lim\limits_{n\to\infty} \dfrac{1}{2^n} = 0$;

(4) $\lim\limits_{n\to\infty}(-1)^{n+1}$ 不存在.

如果数列$\{a_n\}$对于每一个正整数 n,都有 $a_n \leqslant a_{n+1}$,则称数列$\{a_n\}$为单调递增数列;如果数列$\{a_n\}$对于每一个正整数 n,都有 $a_n \geqslant a_{n+1}$,则称数列$\{a_n\}$为单调递减数列.

对于数列$\{a_n\}$,如果存在一个正的常数 M,使得对于每一项 a_n,都有 $|a_n| \leqslant M$,则称数列 $\{a_n\}$ 为有界数列.

有界数列与收敛数列有怎样的关系呢? 不加证明地给出下列定理.

定理 1-1 单调有界数列必定收敛.

定理 1-2 收敛数列必定有界.

1.2.2 函数的极限

数列是整标函数,因而数列极限也是一种函数极限,现在我们讨论一般函数的极限.

一、$x \to \infty$ 时函数 $f(x)$ 的极限

当 $x \to \infty$(包括 $x \to +\infty$,$x \to -\infty$)时,观察函数 $y = \dfrac{1}{x}$ 的变化趋势.从图 1-8 容易看出,当 $x \to \infty$ 时,函数 $y = \dfrac{1}{x}$ 趋向于确定的常数 0.

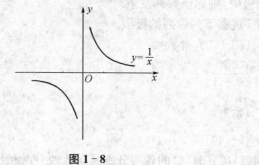

图 1-8

定义 1-11　设函数 $f(x)$ 当 $|x|$ 大于某一正数时有定义. 如果 $|x|$ 无限增大时, 函数 $f(x)$ 无限趋近于确定的常数 A, 则称 A 为 $x \to \infty$ 时函数 $f(x)$ 的极限, 记作

$$\lim_{x \to \infty} f(x) = A \text{ 或 } f(x) \to A (x \to \infty).$$

极限 $\lim\limits_{x \to \infty} f(x) = A$ 的几何意义: 在 xOy 的平面上, 任意给定一个正数 ε, 作两条平行直线 $y = A - \varepsilon$ 和 $y = A + \varepsilon$, 则总存在一个正数 X, 使当 $x < -X$ 或 $x > X$ 时, 函数 $y = f(x)$ 的图形就位于这两条直线所夹的条形区域之间(如图 1-9).

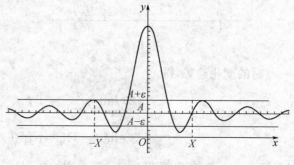

图 1-9

若只当 $x \to +\infty$ (或 $x \to -\infty$) 时, 函数趋近于确定的常数 A, 记为

$$\lim_{x \to +\infty} f(x) = A (\text{或} \lim_{x \to -\infty} f(x) = A).$$

从图 1-10 容易看出, $\lim\limits_{x \to -\infty} e^x = 0$, $\lim\limits_{x \to +\infty} e^{-x} = 0$, $\lim\limits_{x \to +\infty} \arctan x = \dfrac{\pi}{2}$, $\lim\limits_{x \to -\infty} \arctan x = -\dfrac{\pi}{2}$.

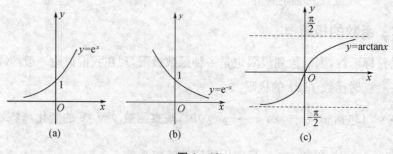

图 1-10

定理 1-3 $\lim\limits_{x\to\infty}f(x)=A$ 的充要条件是 $\lim\limits_{x\to+\infty}f(x)=\lim\limits_{x\to-\infty}f(x)=A$.

二、$x\to x_0$ 时函数 $f(x)$ 的极限

当 $x\to 1$ 时,观察函数 $y=\dfrac{x^2-1}{x-1}$ 的变化趋势. 从图 1-11 容易看出,当 $x\to 1$ 时,$y\to 2$.

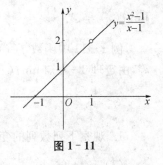

图 1-11

定义 1-12 设函数 $f(x)$ 在 x_0 的附近有定义(在 x_0 处可以无定义),当自变量 x 无限趋近于 x_0 时,函数 $f(x)$ 的值无限趋近于确定的常数 A,则称 A 为 $x\to x_0$ 时函数 $f(x)$ 的极限,记作

$$\lim\limits_{x\to x_0}f(x)=A \ \text{或}\ f(x)\to A(x\to x_0).$$

由上例可知,$f(x)$ 在 x_0 处的极限是否存在与其在 x_0 处是否有定义无关.

极限 $\lim\limits_{x\to x_0}f(x)=A$ 的几何意义:在 xOy 平面上,任意给定一个正数 ε,作两条平行直线 $y=A-\varepsilon$ 和 $y=A+\varepsilon$,无论它们之间的距离如何小,总存在这样的正数 δ,只要 x 进入 $U(\hat{x_0},\delta)$ 内,函数 $y=f(x)$ 的图形就位于这两条直线所夹的条形区域之间(如图 1-12).

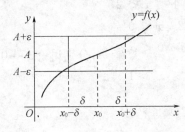

图 1-12

开区间 $(x_0-\delta,x_0+\delta)$ 或实数集 $\{x\mid |x-x_0|<\delta,\delta>0\}$,称为点 x_0 的 δ 邻域,或简称为点 x_0 的邻域,记为 $U(x_0,\delta)$,其中 x_0 是邻域的中心,δ 是邻域的半径. 如果在 x_0 的 δ 邻域内"挖去"点 x_0,所得集合 $\{x\mid 0<|x-x_0|<\delta\}$,称为 x_0 的去心邻域,记为 $U(\hat{x_0},\delta)$.

三、单侧极限

定义 1-13 设函数 $f(x)$ 在 x_0 的左侧附近有定义(在 x_0 处可以无定义),当 x 从 x_0 的左边趋于 x_0(通常记作 $x\to x_0^-$ 时),$f(x)$ 的值无限趋近于确定的常数 A,则称 A 为 $x\to x_0$ 时函数 $f(x)$ 的左极限,记作 $\lim\limits_{x\to x_0^-}f(x)=A$ 或 $f(x_0-0)=A$.

若函数 $f(x)$ 在 x_0 的右侧附近有定义(在 x_0 处可以无定义),当 x 从 x_0 的右边趋于 x_0(通常记作 $x\to x_0^+$ 时),$f(x)$ 的值无限趋近于确定的常数 A,则称 A 为 $x\to x_0$ 时函数 $f(x)$ 的右极限,记作 $\lim\limits_{x\to x_0^+}f(x)=A$ 或 $f(x_0+0)=A$.

【**例 1-11**】 设函数 $f(x)=\begin{cases}1 & x<0\\ x & x\geqslant 0\end{cases}$,求当 $x\to 0$ 时 $f(x)$ 的左、右极限.

解 $f(x)$ 的图像如图 1-13 所示. 由单侧极限定义可得

$$f(0-0)=\lim\limits_{x\to 0^-}f(x)=\lim\limits_{x\to 0^-}1=1;$$

$$f(0+0) = \lim_{x \to 0^+} f(x) = \lim_{x \to 0^+} x = 0.$$

定理 1-4　$\lim_{x \to x_0} f(x) = A$ 的充要条件是 $\lim_{x \to x_0^+} f(x) = \lim_{x \to x_0^-} f(x) = A.$

例 $1-11$ 中函数 $f(x)$ 在 $x = 0$ 的左、右极限都存在但不相等,由定理 $1-4$ 知 $\lim_{x \to 0} f(x)$ 不存在.

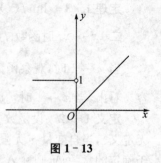

图 1-13

习题 1.2

1. 观察下列数列的变化趋势,写出它们的极限.

(1) $a_n = (-1)^n \dfrac{1}{n}$;

(2) $a_n = 2 + \dfrac{1}{n^2}$;

(3) $a_n = \dfrac{n+1}{n+2}$;

(4) $a_n = 1 - \dfrac{1}{10^n}$.

2. 设函数 $f(x) = \begin{cases} 4x & -1 < x < 1 \\ 3 & x = 1 \\ 4x^2 & 1 < x < 2 \end{cases}$,求 $\lim_{x \to 0} f(x)$, $\lim_{x \to 1} f(x)$, $\lim_{x \to \frac{3}{2}} f(x)$.

3. 设函数 $f(x) = \begin{cases} 3x+2 & x \leqslant 0 \\ x^2 + 1 & 0 < x \leqslant 1 \\ \dfrac{2}{x} & x > 1 \end{cases}$,分别讨论 $x \to 0$ 及 $x \to 1$ 时 $f(x)$ 的极限是否存在.

§1.3　极限的性质与运算

1.3.1　极限的性质

以上讨论了函数极限的各种情形,它们都是自变量在某一变化过程中,相应的函数值无限地逼近于某个常数. 因而它们具有一系列共性,现以 $x \to x_0$ 为例给出函数极限的性质如下.

性质 1-1(唯一性)　若 $\lim_{x \to x_0} f(x) = A, \lim_{x \to x_0} f(x) = B,$ 则 $A = B.$

性质 1-2(局部有界性)　若 $\lim_{x \to x_0} f(x) = A,$ 则存在 x_0 的某一空心邻域 $U(\hat{x}_0, \delta)$,在 $U(\hat{x}_0, \delta)$ 内函数 $f(x)$ 有界.

性质 1-3(局部保号性)　若 $\lim_{x \to x_0} f(x) = A,$ 且 $A > 0$(或 $A < 0$),则存在 x_0 的某一空心邻域 $U(\hat{x}_0, \delta)$,在 $U(\hat{x}_0, \delta)$ 内函数 $f(x) > 0$(或 $f(x) < 0$).

推论 1-1　若在 x_0 的某一空心邻域 $U(\hat{x}_0, \delta)$ 内,函数 $f(x) \geqslant 0$(或 $f(x) \leqslant 0$),且 $\lim_{x \to x_0} f(x) = A,$ 则 $A \geqslant 0$(或 $A \leqslant 0$).

对于其他类型的极限,有类似以上的性质.需要说明的是:极限 $\lim_{x \to \infty} f(x) = A$ 的有界性

与保号性是指存在 $X > 0$,在 $|x| > X$ 的范围内具有这些性质.

1.3.2 极限的四则运算法则

设 $\lim f(x)$ 及 $\lim g(x)$ 都存在,且极限过程相同,取

$$x \to x_0, x \to x_0^+, x \to x_0^-, x \to \infty, x \to +\infty, x \to -\infty$$

中的任何一种,则有

法则 1-1 $\lim[f(x) \pm g(x)] = \lim f(x) \pm \lim g(x).$

法则 1-2 $\lim[f(x) \cdot g(x)] = \lim f(x) \cdot \lim g(x).$

推论 1-2 $\lim[Cf(x)] = C\lim f(x)$ (C 为常数).

推论 1-3 $\lim[f(x)]^n = [\lim f(x)]^n.$

法则 1-3 $\lim \dfrac{f(x)}{g(x)} = \dfrac{\lim f(x)}{\lim g(x)}$ $(\lim g(x) \neq 0).$

上述法则对各种情形的极限都成立,法则 1-1 和法则 1-2 还可推广至有限个函数的情形.

1.3.3 极限运算示例

【例 1-12】 求 $\lim\limits_{x \to 3}(x^2 - 4x + 1).$

解 $\lim\limits_{x \to 3}(x^2 - 4x + 1) = \lim\limits_{x \to 3}x^2 - \lim\limits_{x \to 3}4x + \lim\limits_{x \to 3}1 = 9 - 12 + 1 = -2.$

【例 1-13】 求 $\lim\limits_{x \to 2}\dfrac{2x^2 - 1}{3x + 2}.$

解 因为 $\lim\limits_{x \to 2}(3x + 2) = 3\lim\limits_{x \to 2}x + \lim\limits_{x \to 2}2 = 6 + 2 = 8 \neq 0$,所以

$$\lim\limits_{x \to 2}\frac{2x^2 - 1}{3x + 2} = \frac{\lim\limits_{x \to 2}(2x^2 - 1)}{\lim\limits_{x \to 2}(3x + 2)} = \frac{2(\lim\limits_{x \to 2}x)^2 - 1}{8} = \frac{7}{8}.$$

【例 1-14】 求 $\lim\limits_{x \to 3}\dfrac{x^2 - 9}{x - 3}.$

解 由于 $\lim\limits_{x \to 3}(x - 3) = 0$,故不能直接用法则 1-3 求解. 在 $x \to 3$ 时 $x \neq 3$,故可约去公因子 $(x - 3)$,得

$$\lim\limits_{x \to 3}\frac{x^2 - 9}{x - 3} = \lim\limits_{x \to 3}(x + 3) = 6.$$

【例 1-15】 求 $\lim\limits_{x \to 1}\left(\dfrac{1}{x - 1} - \dfrac{3}{x^3 - 1}\right).$

解 当 $x \to 1$ 时,上式两项极限均不存在,可先通分再求极限.

$$\lim\limits_{x \to 1}\left(\frac{1}{x - 1} - \frac{3}{x^3 - 1}\right) = \lim\limits_{x \to 1}\frac{x^2 + x - 2}{x^3 - 1}$$

$$= \lim\limits_{x \to 1}\frac{x + 2}{x^2 + x + 1} = \frac{3}{3} = 1.$$

【例 1-16】 求 $\lim\limits_{x \to \infty}\dfrac{3x^3 + 4x^2 - 1}{4x^3 - x^2 + 3}.$

解　分子、分母同时除以 x^3，得

$$\lim_{x \to \infty} \frac{3x^3 + 4x^2 - 1}{4x^3 - x^2 + 3} = \lim_{x \to \infty} \frac{3 + \frac{4}{x} - \frac{1}{x^3}}{4 - \frac{1}{x} + \frac{3}{x^3}} = \frac{3}{4}.$$

用同样的方法，可得如下结果

$$\lim_{x \to \infty} \frac{a_0 x^n + a_1 x^{n-1} + \cdots + a_n}{b_0 x^m + b_1 x^{m-1} + \cdots + b_m} = \begin{cases} \infty & m < n \\ \dfrac{a_0}{b_0} & m = n \ (a_0 \neq 0, b_0 \neq 0). \\ 0 & m > n \end{cases}$$

习题 1.3

求下列极限.

(1) $\lim\limits_{x \to 2} \dfrac{x^2 + 5}{x - 3}$;

(2) $\lim\limits_{x \to -1} \dfrac{x^2 + 2x + 5}{x^2 + 1}$;

(3) $\lim\limits_{x \to 2} \dfrac{x - 2}{\sqrt{x + 2}}$

(4) $\lim\limits_{x \to -2} \dfrac{x^2 - 4}{x + 2}$;

(5) $\lim\limits_{x \to 1} \dfrac{x^2 - 1}{2x^2 - x - 1}$;

(6) $\lim\limits_{x \to \infty} \dfrac{2x^2 - x + 1}{3x^2 + 1}$;

(7) $\lim\limits_{x \to \infty} \dfrac{1\,000x}{1 + x^2}$;

(8) $\lim\limits_{x \to \infty} \dfrac{x^4 + 2x^3 - x + 1}{4x^3 - 3x^2 + 1}$;

(9) $\lim\limits_{x \to \infty} \dfrac{(2x - 1)^{30}(3x - 2)^{20}}{(2x + 1)^{50}}$;

(10) $\lim\limits_{x \to 1} \dfrac{1 - \sqrt{x}}{1 - \sqrt[3]{x}}$;

(11) $\lim\limits_{x \to 0} \dfrac{\sqrt{1 - x} - 1}{x}$;

(12) $\lim\limits_{x \to 2} \left(\dfrac{1}{x - 2} - \dfrac{4}{x^2 - 4} \right)$;

(13) $\lim\limits_{x \to 4} \dfrac{2 - \sqrt{x}}{3 - \sqrt{2x + 1}}$;

(14) $\lim\limits_{x \to \infty} (\sqrt{x + 100} - \sqrt{x})$;

(15) $\lim\limits_{n \to \infty} \dfrac{1 + 2 + 3 + \cdots + n}{(n + 3)(n + 4)}$;

(16) $\lim\limits_{n \to \infty} \dfrac{1 + \frac{1}{2} + \frac{1}{4} + \cdots + \frac{1}{2^n}}{1 + \frac{1}{3} + \frac{1}{9} + \cdots + \frac{1}{3^n}}$.

§1.4　两个重要极限

1.4.1　两个重要极限

一、$\lim\limits_{x \to 0} \dfrac{\sin x}{x} = 1$

【例 1-17】 求下列极限.

(1) $\lim\limits_{x \to 0} \dfrac{\sin 3x}{x}$;

(2) $\lim\limits_{x \to \infty} x \sin \dfrac{1}{x}$;

(3) $\lim\limits_{x\to 0}\dfrac{1-\cos x}{x^2}$.

解 (1) $\lim\limits_{x\to 0}\dfrac{\sin 3x}{x}=3\cdot\lim\limits_{x\to 0}\dfrac{\sin 3x}{3x}=3\cdot 1=3$;

(2) $\lim\limits_{x\to\infty}x\sin\dfrac{1}{x}=\lim\limits_{x\to\infty}\dfrac{\sin\dfrac{1}{x}}{\dfrac{1}{x}}=\lim\limits_{\frac{1}{x}\to 0}\dfrac{\sin\dfrac{1}{x}}{\dfrac{1}{x}}=1$;

(3) $\lim\limits_{x\to 0}\dfrac{1-\cos x}{x^2}=\lim\limits_{x\to 0}\dfrac{2\sin^2\dfrac{x}{2}}{x^2}=2\cdot\lim\limits_{x\to 0}\left[\dfrac{\sin\dfrac{x}{2}}{\dfrac{x}{2}}\right]^2\cdot\dfrac{1}{4}$

$$=\dfrac{1}{2}\left[\lim\limits_{x\to 0}\dfrac{\sin\dfrac{x}{2}}{\dfrac{x}{2}}\right]^2=\dfrac{1}{2}.$$

二、$\lim\limits_{x\to\infty}\left(1+\dfrac{1}{x}\right)^x=\mathrm{e}$

上式中,设 $u=\dfrac{1}{x}$,则 $x\to\infty$ 时, $u\to 0$,于是上式又可改写为如下形式

$$\lim\limits_{u\to 0}(1+u)^{\frac{1}{u}}=\mathrm{e}.$$

【例 1-18】 求下列极限.

(1) $\lim\limits_{n\to\infty}\left(1+\dfrac{1}{n}\right)^{2n}$; (2) $\lim\limits_{x\to 0}\left(1+\dfrac{x}{2}\right)^{\frac{1}{x}}$;

(3) $\lim\limits_{x\to\infty}\left(1-\dfrac{1}{x}\right)^{x}$; (4) $\lim\limits_{x\to\infty}\left(\dfrac{x-1}{x+1}\right)^{\frac{x}{2}+4}$.

解 (1) $\lim\limits_{n\to\infty}\left(1+\dfrac{1}{n}\right)^{2n}=\lim\limits_{n\to\infty}\left[\left(1+\dfrac{1}{n}\right)^{2n}\right]$

$$=\left[\lim\limits_{n\to\infty}\left(1+\dfrac{1}{n}\right)^{n}\right]^2=\mathrm{e}^2$$;

(2) $\lim\limits_{x\to 0}\left(1+\dfrac{x}{2}\right)^{\frac{1}{x}}=\lim\limits_{x\to 0}\left[\left(1+\dfrac{x}{2}\right)^{\frac{2}{x}}\right]^{\frac{1}{2}}$

$$=\left[\lim\limits_{x\to 0}\left(1+\dfrac{x}{2}\right)^{\frac{2}{x}}\right]^{\frac{1}{2}}=\mathrm{e}^{\frac{1}{2}}$$;

(3) $\lim\limits_{x\to\infty}\left(1-\dfrac{1}{x}\right)^{x}=\lim\limits_{x\to\infty}\left[\left(1-\dfrac{1}{x}\right)^{-x}\right]^{-1}$

$$=\left[\lim\limits_{x\to\infty}\left(1-\dfrac{1}{x}\right)^{-x}\right]^{-1}=\mathrm{e}^{-1}$$;

(4) $\lim\limits_{x\to\infty}\left(\dfrac{x-1}{x+1}\right)^{\frac{x}{2}+4}=\lim\limits_{x\to\infty}\left[\left(1-\dfrac{2}{x+1}\right)^{\frac{x+1}{2}}\left(1-\dfrac{2}{x+1}\right)^{\frac{7}{2}}\right]$

$$=\lim\limits_{x\to\infty}\left[\left(1+\dfrac{-2}{x+1}\right)^{-\frac{x+1}{2}(-1)}\left(1-\dfrac{2}{x+1}\right)^{\frac{7}{2}}\right]=\mathrm{e}^{-1}.$$

1.4.2　连续复利

在自然界和经济管理方面,有许多问题与上述第二个重要极限有直接关系.下面用这个重要极限来计算连续复利问题.

【例 1‑19】　设储蓄存款的本金是 A_0,年利率为 r,若立即产生,立即计算,t 年后本利和(连续复利)A 是多少?

解　因为存款的本金为 A_0,年利率为 r,若每年结算一次,则满一年时,本利和为

$$A_0 + A_0 r = A_0(1+r).$$

满两年时,本利和为

$$A_0(1+r) + A_0(1+r)r = A_0(1+r)^2.$$

$$\cdots\cdots$$

满 t 年时,本利和为

$$A_0(1+r)^t.$$

如果一年分 m 期结算,年利率为 r,则每期利率为 $\dfrac{r}{m}$,于是

满一年的本利和为

$$A_0\left(1+\frac{r}{m}\right)^m.$$

满两年的本利和为

$$A_0\left(1+\frac{r}{m}\right)^{2m}.$$

$$\cdots\cdots$$

满 t 年的本利和为

$$A_0\left(1+\frac{r}{m}\right)^{tm}.$$

当一年中结算次数 m 无限增大($m \to \infty$),也就是立即产生,立即结算,满 t 年时的本利和变为

$$A = \lim_{m\to\infty} A_0\left(1+\frac{r}{m}\right)^{tm}.$$

令 $m = nr$,则

$$A = \lim_{m\to\infty} A_0\left(1+\frac{r}{m}\right)^{tm} = A_0 \lim_{n\to\infty}\left(1+\frac{1}{n}\right)^{nrt}$$

$$= A_0\left[\lim_{n\to\infty}\left(1+\frac{1}{n}\right)^{n}\right]^{rt} = A_0\,\mathrm{e}^{rt}.$$

除连续复利外,人口的增长、设备折旧等也都服从这个数学模型.

【例1-20】　设一台机器原来价值为 100 000 元,因为它不断折旧,每年减少价值 0.9‰,问 10 年后,该机器的价值为多少?

解　由题意,10 年后该机器的价值为

$$A = 100\,000\mathrm{e}^{-0.9‰×10} = 100\,000\mathrm{e}^{-0.09} = \frac{100\,000}{\mathrm{e}^{0.09}} \approx 91\,393.48(元).$$

习题 1.4

求下列极限.

(1) $\lim\limits_{x\to0}\dfrac{\tan4x}{x}$；

(2) $\lim\limits_{x\to0}\dfrac{\sin2x}{\sin5x}$；

(3) $\lim\limits_{x\to\infty}x\tan\dfrac{1}{x}$；

(4) $\lim\limits_{x\to-1}\dfrac{\sin(x+1)}{2(x+1)}$；

(5) $\lim\limits_{x\to0}\dfrac{\cos2x-1}{x\sin x}$；

(6) $\lim\limits_{x\to0}\dfrac{\sin^3x}{\sin x^3}$；

(7) $\lim\limits_{x\to0}(1+2x)^{\frac{1}{x}}$；

(8) $\lim\limits_{x\to\infty}\left(\dfrac{1+x}{x}\right)^{2x}$；

(9) $\lim\limits_{x\to0}\left(1+\dfrac{x}{2}\right)^{2-\frac{1}{x}}$；

(10) $\lim\limits_{x\to0}(1-2x)^{\frac{1}{x}}$；

(11) $\lim\limits_{x\to0}\sqrt[x]{1+5x}$；

(12) $\lim\limits_{x\to0}(1+x^2)^{\cot^2x}$；

(13) $\lim\limits_{x\to\infty}\left(\dfrac{x}{1+x}\right)^{x+3}$；

(14) $\lim\limits_{x\to\infty}\left(\dfrac{2x-1}{2x+1}\right)^{x+1}$.

§1.5　无穷大量与无穷小量

1.5.1　无穷大量与无穷小量

一、无穷大量

定义1-14　在自变量 x 的某一变化过程中,如果 $|f(x)|$ 无限增大,则称 $f(x)$ 为此变化下的无穷大量,简称无穷大,记作 $\lim f(x) = \infty$.

一函数是否是无穷大量与自变量 x 的变化过程有关,定义中自变量 x 的变化过程可以是 $x\to x_0$, $x\to x_0^+$, $x\to x_0^-$, $x\to\infty$, $x\to+\infty$, $x\to-\infty$ 中的任何一种,但在具体的函数中一定要指出是哪一种.

例如,$\lim\limits_{x\to1}\dfrac{1}{x-1} = \infty$,但 $\lim\limits_{x\to2}\dfrac{1}{x-1} = 1$,所以函数 $\dfrac{1}{x-1}$ 是 $x\to1$ 时的无穷大量.

如果在无穷大的定义中,把 $|f(x)|$ 无限增大换成 $f(x)$（或 $-f(x)$）无限增大,则称 $f(x)$ 为此时的正无穷大（或负无穷大）,记作 $\lim f(x) = +\infty$（或 $\lim f(x) = -\infty$）.

例如,$\lim\limits_{x\to0^+}\dfrac{1}{x} = +\infty$, $\lim\limits_{x\to0^-}\dfrac{1}{x} = -\infty$, $\lim\limits_{x\to\frac{\pi}{2}^-}\tan x = +\infty$.

二、无穷小量

定义1-15　在自变量 x 的某一变化过程中,如果函数 $f(x)$ 的极限为零,则称 $f(x)$ 为

此变化下的无穷小量,简称无穷小,记作 $\lim f(x) = 0$.

一函数是否是无穷小量与自变量 x 的变化过程有关,定义中自变量 x 的变化过程可以是 $x \to x_0$, $x \to x_0^+$, $x \to x_0^-$, $x \to \infty$, $x \to +\infty$, $x \to -\infty$ 中的任何一种,但在具体的函数中一定要指出是哪一种.

例如,当 $n \to \infty$ 时,$\dfrac{1}{n}$ 是无穷小量;当 $x \to 2$ 时,$x^3 - 8$ 是无穷小量;当 $x \to \infty$ 时,$\dfrac{1}{2x}$ 是无穷小量.

无穷小量与很小的数不能混为一谈. 无穷小量是一个极限为零的变量,并不是一个常量,绝不能把某个很小的数说成是无穷小量,零是可以作为无穷小量的唯一的数.

【例 1-21】 指出下列函数在所示的变化过程中是无穷大还是无穷小?

(1) $\tan x (x \to 0)$; 　　　　　　　　　(2) $e^{-x} (x \to +\infty)$;

(3) $2^{\frac{1}{x}} (x \to 0^+)$.

解　(1) 因为 $\lim\limits_{x \to 0} \tan x = 0$,所以当 $x \to 0$ 时,$\tan x$ 为无穷小;

(2) 因为 $\lim\limits_{x \to +\infty} e^{-x} = 0$,所以当 $x \to +\infty$ 时,e^{-x} 为无穷小;

(3) 因为 $\lim\limits_{x \to 0^+} 2^{\frac{1}{x}} = +\infty$,所以当 $x \to 0^+$ 时,$2^{\frac{1}{x}}$ 为正无穷大.

三、无穷大与无穷小的关系

定理 1-5　在自变量 x 的同一变化过程中,如果 $f(x)$ 为无穷大,则 $\dfrac{1}{f(x)}$ 为无穷小;反之,如果 $f(x)$ 为无穷小,且 $f(x) \neq 0$,则 $\dfrac{1}{f(x)}$ 为无穷大.

1.5.2　无穷小的性质

一、无穷小的性质

性质 1-4　有限个无穷小的代数和仍是无穷小.

性质 1-5　有限个无穷小的乘积仍是无穷小.

性质 1-6　有界函数与无穷小的乘积仍是无穷小.

推论 1-4　常数与无穷小的乘积是无穷小.

【例 1-22】 求下列函数的极限.

(1) $\lim\limits_{x \to 1} \dfrac{x-3}{x^2+x-2}$; 　(2) $\lim\limits_{x \to \infty} \dfrac{\sin x}{x}$; 　(3) $\lim\limits_{x \to \infty} \dfrac{2x+1}{x^2+x}$.

解　(1) 当 $x \to 1$ 时,分母极限为零,而分子极限不为零,不能直接用商的极限法则,但 $\lim\limits_{x \to 1} \dfrac{x^2+x-2}{x-3} = 0$,根据本节定理 1-5 可知,$\lim\limits_{x \to 1} \dfrac{x-3}{x^2+x-2} = \infty$;

(2) 当 $x \to \infty$ 时,$|\sin x| \leqslant 1$,所以 $\sin x$ 是有界变量,又因为 $\lim\limits_{x \to \infty} \dfrac{1}{x} = 0$,故当 $x \to \infty$ 时,$y = \dfrac{\sin x}{x}$ 是有界变量与无穷小的乘积,由性质 1-6 有 $\lim\limits_{x \to \infty} \dfrac{\sin x}{x} = 0$;

(3) $\lim\limits_{x \to \infty} \dfrac{2x+1}{x^2+x} = \lim\limits_{x \to \infty} \dfrac{x+(x+1)}{x(x+1)} = \lim\limits_{x \to \infty} \left(\dfrac{1}{x+1} + \dfrac{1}{x} \right) = 0 + 0 = 0.$

二、函数、极限与无穷小量的关系

下面的定理将说明函数、函数的极限与无穷小量三者之间的重要关系.

定理 1-6 在自变量的同一趋向下,具有极限的函数 $f(x)$ 等于它的极限与一个无穷小量的和;反之,如果函数 $f(x)$ 可表示为常数与无穷小量的和,那么这个常数就是函数 $f(x)$ 的极限. 即

$$\lim f(x) = A \Leftrightarrow f(x) = A + \alpha (其中 A 为常数, \lim \alpha = 0).$$

证明 (以 $x \to x_0$ 为例)

必要性 设 $\lim\limits_{x \to x_0} f(x) = A$,令 $f(x) - A = \alpha$,则 $f(x) = A + \alpha$,且有

$$\lim\limits_{x \to x_0} \alpha = \lim\limits_{x \to x_0} [f(x) - A] = 0.$$

充分性 设 $f(x) = A + \alpha, \lim\limits_{x \to x_0} \alpha = 0$,则 $\lim\limits_{x \to x_0} f(x) = \lim\limits_{x \to x_0} (A + \alpha) = A.$

对于 $x \to \infty$ 等情形,可以类似地证明.

1.5.3 无穷小的比较

无穷小量都以零为极限,但是不同的无穷小量趋于零的快慢程度不一定相同. 为了说明它们趋于零的快慢程度,我们给出无穷小的阶的概念.

定义 1-16 设在自变量 x 的同一变化过程中,α, β 都是无穷小量.

(1) 如果 $\lim \dfrac{\alpha}{\beta} = 0$,则称 α 是比 β 高阶的无穷小,记作 $\alpha = o(\beta)$;

(2) 如果 $\lim \dfrac{\alpha}{\beta} = \infty$,则称 α 是比 β 低阶的无穷小;

(3) 如果 $\lim \dfrac{\alpha}{\beta} = C$(常数 $C \neq 0$),则称 α 和 β 是同阶无穷小;特别地,当 $C = 1$ 时,称 α 与 β 是等价无穷小,记作 $\alpha \sim \beta$.

定义中自变量 x 的变化过程可以是 $x \to x_0$,$x \to x_0^+$,$x \to x_0^-$,$x \to \infty$,$x \to +\infty$,$x \to -\infty$ 中的任何一种.

例如,当 $x \to 0$ 时,$x, 2x, x^3$ 等都是无穷小量. 由于 $\lim\limits_{x \to 0} \dfrac{x^3}{x} = \lim\limits_{x \to 0} x^2 = 0$,所以当 $x \to 0$ 时,x^3 是比 x 高阶的无穷小;由于 $\lim\limits_{x \to 0} \dfrac{2x}{x} = 2$,所以当 $x \to 0$ 时,$2x$ 与 x 是同阶无穷小.

根据上面的讨论,易见当 $x \to 0$ 时,有下面几对常用的等价无穷小:

$$\sin x \sim x, \qquad \tan x \sim x, \qquad \arcsin x \sim x, \qquad \arctan x \sim x,$$

$$1 - \cos x \sim \frac{x^2}{2}, \quad \ln(1+x) \sim x, \quad \mathrm{e}^x - 1 \sim x, \quad \sqrt{1+x} - 1 \sim \frac{1}{2} x.$$

定理 1-7(等价无穷小量替换) 设 $\alpha, \alpha', \beta, \beta'$ 是 $x \to a$(a 可以是 x_0 或 ∞)时的无穷小量,且 $\alpha \sim \alpha', \beta \sim \beta'$,则当极限 $\lim\limits_{x \to a} \dfrac{\alpha'}{\beta'}$ 存在时,极限 $\lim\limits_{x \to a} \dfrac{\alpha}{\beta}$ 也存在,且 $\lim\limits_{x \to a} \dfrac{\alpha}{\beta} = \lim\limits_{x \to a} \dfrac{\alpha'}{\beta'}$.

证明 $\lim\limits_{x \to a} \dfrac{\alpha}{\beta} = \lim\limits_{x \to a} \left(\dfrac{\alpha}{\alpha'} \cdot \dfrac{\alpha'}{\beta'} \cdot \dfrac{\beta'}{\beta} \right) = \lim\limits_{x \to a} \dfrac{\alpha}{\alpha'} \cdot \lim\limits_{x \to a} \dfrac{\alpha'}{\beta'} \cdot \lim\limits_{x \to a} \dfrac{\beta'}{\beta} = \lim\limits_{x \to a} \dfrac{\alpha'}{\beta'}.$

定理 1-7 表明,对于"$\dfrac{0}{0}$"型的极限问题,我们可以施行等价无穷小量替换来计算极限.若在极限运算中灵活地运用这些等价无穷小量,则可以为计算提供极大的方便.

【例 1-23】　求下列极限.

(1) $\lim\limits_{x\to 0}\dfrac{\sin 3x}{\tan 5x}$;　(2) $\lim\limits_{x\to 0}\dfrac{\sin x}{x^2+3x}$;　(3) $\lim\limits_{x\to 0}\dfrac{\ln(1+x)}{e^x-1}$.

解　(1) 当 $x\to 0$ 时, $\sin 3x\sim 3x$, $\tan 5x\sim 5x$,所以

$$\lim\limits_{x\to 0}\dfrac{\sin 3x}{\tan 5x}=\lim\limits_{x\to 0}\dfrac{3x}{5x}=\dfrac{3}{5};$$

(2) 当 $x\to 0$ 时, $\sin x\sim x$,所以

$$\lim\limits_{x\to 0}\dfrac{\sin x}{x^2+3x}=\lim\limits_{x\to 0}\dfrac{x}{x^2+3x}=\lim\limits_{x\to 0}\dfrac{1}{x+3}=\dfrac{1}{3};$$

(3) 当 $x\to 0$ 时, $\ln(1+x)\sim x$, $e^x-1\sim x$,所以

$$\lim\limits_{x\to 0}\dfrac{\ln(1+x)}{e^x-1}=\lim\limits_{x\to 0}\dfrac{x}{x}=1.$$

必须强调指出:在极限运算中,恰当地使用等价无穷小量的代换,能起到简化运算的作用,但在分子或分母为和式时,通常不能将和式中的某一项或若干项以其等价无穷小量代换,而应将分子或分母加以整体代换;若分子或分母为几个因子的乘积,则可将其中某个或某些因子以其等价无穷小量代换,即乘积因子才能作无穷小量代换.

【例 1-24】　计算 $\lim\limits_{x\to 0}\dfrac{\tan x-\sin x}{x^3}$.

解　$\lim\limits_{x\to 0}\dfrac{\tan x-\sin x}{x^3}=\lim\limits_{x\to 0}\dfrac{\sin x\dfrac{1-\cos x}{\cos x}}{x^3}=\lim\limits_{x\to 0}\dfrac{1}{\cos x}\lim\limits_{x\to 0}\dfrac{x(1-\cos x)}{x^3}$

$$=1\cdot\lim\limits_{x\to 0}\dfrac{1-\cos x}{x^2}=\lim\limits_{x\to 0}\dfrac{\dfrac{1}{2}x^2}{x^2}=\dfrac{1}{2}.$$

若因为当 $x\to 0$ 时, $\sin x\sim x$, $\tan x\sim x$,从而一开始就用 x 代换 $\tan x$ 和 $\sin x$ 分子,则得到 $\lim\limits_{x\to 0}\dfrac{\tan x-\sin x}{x^3}=\lim\limits_{x\to 0}\dfrac{x-x}{x^3}=0$ 的错误结果. 为什么会这样呢?这是因为如此代换的分子 $\tan x-\sin x$ 与 $x-x$ 不是等价无穷小量.

习题 1.5

1. 指出下列各式哪些是无穷大量? 哪些是无穷小量?

(1) $\dfrac{x+1}{x^2-9}(x\to 3)$;

(2) $\dfrac{x^2}{1+x}(x\to 0)$;

(3) $\dfrac{1+2x}{x^2}(x\to\infty)$;

(4) $\log_a x\ (a>1,x\to 0^+)$;

(5) $\cot x(x\to 0)$;

(6) $2^x(x\to-\infty)$.

2. 求下列极限.

(1) $\lim\limits_{x \to 2} \dfrac{x^2 - 3}{x - 2}$；

(2) $\lim\limits_{x \to 0} x \sin \dfrac{1}{x}$；

(3) $\lim\limits_{x \to \infty} \dfrac{x^2 - 1}{2x^2 + x}$；

(4) $\lim\limits_{x \to \infty} \dfrac{x^2 + x}{x^4 - 3x^2 - 1}$；

(5) $\lim\limits_{x \to \infty} x^2 \left(\dfrac{1}{x + 1} - \dfrac{1}{x - 1} \right)$；

(6) $\lim\limits_{x \to \infty} \dfrac{x - \cos x}{x}$；

(7) $\lim\limits_{x \to 0} \dfrac{\tan 5x}{7x}$；

(8) $\lim\limits_{x \to 0} \dfrac{\arctan 3x}{2x}$；

(9) $\lim\limits_{x \to 0} \dfrac{1 - \cos x}{x \sin x}$；

(10) $\lim\limits_{x \to 0} \dfrac{e^x - 1}{2x}$；

(11) $\lim\limits_{x \to 0} \dfrac{\ln(1 - 5x)}{2x}$；

(12) $\lim\limits_{x \to 0} \dfrac{1 - \cos \omega x}{\sin^2 x}$（$\omega$ 为常数）.

§1.6 函数的连续性

1.6.1 连续与间断

一、函数的增量

定义 1-17 设变量 u 从它的初值 u_1 改变到终值 u_2，则终值与初值之差 $u_2 - u_1$ 称为变量 u 的增量（或改变量），记作 $\Delta u = u_2 - u_1$.

增量 Δu 可正可负，当 $\Delta u > 0$ 时，表示变量 u 从 u_1 增加到 u_2；当 $\Delta u < 0$ 时，表示变量 u 从 u_1 减少到 u_2.

设函数 $y = f(x)$ 在点 x_0 的某邻域内有定义，当自变量 x 在该邻域内从 x_0 变到 $x_0 + \Delta x$ 时，函数 y 相应地从 $f(x_0)$ 变到 $f(x_0 + \Delta x)$，因此函数 y 的对应增量为

$$\Delta y = f(x_0 + \Delta x) - f(x_0).$$

函数增量的几何意义如图 1-14 所示.

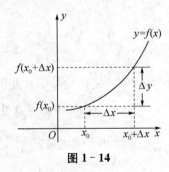

图 1-14

【例 1-25】 设函数 $y = f(x) = x^2$.

(1) 当 x 从 -1 改变到 2 时，求自变量的增量与函数的增量；

(2) 当 x 从 x_0 改变到 $x_0 + \Delta x$ 时，求函数的增量.

解 (1) 自变量的增量 $\Delta x = 2 - (-1) = 3$，函数的增量

$$\Delta y = f(2) - f(-1) = 2^2 - (-1)^2 = 3;$$

$$(2)\ \Delta y = f(x_0 + \Delta x) - f(x_0) = (x_0 + \Delta x)^2 - x_0^2$$
$$= (2x_0 + \Delta x)\Delta x.$$

二、连续

定义 1-18　设函数 $y = f(x)$ 在点 x_0 的某一邻域内有定义,如果当自变量的增量 $\Delta x = x - x_0$ 趋于零时,对应的函数的增量 $\Delta y = f(x_0 + \Delta x) - f(x_0)$ 也趋于零,即

$$\lim_{\Delta x \to 0} \Delta y = \lim_{\Delta x \to 0} [f(x_0 + \Delta x) - f(x_0)] = 0,$$

则称函数 $y = f(x)$ 在点 x_0 处连续,这时点 x_0 称为函数 $y = f(x)$ 的连续点.

在定义 1-18 中,设 $x = x_0 + \Delta x$,则 $\Delta x \to 0$ 就是 $x \to x_0$,从而上述表达式可写为

$$\lim_{x \to x_0} f(x) = f(x_0).$$

因此,函数 $y = f(x)$ 在点 x_0 处连续的定义又可叙述为

定义 1-19　设函数 $y = f(x)$ 在点 x_0 的某一邻域内有定义,若 $\lim\limits_{x \to x_0} f(x) = f(x_0)$,则称函数 $y = f(x)$ 在点 x_0 处连续.

连续的定义表明,函数 $y = f(x)$ 在点 x_0 连续要同时满足以下三个条件:

(1) 函数 $f(x)$ 在点 x_0 有定义;

(2) 函数 $f(x)$ 的极限 $\lim\limits_{x \to x_0} f(x)$ 存在;

(3) $\lim\limits_{x \to x_0} f(x) = f(x_0)$.

函数 $y = f(x)$ 在点 x_0 处连续的几何意义是函数 $y = f(x)$ 的图形在 $(x_0, f(x_0))$ 处不断开.

定义 1-20　若函数 $y = f(x)$ 在点 x_0 处有

$$\lim_{x \to x_0^-} f(x) = f(x_0) \ \text{或} \lim_{x \to x_0^+} f(x) = f(x_0),$$

则分别称函数 $y = f(x)$ 在点 x_0 处是左连续或右连续.

由极限知识可知,函数 $y = f(x)$ 在点 x_0 处连续的充要条件是函数 $y = f(x)$ 在点 x_0 处左、右连续.

【**例 1-26**】　试证明函数 $f(x) = \begin{cases} 2x+1 & x \leqslant 0 \\ \cos x & x > 0 \end{cases}$ 在 $x = 0$ 处连续.

证明　因为 $\lim\limits_{x \to 0^+} f(x) = \lim\limits_{x \to 0^+} \cos x = 1$,$\lim\limits_{x \to 0^-} f(x) = \lim\limits_{x \to 0^-} (2x+1) = 1$,且 $f(0) = 1$,则 $\lim\limits_{x \to 0} f(x)$ 存在且 $\lim\limits_{x \to 0} f(x) = f(0) = 1$,即 $f(x)$ 在 $x = 0$ 处连续.

【**例 1-27**】　讨论函数 $f(x) = \begin{cases} x\sin\dfrac{1}{x} & x \neq 0 \\ 0 & x = 0 \end{cases}$ 在 $x = 0$ 处的连续性.

解　因为 $\lim\limits_{x \to 0} f(x) = \lim\limits_{x \to 0} x\sin\dfrac{1}{x} = 0 = f(0)$,所以 $f(x)$ 在 $x = 0$ 处连续.

定义 1-21　若函数 $y = f(x)$ 在开区间 (a,b) 内的各点处均连续,则称 $f(x)$ 在开区间 (a,b) 内连续.若函数 $y = f(x)$ 在开区间 (a,b) 内连续,在 $x = a$ 处右连续,在 $x = b$ 处左连

续,则称 $f(x)$ 在闭区间 $[a,b]$ 上连续.

三、间断

定义 1-22　设函数 $y = f(x)$ 在点 x_0 的某去心邻域内有定义,如果函数 $f(x)$ 有下列三种情形之一:

(1) 在 $x = x_0$ 处没有定义;

(2) 在 $x = x_0$ 处有定义,但 $\lim\limits_{x \to x_0} f(x)$ 不存在;

(3) 在 $x = x_0$ 处有定义,且 $\lim\limits_{x \to x_0} f(x)$ 存在,但 $\lim\limits_{x \to x_0} f(x) \neq f(x_0)$.

则称函数 $f(x)$ 在点 x_0 处不连续或间断,点 x_0 称为函数 $f(x)$ 的不连续点或间断点. 其中,凡是左、右极限都存在的间断点叫做第一类间断点,其余的间断点叫做第二类间断点.

【例 1-28】　讨论正切函数 $y = \tan x$ 在 $x = \dfrac{\pi}{2}$ 处的连续性.

解　因为 $y = \tan x$ 在 $x = \dfrac{\pi}{2}$ 处无定义,且 $\lim\limits_{x \to \frac{\pi}{2}} \tan x = \infty$,所以 $x = \dfrac{\pi}{2}$ 是函数 $y = \tan x$ 的第二类间断点,如图 1-15 所示.

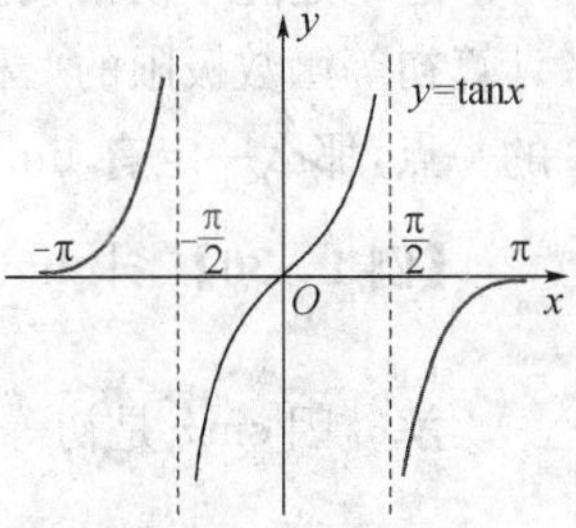

【例 1-29】　讨论函数 $f(x) = \begin{cases} 2x-1 & x < 0 \\ 0 & x = 0 \\ 2x+1 & x > 0 \end{cases}$ 在 $x = 0$

处的连续性.

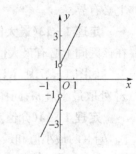

图 1-15

解　由于 $\lim\limits_{x \to 0^-} f(x) = \lim\limits_{x \to 0^-} (2x-1) = -1$,

$$\lim\limits_{x \to 0^+} f(x) = \lim\limits_{x \to 0^+} (2x+1) = 1,$$

故

$$\lim\limits_{x \to 0^-} f(x) \neq \lim\limits_{x \to 0^+} f(x).$$

因此,点 $x = 0$ 是函数 $f(x)$ 的第一类间断点,如图 1-16 所示.

图 1-16

1.6.2　连续函数的基本性质

一、连续函数的运算性质

定理 1-8　设函数 $f(x)$ 和 $g(x)$ 在 x_0 处均连续,则 $f(x) + g(x)$,$f(x) - g(x)$,$f(x) \cdot g(x)$,$\dfrac{f(x)}{g(x)}$(当 $g(x_0) \neq 0$ 时)在点 x_0 处也连续.

证明　因为 $f(x),g(x)$ 在点 x_0 处连续,即

$$\lim\limits_{x \to x_0} f(x) = f(x_0), \lim\limits_{x \to x_0} g(x) = g(x_0).$$

从而由极限的运算法则,得到

$$\lim\limits_{x \to x_0} [f(x) \pm g(x)] = \lim\limits_{x \to x_0} f(x) \pm \lim\limits_{x \to x_0} g(x) = f(x_0) \pm g(x_0),$$

所以函数 $f(x) \pm g(x)$ 在点 x_0 处连续.

后两个结论可类似地加以证明,且和、差、积的情况可以推广到有限个函数的情形.

定理 1‐9(复合函数的连续性)   设函数 $y = f(u)$ 在 u_0 处连续,函数 $u = \varphi(x)$ 在 x_0 处连续,且 $u_0 = \varphi(x_0)$,则复合函数 $y = f[\varphi(x)]$ 在 x_0 处连续.

这个定理说明了连续函数的复合函数仍为连续函数,并可得到如下结论:

$$\lim_{x \to x_0} f[\varphi(x)] = f[\varphi(x_0)] = f[\lim_{x \to x_0} \varphi(x)].$$

这表示对于连续函数,极限符号与函数符号可以交换次序.

定理 1‐10   设函数 $y = f(x)$ 是区间 D 上的连续且严格增(或严格减)的函数,则在对应的函数值所成的区间 I 上必存在反函数 $x = f^{-1}(y)$,且 $f^{-1}(y)$ 也是连续且严格增(或严格减)的函数.

由基本初等函数的连续性,根据上述连续函数的基本性质,我们可得

定理 1‐11   一切初等函数在其定义区间内都是连续的.

这个定理不仅给我们提供了判断一个函数是不是连续函数的依据,而且为我们提供了计算初等函数极限的一种方法:如果函数 $y = f(x)$ 是初等函数,而且点 x_0 是其定义区间内的一点,那么一定有 $\lim\limits_{x \to x_0} f(x) = f(x_0)$.

【例 1‐30】   求 $\lim\limits_{x \to \frac{\pi}{2}} \sin x$.

解   因 $\sin x$ 是初等函数,故 $\lim\limits_{x \to \frac{\pi}{2}} \sin x = \sin(\lim x) = \sin\dfrac{\pi}{2} = 1$.

二、闭区间上连续函数的性质

定理 1‐12(有界性定理)   设函数 $y = f(x)$ 在闭区间 $[a, b]$ 上连续,则 $f(x)$ 在该区间上必有界.

定理 1‐13(最大值与最小值定理)   设函数 $y = f(x)$ 在闭区间 $[a, b]$ 上连续,则 $f(x)$ 在该区间上必有最大值和最小值.

如图 1‐17 所示,若函数 $f(x)$ 在 $[a, b]$ 上连续,则在 $[a, b]$ 上至少有一点 x_1,使得在点 x_1 处取最小值 m;同样,至少有一点 x_2,使得在点 x_2 处取最大值 M.

定理 1‐14(介值定理)   设函数 $y = f(x)$ 在闭区间 $[a, b]$ 上连续,m, M 分别是 $f(x)$ 在 $[a, b]$ 上的最小值和最大值,则对于介于 m, M 之间的任一实数 $C(m < C < M)$,至少存在一点 $\xi \in (a, b)$,使得 $f(\xi) = C$.

如图 1‐18 所示,若 C 是 m 与 M 之间的任何一个数,那么连续曲线 $y = f(x)$ 与直线 $y = C$ 至少有一个交点.

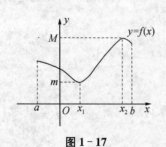

图 1‐17

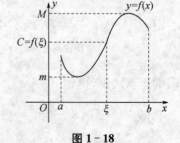

图 1‐18

推论 1-5 如果函数 $y = f(x)$ 在闭区间 $[a,b]$ 上连续,且 $f(a)$ 与 $f(b)$ 异号,则至少存在一点 $\xi \in (a,b)$,满足 $f(\xi) = 0$.

如图 1-19 所示,连续曲线 $y = f(x)$ 满足 $f(a) < 0$,$f(b) > 0$,那么曲线与 x 轴必有交点 $\xi \in (a,b)$,这时有 $f(\xi) = 0$.

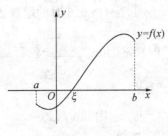

图 1-19

【例 1-31】 证明方程 $x^3 - 4x^2 + 1 = 0$ 在区间 $(0,1)$ 内至少有一个实根.

证明 函数 $f(x) = x^3 - 4x^2 + 1$ 在闭区间 $[0,1]$ 上连续,又 $f(0) = 1 > 0$,$f(1) = -2 < 0$. 根据推论 1-5,在区间 $(0,1)$ 内至少有一点 ξ,使得 $f(\xi) = 0$. 因此,方程 $x^3 - 4x^2 + 1 = 0$ 在区间 $(0,1)$ 内至少有一个实根.

习题 1.6

1. 设函数 $y = 2x^2 - 1$,当 x 从 $x_1 = 1$ 改变到 $x_2 = \dfrac{1}{2}$ 时,求自变量的增量与函数的增量.

2. 讨论下列函数的连续性,如有间断点,指出其类型.

(1) $\dfrac{1}{(x+2)^2}$;

(2) $y = \dfrac{\sin x}{x}$;

(3) $y = \begin{cases} x - 1 & x \leqslant 1 \\ 3 - x & x > 1 \end{cases}$;

(4) $\dfrac{x^2 - 1}{x^2 - 3x + 2}$.

3. 求下列极限.

(1) $\lim\limits_{a \to \frac{\pi}{4}} (\sin 2a)^2$;

(2) $\lim\limits_{t \to -2} \dfrac{e^t + 1}{t}$;

(3) $\lim\limits_{x \to \infty} e^{\frac{1}{x}}$;

(4) $\lim\limits_{x \to e} (x \ln x + 3x + 2)$;

(5) $\lim\limits_{x \to \frac{\pi}{9}} \ln(2\cos 3x)$;

(6) $\lim\limits_{x \to 0} \ln \dfrac{\sin x}{x}$;

(7) $\lim\limits_{x \to 1} \arcsin \dfrac{\sqrt{3x + \ln x}}{2}$;

(8) $\lim\limits_{x \to +\infty} \dfrac{\ln(1 + x) - \ln x}{x}$.

4. 证明方程 $x^3 + 2x - 6 = 0$ 至少有一个根介于 1 和 3 之间.

自测题 1

一、填空题

1. $y = \ln(1 - x) + \sqrt{x + 2}$ 的定义域为_____.

2. 已知 $f\left(x+\dfrac{1}{x}\right)=x^2+\dfrac{1}{x^2}-2$,则 $f(x)=$ _____.

3. 设函数 $y=f(x)$ 由 $y=\sin u, u=a^v, v=\sqrt{x}$ 复合而成,则 $f(x)=$ _____.

4. 函数 $y=x^2-\dfrac{1}{2}x$,当 $x=1,\Delta x=0.5$ 时的增量 $\Delta y=$ _____.

5. 已知 $\lim\limits_{x\to 1}\dfrac{x^2+ax+b}{x-1}=3$,则 $a=$ _____ , $b=$ _____.

6. 设函数 $f(x)=\begin{cases}\dfrac{1}{1-x} & x<0 \\ 0 & x=0 \\ x & 0<x<1 \\ 1 & 1\leqslant x<2\end{cases}$,则 $\lim\limits_{x\to 0^+}f(x)=$ _____ , $\lim\limits_{x\to 0^-}f(x)=$ _____

_____ , $\lim\limits_{x\to 0}f(x)=$ _____ , $\lim\limits_{x\to 1}f(x)=$ _____ ,间断点为 _____.

二、选择题

1. 已知 $f(x)$ 的定义域为 $[1,5]$,则 $f(x^2+1)$ 的定义域为( ).

A. $[0,2]$ B. $[-2,0]$

C. $[-2,2]$ D. 不能确定

2. 函数 $f(x)=x\dfrac{e^x-1}{e^x+1}$ 是( ).

A. 奇函数   B. 偶函数

C. 既非奇函数又非偶函数   D. 不能确定

3. 当 $x\to 0$ 时,无穷小 $\sqrt{1+x}-\sqrt{1-x}$ 为( ).

A. 比 x 高阶的无穷小

B. 比 x 低阶的无穷小

C. 与 x 同阶的无穷小

D. 与 x 等价的无穷小

4. 当 $x\to +\infty$ 时,下列函数为无穷大量的是( ).

A. $x\sin\dfrac{1}{x}$ B. $x\sin x$

C. $x\cos\dfrac{1}{x}$ D. $x\cos x$

5. 函数 $y=\sqrt{\dfrac{x^2-4}{x-2}}$ 的定义域是( ).

A. $[-2,+\infty)$

B. $[-2,2)\cup(2,+\infty)$

C. $(-\infty,-2)\cup(-2,+\infty)$

D. $(-\infty,2)\cup(2,+\infty)$

6. 函数 $f(x)=\begin{cases}\dfrac{1-\sqrt{1+2x}}{x} & x\neq 0 \\ k & x=0\end{cases}$ 在 $x=0$ 处连续,则 $k=$ ( ).

A. -2　　　　B. -1　　　　C. 1　　　　D. 2

三、计算题

1. $\lim\limits_{x \to 4} \dfrac{x^2 - 6x + 8}{x^2 - 5x + 4}$.

2. $\lim\limits_{x \to 2} \dfrac{x + 1}{x^2 - x - 2}$.

3. $\lim\limits_{x \to \infty} \left(\dfrac{2x}{3 - x} - \dfrac{2}{3x} \right)$.

4. $\lim\limits_{x \to \infty} \dfrac{x^4 - 3x^2 - 1}{x^2 + x}$.

5. $\lim\limits_{x \to -\frac{\pi}{4}} \dfrac{\sin x + \cos x}{\cos 2x}$.

6. $\lim\limits_{x \to 0} \dfrac{x^2 \sin \dfrac{1}{x}}{\sin 2x}$.

7. $\lim\limits_{x \to +\infty} 2^x \sin \dfrac{1}{2^x}$.

8. $\lim\limits_{x \to \infty} \left(\dfrac{1 + x}{x} \right)^{\frac{x}{3}}$.

9. $\lim\limits_{x \to \infty} \left(\dfrac{x + 1}{x - 1} \right)^x$.

10. $\lim\limits_{n \to \infty} \left(1 - \dfrac{1}{n} \right)^n$.

11. $\lim\limits_{x \to 0} \dfrac{\ln(1 + 2x)}{\sin x}$.

12. $\lim\limits_{x \to 1} \dfrac{\sin(x - 1)}{\sqrt{x} - 1}$.

第2章 一元函数的导数和微分

微分学中最基本的概念是"导数". 导数来源于许多实际问题的变化率,它描述了非均匀变化现象变化快慢的程度. 导数的目的是以一种简洁的方式来表述一个变量(例如 x)的变化怎样影响另一个变量(例如 y)的变化. 实际上,经济学中的很多问题恰与这种分析方式有关. 例如,我们研究一个厂商的产出怎样影响它的成本以及一个国家的货币供给是如何影响该国的通货膨胀率等. 另外,在我们的日常生活、生产和科学研究中,还常常会遇到在什么条件下可以使材料最省、时间最少、效率最高等问题,这往往可以归结为求函数的最大值与最小值. 而导数是解决这些问题最有力的工具,学习导数可以获得解决上述问题的思路和方法. 本章从分析变速直线运动的瞬时速度及边际成本入手,讲述一元函数导数的概念、求导数的方法以及导数在经济学中的一些应用.

§2.1 导数的概念

首先通过几个实例来看导数概念的由来.

一、引例

【引例 2-1】 变速直线运动的瞬时速度问题.

设物体沿着直线(设为 s 轴)做变速直线运动,它在 t 时刻所在的位置为 $s=s(t)$,求它在 t_0 时刻的瞬时速度 $v(t_0)$.

那么,怎样定义并求出物体在 t_0 时刻的瞬时速度 $v(t_0)$ 呢? 可先讨论与 t_0 时刻接近的一个小时段 $[t_0,t_0+\Delta t]$ 上物体运动的平均速度 $\dfrac{s(t_0+\Delta t)-s(t_0)}{\Delta t}$,显然 Δt 越小,上述平均速度就越接近物体在 t_0 时刻的瞬时速度,由此可知,$v(t_0)$ 应该理解为当 $\Delta t \to 0$ 时上述平均速度的极限,即

$$v(t_0) = \lim_{\Delta x \to 0} \frac{s(t_0+\Delta t)-s(t_0)}{\Delta t}.$$

【引例 2-2】 边际成本问题.

设工厂生产某种产品的总成本函数 $C=C(q)$,表示当产量为 q 时的成本. 当产量取增量 Δq 单位时,总成本的增加量是 $\Delta C = C(q+\Delta q)-C(q)$,当 $\Delta q \to 0$ 时,极限 $\lim\limits_{\Delta q \to 0}\dfrac{\Delta C}{\Delta q} = \lim\limits_{\Delta q \to 0}\dfrac{C(q+\Delta q)-C(q)}{\Delta q}$ 表示产量为 q 单位时,总成本对产量 q 的相对变化率. 经济学中通常称该极限值是产量为 q 单位时的边际成本.

【引例 2-3】 需求价格弹性.

设市场上某商品的需求量 Q 是价格 p 的函数,记为 $Q=Q(p)$. 当价格 p 取增量 Δp

时,需求量 Q 相应地得到增量 ΔQ,当 $\Delta p \to 0$ 时,极限 $\lim\limits_{\Delta p \to 0} \dfrac{\frac{\Delta Q}{Q}}{\frac{\Delta p}{p}} = \dfrac{p}{Q} \lim\limits_{\Delta p \to 0} \dfrac{\Delta Q}{\Delta p}$ 表示在价格为 p

时需求量对价格的相对变化率. 经济学中通常称之为价格为 p 时需求量对价格的弹性.

【引例 2-4】　需求收入弹性.

恩格尔(Engel)函数是另外一种需求函数,它不是考虑需求量与价格之间的关系,而是考虑商品需求量与消费者收入水平之间的关系.

设 y 表示市场上某种商品的人均需求量,x 表示消费者的人均收入水平,该商品的恩格尔函数记为 $y = f(x)$. 当人均收入水平 x 取增量 Δx 时,需求量 y 相应地得到增量 Δy,当

$\Delta x \to 0$ 时,极限 $\lim\limits_{\Delta x \to 0} \dfrac{\frac{\Delta y}{y}}{\frac{\Delta x}{x}} = \dfrac{x}{f(x)} \lim\limits_{\Delta x \to 0} \dfrac{\Delta y}{\Delta x}$ 表示人均收入水平为 x 时需求量对人均收入水平

的相对变化率. 经济学中通常称之为人均收入水平为 x 时需求量对人均收入水平的弹性.

显然,上面几个例子所运用到的数学处理方法是相同的,都是要研究一类比值的极限,该比值是函数的改变量与自变量的改变量之比. 这种类型的极限在其他许多实际问题中也常会遇到,具有普遍性,有必要将它抽象成一般的数学概念来予以研究.

二、导数的定义

定义 2-1　设函数 $y = f(x)$ 在 $x = x_0$ 处连续,如果极限 $\lim\limits_{\Delta x \to 0} \dfrac{f(x_0 + \Delta x) - f(x_0)}{\Delta x}$ 存在,则称函数 $f(x)$ 在点 x_0 处可导,这个极限值为 $f(x)$ 在点 x_0 处的导数,记为 $f'(x_0)$ 或者 $\dfrac{\mathrm{d}y}{\mathrm{d}x}\Big|_{x=x_0}$,$y'\Big|_{x=x_0}$. 当极限不存在时,则称函数 $y = f(x)$ 在点 x_0 处不可导.

由导数的定义可知,做变速直线运动的物体在 t_0 时刻的瞬时速度等于路程函数 $s = s(t)$ 在 t_0 处的导数 $s'(t_0)$,即 $v(t_0) = s'(t_0)$.

经济学中当产量为 q_0 单位时的边际成本等于成本函数 $C = C(q)$ 在 q_0 处的导数 $C'(q_0)$.

定义 2-2　如果极限 $\lim\limits_{\Delta x \to 0^-} \dfrac{f(x_0 + \Delta x) - f(x_0)}{\Delta x}$ 存在,则称这个极限值为 $f(x)$ 在点 x_0

处的左导数,记为 $f'_-(x_0)$;如果极限 $\lim\limits_{\Delta x \to 0^+} \dfrac{f(x_0 + \Delta x) - f(x_0)}{\Delta x}$ 存在,则称此极限值为 $f(x)$

在点 x_0 处的右导数,记为 $f'_+(x_0)$. 显然,函数 $y = f(x)$ 在点 x_0 处可导的充要条件是 $f'_-(x_0)$ 和 $f'_+(x_0)$ 存在且相等.

【例 2-1】　设 $f(x) = \begin{cases} x^2 & x \geqslant 0 \\ -x & x < 0 \end{cases}$,求 $f'_+(0)$ 及 $f'_-(0)$,又 $f'(0)$ 是否存在?

解　$f'_+(0) = \lim\limits_{x \to 0^+} \dfrac{f(x) - f(0)}{x} = \lim\limits_{x \to 0^+} \dfrac{x^2 - 0}{x} = \lim\limits_{x \to 0^+} x = 0,$

　　　$f'_-(0) = \lim\limits_{x \to 0^-} \dfrac{f(x) - f(0)}{x} = \lim\limits_{x \to 0^-} \dfrac{-x - 0}{x} = -1.$

因为 $f'_+(0) \neq f'_-(0)$,所以 $f'(0)$ 不存在.

三、导数的几何意义

由导数的定义易知函数 $y = f(x)$ 在 $x = x_0$ 处的导数 $f'(x_0)$ 的几何意义是曲线 $y = f(x)$ 在点 $(x_0, f(x_0))$ 处的切线的斜率.

四、可导与连续的关系

定理 2-1 若函数 $f(x)$ 在点 x_0 处可导,则 $f(x)$ 必在点 x_0 处连续;反之则不一定成立.

若产品的总成本函数为 $C = C(q)$,则边际成本就是成本函数在给定点处的导数 $C'(q)$;若某商品的需求量 Q 关于价格 p 的函数为 $Q = Q(p)$,则需求价格弹性为 $\frac{p}{Q}Q'(p)$;若某商品的恩格尔函数记为 $y = f(x)$,则需求收入弹性为 $\frac{x}{f(x)}f'(x)$.类似于边际成本概念的建立,我们还可以得到经济学中的几个常用的边际概念.

设 $Q = Q(p)$ 表示商品的需求量 Q 关于价格 p 的函数,则 $Q'(p)$ 称为边际需求函数.

设 $Q = Q(x)$ 表示生产函数,Q 表示产出量,x 为投入量,则 $Q'(x)$ 称为边际生产函数.

设 $R = R(q)$ 表示收益函数,R 表示总收益,q 为需求量,则 $R'(q)$ 称为边际收益函数.

定义 2-3 如果函数 $f(x)$ 在区间 (a, b) 内的每一点都可导,则称函数 $f(x)$ 在区间 (a, b) 上可导.

通常由导数的定义求函数 $y = f(x)$ 在点 x_0 处的导数的方法是:

(1) 求函数 $y = f(x)$ 的增量 $\Delta y = f(x_0 + \Delta x) - f(x_0)$;

(2) 求平均变化率 $\dfrac{\Delta y}{\Delta x} = \dfrac{f(x_0 + \Delta x) - f(x_0)}{\Delta x}$;

(3) 取极限,得到函数 $y = f(x)$ 在点 x_0 处的导数 $f'(x_0) = \lim\limits_{\Delta x \to 0} \dfrac{\Delta y}{\Delta x}$.

【例 2-2】 根据导数定义求 $f(x) = x^2$ 在 $x_0 = 3$ 处的导数.

解 $f'(3) = \lim\limits_{\Delta x \to 0} \dfrac{f(3 + \Delta x) - f(3)}{\Delta x} = \lim\limits_{\Delta x \to 0} \dfrac{(3 + \Delta x)^2 - 3^2}{\Delta x}$

$\quad\quad = \lim\limits_{\Delta x \to 0} (6 + \Delta x) = 6.$

【例 2-3】 求 $f(x) = C$(C 为任意常数)的导数.

解 $\lim\limits_{\Delta x \to 0} \dfrac{\Delta y}{\Delta x} = \lim\limits_{\Delta x \to 0} \dfrac{f(x + \Delta x) - f(x)}{\Delta x} = \lim\limits_{\Delta x \to 0} \dfrac{C - C}{\Delta x} = 0.$

【例 2-4】 求 $f(x) = \sqrt{x}$ 的导数.

解 $f'(x) = \lim\limits_{\Delta x \to 0} \dfrac{f(x + \Delta x) - f(x)}{\Delta x}$

$\quad\quad = \lim\limits_{\Delta x \to 0} \dfrac{\sqrt{x + \Delta x} - \sqrt{x}}{\Delta x}$

$\quad\quad = \lim\limits_{\Delta x \to 0} \dfrac{1}{\sqrt{x + \Delta x} + \sqrt{x}} = \dfrac{1}{2\sqrt{x}}.$

【例 2-5】 求 $f(x) = \sin x$ 的导数.

解　$f'(x) = \lim\limits_{\Delta x \to 0} \dfrac{f(x + \Delta x) - f(x)}{\Delta x}$

$\qquad\qquad = \lim\limits_{\Delta x \to 0} \dfrac{\sin(x + \Delta x) - \sin x}{\Delta x}$

$\qquad\qquad = \lim\limits_{\Delta x \to 0} \dfrac{\sin \dfrac{\Delta x}{2} \cos\left(x + \dfrac{\Delta x}{2}\right)}{\dfrac{\Delta x}{2}} = \cos x.$

因此，$(\sin x)' = \cos x.$

类似地，可以得到 $(\cos x)' = -\sin x.$

【例 2 - 6】　求 $f(x) = \ln x$ 的导数.

解　$f'(x) = \lim\limits_{\Delta x \to 0} \dfrac{f(x + \Delta x) - f(x)}{\Delta x} = \lim\limits_{\Delta x \to 0} \dfrac{\ln(x + \Delta x) - \ln x}{\Delta x}$

$\qquad\qquad = \lim\limits_{\Delta x \to 0} \dfrac{\ln\left(1 + \dfrac{\Delta x}{x}\right)}{\Delta x} = \lim\limits_{\Delta x \to 0} \ln\left(1 + \dfrac{\Delta x}{x}\right)^{\frac{1}{\Delta x}}$

$\qquad\qquad = \ln \lim\limits_{\Delta x \to 0}\left(1 + \dfrac{\Delta x}{x}\right)^{\frac{x}{\Delta x} \cdot \frac{1}{x}} = \ln \mathrm{e}^{\frac{1}{x}} = \dfrac{1}{x}.$

故
$$(\ln x)' = \dfrac{1}{x}.$$

习题 2.1

1. 利用导数定义求下列函数的导数.

(1) $f(x) = 3x - 5$；　　(2) $f(x) = x^2 + 4$；

(3) $f(x) = \sqrt{2x + 3}$.

2. 求 $y = 3x^2 + 4x - 5$ 在点 $x_0 = 1$ 处的导数.

3. 设 $f(x) = \begin{cases} x^2 & x \leqslant 1 \\ 2x - 1 & x > 1 \end{cases}$，求 $f'_+(1)$ 及 $f'_-(1)$，又 $f'(1)$ 是否存在?

§2.2　导数的求法

前面我们已经用例子说明怎样利用导数的定义来求简单函数的导数，但如果我们每次求函数的导数都按照这样的步骤，就会非常繁琐. 本节我们将介绍一般函数的求导方法. 下面我们先给出求导的运算法则和一些基本函数的求导公式.

2.2.1　导数的四则运算

由导数的定义，根据极限的四则运算法则可以得到导数的四则运算法则.

设函数 $f(x), g(x)$ 的导数都存在，则

$$(f(x) \pm g(x))' = f'(x) \pm g'(x).$$

$$(f(x)g(x))' = f'(x)g(x) + f(x)g'(x).$$

特殊地 $(kf(x))' = kf'(x)(k \text{ 为任意常数}).$

$$\left(\frac{f(x)}{g(x)}\right)' = \frac{f'(x)g(x) - f(x)g'(x)}{g^2(x)}(g(x) \neq 0).$$

【例 2-7】 求 $f(x) = x^5 - x\sqrt{x} + 5\ln x + 3$ 的导数.

解 $f'(x) = (x^5)' - (x^{\frac{3}{2}})' + 5(\ln x)' + (3)'$

$$= 5x^4 - \frac{3}{2}x^{\frac{1}{2}} + \frac{5}{x}.$$

【例 2-8】 求 $y = \log_a x$ 的导数,其中 $a > 0, a \neq 1$.

解 $y = \log_a x = \dfrac{\ln x}{\ln a}$,因此 $y' = \dfrac{1}{\ln a}(\ln x)' = \dfrac{1}{x\ln a}$.

【例 2-9】求 $f(x) = x^3 \sin x + \ln 5$ 的导数.

解 $f'(x) = (x^3)' \sin x + x^3 (\sin x)' + 0$

$$= 3x^2 \sin x + x^3 \cos x.$$

【例 2-10】 求 $y = \tan x$ 的导数.

解 $y' = (\tan x)' = \left(\dfrac{\sin x}{\cos x}\right)' = \dfrac{(\sin x)'\cos x - \sin x(\cos x)'}{\cos^2 x}$

$$= \frac{\cos^2 x - \sin x(-\sin x)}{\cos^2 x} = \frac{\cos^2 x + \sin^2 x}{\cos^2 x}$$

$$= \frac{1}{\cos^2 x} = \sec^2 x.$$

类似地,可得到 $(\cot x)' = \dfrac{-1}{\sin^2 x} = -\csc^2 x$,

$$(\sec x)' = \sec x \cdot \tan x,$$

$$(\csc x)' = -\csc x \cdot \cot x.$$

【例 2-11】 求曲线 $y = 2^x$ 在点 $M(1,2)$ 处的切线方程.

解 $y'|_{x=1} = 2^x \ln 2 |_{x=1} = 2\ln 2.$

所以在点 $M(1,2)$ 处的切线方程是 $y - 2 = 2\ln 2(x-1)$.

2.2.2 复合函数的导数

设函数 $y = f(u), u = \varphi(x)$ 可以复合成函数 $y = f[\varphi(x)], u = \varphi(x)$ 在点 x 处可导,$y = f(u)$ 在点 u 处可导,则复合函数 $y = f[\varphi(x)]$ 在点 x 处的导数也存在,而且

$$\frac{dy}{dx} = \frac{dy}{du} \cdot \frac{du}{dx} \text{ 或 } y'_x = y'_u \cdot u'_x.$$

上述公式可作进一步的推广.当 $y = y(w), w = w(u), u = u(x)$ 时,相应的复合函数的求导公式为

$$\frac{\mathrm{d}y}{\mathrm{d}x} = \frac{\mathrm{d}y}{\mathrm{d}w} \cdot \frac{\mathrm{d}w}{\mathrm{d}u} \cdot \frac{\mathrm{d}u}{\mathrm{d}x}.$$

它还可以推广到含有更多个中间变量的情形.

【例 2 - 12】 求 $y = \cot^3 x$ 的导数.

解　设 $y = u^3, u = \cot x$，则

$$y' = (u^3)'(\cot x)' = 3u^2(-\csc^2 x) = -3\cot^2 x \csc^2 x.$$

【例 2 - 13】 求 $y = \ln(\sin\sqrt{x})$ 的导数.

解　设 $y = \ln u, u = \sin t, t = \sqrt{x}$，则

$$y' = (\ln u)'(\sin t)'(\sqrt{x})' = \frac{\cos\sqrt{x}}{2\sqrt{x}\sin\sqrt{x}}.$$

【例 2 - 14】 求 $y = (\tan\sqrt{x})^3$ 的导数.

解　设 $y = u^3, u = \tan t, t = \sqrt{x}$，则

$$y' = (u^3)'(\tan t)'(\sqrt{x})' = \frac{3(\tan\sqrt{x})^2\sec^2\sqrt{x}}{2\sqrt{x}}.$$

2.2.3　隐函数的导数

前面讨论的求导方法，都是对显函数而言的. 但有些问题中，我们还会遇到一些函数的因变量 y 与自变量 x 的对应关系是用一个方程 $F(x,y) = 0$ 来表示的，如 $\mathrm{e}^{x+2y} = xy + 2$，$4x^2 + y^2 = 1$ 等，我们称这种形式表示的函数为隐函数. 有些隐函数可以化为显函数，但有些隐函数却很难甚至根本不可能化为显函数，如 $\mathrm{e}^{x+2y} = xy + 2$. 因此，研究隐函数的求导方法是有意义的. 下面通过例子来说明，如何求隐函数的导数. 以下约定，所给出的隐函数都是存在且是可导的.

【例 2 - 15】 求由方程 $\mathrm{e}^{x+2y} = xy + 2$ 确定的函数 y 的导数.

解　方程两边同时对 x 求导，得

$$\mathrm{e}^{x+2y}(1 + 2y') = y + xy'.$$

解出 y'，得

$$y' = \frac{y - \mathrm{e}^{x+2y}}{2\mathrm{e}^{x+2y} - x}.$$

【例 2 - 16】 求由方程 $y = 1 - x\mathrm{e}^y$ 确定的函数 y 在 $x = 0$ 处的导数.

解　方程两边同时对 x 求导，得

$$y' = -(\mathrm{e}^y + x\mathrm{e}^y y').$$

解出 y'，得

$$y' = \frac{-e^y}{1 + xe^y}.$$

又 $x = 0$ 时, $y = 1$, 所以 $y'(0) = \left. \frac{-e^y}{1 + xe^y} \right|_{(0,1)} = -e$.

【例 2 - 17】 求 $y = a^x (a > 0, a \neq 1)$ 的导数.

解 $y = a^x$ 两边取以 a 为底的对数, 可得 $\log_a y = x$, 两边再对 x 求导, 得 $\frac{y'}{y \ln a} = 1$. 因此, $y' = a^x \ln a$.

【例 2 - 18】 求 $y = \arcsin x$ 的导数.

解 $y = \arcsin x$ 是由方程 $x - \sin y = 0 \left(-\frac{\pi}{2} \leqslant y \leqslant \frac{\pi}{2} \right)$ 所确定. 由隐函数求导法得 $1 - (\cos y) y' = 0$, 所以 $y' = \frac{1}{\cos y} = \frac{1}{\sqrt{1 - \sin^2 y}} = \frac{1}{\sqrt{1 - x^2}}$.

类似地, 利用隐函数求导法, 我们可以建立基本初等函数 $y = x^\alpha$ (α 为任意实数), $y = \arccos x$, $y = \arctan x$, $y = \text{arccot } x$ 的导数公式:

$$(x^\alpha)' = \alpha x^{\alpha - 1},$$
$$(\arccos x)' = -\frac{1}{\sqrt{1 - x^2}},$$
$$(\arctan x)' = \frac{1}{1 + x^2},$$
$$(\text{arccot } x)' = -\frac{1}{1 + x^2}.$$

2.2.4 导数的基本公式

为了方便查阅, 下面给出六类基本初等函数的导数公式:

(1) $(C)' = 0$ (C 为常数);

(2) $(x^\alpha)' = \alpha x^{\alpha - 1}$ (α 为实数);

(3) $(\sin x)' = \cos x$;

(4) $(\cos x)' = -\sin x$;

(5) $(\tan x)' = \sec^2 x = \frac{1}{\cos^2 x}$;

(6) $(\cot x)' = -\csc^2 x = -\frac{1}{\sin^2 x}$;

(7) $(\log_a x)' = \frac{1}{x \ln a}$ ($a > 0, a \neq 1$), 特别地, $(\ln x)' = \frac{1}{x}$;

(8) $(a^x)' = a^x \ln a$ ($a > 0, a \neq 1$), 特别地, $(e^x)' = e^x$;

(9) $(\arcsin x)' = \frac{1}{\sqrt{1 - x^2}}$;

(10) $(\arccos x)' = -\dfrac{1}{\sqrt{1-x^2}}$;

(11) $(\arctan x) = \dfrac{1}{1+x^2}$;

(12) $(\text{arccot}\, x)' = -\dfrac{1}{1+x^2}$.

【例 2-19】　求 $f(x) = \dfrac{x}{\sqrt{1+x^2}}$ 的导数.

解　$f'(x) = \dfrac{x' \cdot \sqrt{1+x^2} - x \cdot (\sqrt{1+x^2})'}{1+x^2}$

$$= \dfrac{\sqrt{1+x^2} - x \cdot \dfrac{2x}{2\sqrt{1+x^2}}}{1+x^2}$$

$$= (1+x^2)^{-\frac{3}{2}}.$$

【例 2-20】　求 $y = \ln(x + \sqrt{a^2+x^2})$ 的导数.

解　$y' = \dfrac{x' + (\sqrt{a^2+x^2})'}{x + \sqrt{a^2+x^2}}$

$$= \dfrac{1 + \dfrac{0+2x}{2\sqrt{a^2+x^2}}}{x + \sqrt{a^2+x^2}}$$

$$= \dfrac{1}{\sqrt{a^2+x^2}}.$$

【例 2-21】　求 $y = x^{x^2}$ 的导数.

解　作恒等变形 $y = \mathrm{e}^{x^2 \ln x}$，则

$y' = \mathrm{e}^{x^2 \ln x} \cdot (x^2 \ln x)' = x^{x^2}[(x^2)' \ln x + x^2 (\ln x)']$

$\quad = x^{x^2+1}(2\ln x + 1).$

【例 2-22】　求 $y = \sqrt{\dfrac{(x-1)(x+2)}{(x+3)(x^3+5)}}$ 的导数.

解　作恒等变形 $y = \mathrm{e}^{\frac{1}{2}[\ln(x-1)+\ln(x+2)-\ln(x+3)-\ln(x^3+5)]}$，则

$y' = \mathrm{e}^{\frac{1}{2}[\ln(x-1)+\ln(x+2)-\ln(x+3)-\ln(x^3+5)]} \cdot \dfrac{1}{2}\left(\dfrac{1}{x-1} + \dfrac{1}{x+2} - \dfrac{1}{x+3} - \dfrac{3x^2}{x^3+5}\right)$

$\quad = \dfrac{1}{2}\sqrt{\dfrac{(x-1)(x+2)}{(x+3)(x^3+5)}} \cdot \left(\dfrac{1}{x-1} + \dfrac{1}{x+2} - \dfrac{1}{x+3} - \dfrac{3x^2}{x^3+5}\right).$

2.2.5　高阶导数

设函数 $f(x)$ 在 (a,b) 内的每一点 x 都有导数 $f'(x)$，如果 $f'(x)$ 在 (a,b) 内的每一点 x

仍然可导,则称$(f'(x))' = f''(x)$为$f(x)$的二阶导数. 一般地,$f(x)$的$n-1$阶导数的导数称为$f(x)$的n阶导数,记为$f^{(n)}(x)$.

【例2-23】 已知$f(x) = \cos^2 x$,求$f''(0)$.

解 $f'(x) = 2\cos x (\cos x)' = -\sin 2x$,

　　　$f''(x) = -2\cos 2x$,

　　　$f''(0) = -2$.

【例2-24】 求$y = xe^{x^2}$的二阶导数.

解 $y' = e^{x^2} + xe^{x^2} \cdot 2x = (1 + 2x^2)e^{x^2}$,

　　　$y'' = 4xe^{x^2} + (1 + 2x^2)e^{x^2} \cdot 2x = (6x + 4x^3)e^{x^2}$.

【例2-25】 已知函数$y = f(x)$具有二阶导数,且$y = f(e^x)$,求y''.

解 $y' = f'(e^x)e^x$,$y'' = f''(e^x)e^{2x} + f'(e^x)e^x$.

【例2-26】 已知函数$y = x^4 + 3x^2 + 2x - \ln 5$,求$y^{(3)}$和$y^{(4)}$.

解 $y' = 4x^3 + 6x + 2$,$y'' = 12x^2 + 6$,$y^{(3)} = 24x$,$y^{(4)} = 24$.

【例2-27】 已知函数$y = 1 - xe^y$,求y''.

解 两边对x求导数得到$y' = -(e^y + xe^y y')$,所以$y' = -\dfrac{e^y}{1 + xe^y}$,

$$y'' = -\frac{e^y y'(1 + xe^y) - e^y(e^y + xe^y y')}{(1 + xe^y)^2} = \frac{e^{2y}(2 + xe^y)}{(1 + xe^y)^3}.$$

习题 2.2

1. 求下列函数的导数.

(1) $y = 3x^4 - 5x^2 + 40x - 10$;

(2) $y = (x^2 - 4)(2x^3 + 3)$;

(3) $y = \dfrac{1 - 2x}{2 + 3x}$;

(4) $y = \dfrac{3x^4 + x - 5}{\sqrt{x}}$;

(5) $y = (1 + x^2)\arctan x + 5$;

(6) $y = \sqrt{x}\tan x$;

(7) $y = \dfrac{1 - 10^x}{1 + 10^x}$;

(8) $y = \dfrac{\cos x}{1 + \sin x}$.

2. 求下列复合函数的导数.

(1) $y = (5x^2 + 1)^{10}$;

(2) $y = e^{\sin x}$;

(3) $y = x\sqrt{1 + x^2}$;

(4) $y = \sin x^3$;

(5) $y = \arctan\sqrt{x}$;

(6) $y = \tan^3 x$;

(7) $y = 3^{\sin\sqrt{x}}$;

(8) $y = \sin 3x + \cos x^3$;

(9) $y = \ln\arctan x$;

(10) $y = e^{\sin\frac{1}{x}}$;

(11) $y = 2^{\sin x} + \cos\sqrt{x}$;

(12) $y = \cos^2(x^3 + 2)$.

3. 求下列隐函数的导数.

(1) $xy = e^{x+y}$;

(2) $4x^2 + 9y^2 = 1$;

(3) $e^{xy} + y\ln x = \cos 2x$;

(4) $x\sin y + y\sin x = 1$;

(5) $xy + e^x = e^y$;

(6) $\sin(x + 2y) = \ln xy$;

(7) $x^y = y^x$;

(8) $2y^2 - x^3 = e^y$.

4. 求下列函数的导数.

(1) $y = x^{\sin x}$;

(2) $y = (\ln x)^x$.

5. 求 $y = \sqrt{x + 4}$ 在点 $M(0, 2)$ 处的切线方程.

6. 求下列函数的二阶导数.

(1) $y = 3x^4 - 5x^2 + 40x - 10$;

(2) $y = x^2\sin x$;

(3) $y = \ln(1 + x^2)$;

(4) $y = \dfrac{x}{1 + x}$;

(5) $y = (1 + x^2)\arctan x + 5$;

(6) $y = \tan x$;

(7) $y = \ln(x + \sqrt{1 + x^2})$;

(8) $y = e^x\sin x$.

§2.3　微　分

前面我们讲过导数描述的是函数在点 x 处的变化率. 有时我们还需要了解函数在某一点当自变量取得微小改变时,函数取得相应改变量的大小,这就需要引入微分的概念.

【例 2 - 28】　设有一边长为 x 的正方形,若边长由 x 变到 $x+\Delta x$,问正方形的面积改变了多少?

解　当边长由 x 变到 $x+\Delta x$,则正方形面积 S 的相应改变量为

$$\Delta S = (x + \Delta x)^2 - x^2 = 2x\Delta x + (\Delta x)^2.$$

上式中,当 $\Delta x \to 0$ 时,$(\Delta x)^2$ 是比 Δx 高阶的无穷小量. 因此,当 $|\Delta x|$ 很小时,我们通常用第一部分的 $2x\Delta x$ 来近似地代替 ΔS,$|\Delta x|$ 越小,ΔS 越精确.

一般地,若函数 $y = f(x)$ 可导,由 $f'(x) = \lim\limits_{\Delta x \to 0}\dfrac{f(x + \Delta x) - f(x)}{\Delta x} = \lim\limits_{\Delta x \to 0}\dfrac{\Delta y}{\Delta x}$,根据极限与无穷小量之间的关系,有 $\dfrac{\Delta y}{\Delta x} = f'(x) + a$ 或 $\Delta y = f'(x) \cdot \Delta x + a\Delta x$(其中 $\lim\limits_{\Delta x \to 0}a = 0$).

因为 $a\Delta x$ 是一个比 Δx 高阶的无穷小量,因此,当 $|\Delta x|$ 很小时,我们通常用第一部分的

$f'(x)\Delta x$ 来近似地代替 Δy,而将第二部分忽略掉.

2.3.1 微分的定义

定义 2-4 设函数 $y=f(x)$ 在点 x 处可导,称 $f'(x)\Delta x$ 为函数 $f(x)$ 在点 x 处的微分,记为 $\mathrm{d}y$ 或 $\mathrm{d}f(x)$,即 $\mathrm{d}y=f'(x)\Delta x$.

由微分的定义可知,一个函数在某一点的微分是一个自变量增量 Δx 的线性函数,当 Δx 充分小时,微分可以近似地代替函数的增量 Δy,所造成的误差是 Δx 的高阶无穷小.

特别地,当 $y=x$ 时,$\mathrm{d}x=\mathrm{d}y=\Delta x$.这样,函数 $y=f(x)$ 在点 x 处的微分可以表示为 $\mathrm{d}y=f'(x)\mathrm{d}x$.函数在点 x 处的导数可以表示为两个微分之商,即 $\dfrac{\mathrm{d}y}{\mathrm{d}x}=f'(x)$.因此,函数的导数也称为微商.

从函数微分的表达式 $\mathrm{d}y=f'(x)\mathrm{d}x$ 可以看出,要计算函数的微分,只要计算出函数的导数,再乘以自变量 x 的微分就可以了.由导数的基本公式和运算法则,可以得到基本微分公式和运算法则,以下是常用的基本微分公式和微分法则.

(1) $\mathrm{d}C=0(C$ 是任意常数);

(2) $\mathrm{d}x^{\alpha}=\alpha x^{\alpha-1}\mathrm{d}x(\alpha$ 是实数);

(3) $\mathrm{d}a^{x}=a^{x}\ln a\mathrm{d}x(a>0,a\neq 1)$,特别地,$\mathrm{d}e^{x}=e^{x}\mathrm{d}x$;

(4) $\mathrm{d}\log_{a}x=\dfrac{1}{x\ln a}\mathrm{d}x(a>0,a\neq 1)$,特别地,$\mathrm{d}\ln x=\dfrac{1}{x}\mathrm{d}x$;

(5) $\mathrm{d}\sin x=\cos x\mathrm{d}x$;

(6) $\mathrm{d}\cos x=-\sin x\mathrm{d}x$;

(7) $\mathrm{d}\tan x=\sec^{2}x\mathrm{d}x$;

(8) $\mathrm{d}\cot x=-\csc^{2}x\mathrm{d}x$;

(9) $\mathrm{d}\arcsin x=\dfrac{1}{\sqrt{1-x^{2}}}\mathrm{d}x$;

(10) $\mathrm{d}\arccos x=-\dfrac{1}{\sqrt{1-x^{2}}}\mathrm{d}x$;

(11) $\mathrm{d}\arctan x=\dfrac{1}{1+x^{2}}\mathrm{d}x$;

(12) $\mathrm{d}\mathrm{arccot}\,x=-\dfrac{1}{1+x^{2}}\mathrm{d}x$;

(13) $\mathrm{d}[f(x)\pm g(x)]=[f'(x)\pm g'(x)]\mathrm{d}x$;

(14) $\mathrm{d}[f(x)\cdot g(x)]=[f'(x)\cdot g(x)+f(x)\cdot g'(x)]\mathrm{d}x$,特别地,$\mathrm{d}(kf(x))=kf'(x)\mathrm{d}x(k$ 为任意常数);

(15) $\mathrm{d}\left[\dfrac{f(x)}{g(x)}\right]=\left[\dfrac{f'(x)g(x)-f(x)g'(x)}{g^{2}(x)}\right]\mathrm{d}x$;

(16) 若 $u=\varphi(x)$ 在点 x 处可导,$y=f(u)$ 在点 u 处可导,则 $\mathrm{d}y=f'(u)\cdot\varphi'(x)\mathrm{d}x$.

由于 $\mathrm{d}u=\varphi'(x)\mathrm{d}x$,所以上式可写成 $\mathrm{d}y=f'(u)\mathrm{d}u$,从形式上看,它与 $y=f(x)$ 的微分 $\mathrm{d}y=f'(x)\mathrm{d}x$ 的形式一样,从而称为一阶微分形式的不变性,其意义为不管 u 是自变量还是中间变量,函数 $y=f(u)$ 的微分形式总是 $\mathrm{d}y=f'(u)\mathrm{d}u$.

【例 2-29】 求函数 $y = x^2$ 在 $x = 2, \Delta x = 0.01$ 的改变量及微分.

解　$\Delta y = (x + \Delta x)^2 - x^2 = 2.01^2 - 2^2 = 0.040\ 1.$

在 $x = 2$ 处, $y' \big|_{x=2} = 2x \big|_{x=2} = 2 \times 2 = 4$, 所以

$$dy \big|_{x=2} = y' \big|_{x=2} \Delta x = 4 \times 0.01 = 0.04.$$

【例 2-30】 求函数 $y = x^3 + \ln x$ 在 $x = 1$ 处的微分.

解　$y' \big|_{x=1} = \left(3x^2 + \dfrac{1}{x}\right) \big|_{x=1} = 4, \ dy \big|_{x=1} = 4 dx.$

【例 2-31】 求函数 $y = x^3 \tan x$ 的微分.

解　$$dy = (x^3 \tan x)' dx = (3x^2 \tan x + x^3 \sec^2 x) dx.$$

【例 2-32】 求函数 $y = \dfrac{\sin x}{x^2}$ 的微分.

解　
$$dy = \left(\frac{\sin x}{x^2}\right)' dx = \left(\frac{x^2 \cos x - 2x \sin x}{x^4}\right) dx$$
$$= \left(\frac{x \cos x - 2 \sin x}{x^3}\right) dx.$$

【例 2-33】 求函数 $y = 2^{\sin x}$ 的微分.

解　$dy = (2^{\sin x})' dx = 2^{\sin x} (\cos x) \ln 2 dx.$

【例 2-34】 求 $d\left(\dfrac{e^x}{\arctan x}\right)$.

解　$d\left(\dfrac{e^x}{\arctan x}\right) = \left(\dfrac{e^x}{\arctan x}\right)' dx$
$$= \left[\frac{e^x}{\arctan x} - \frac{e^x}{(1 + x^2) \arctan^2 x}\right] dx.$$

【例 2-35】 已知 $y = 1 - xe^y$, 求 dy.

解　$dy = y' dx = \dfrac{-e^y}{1 + xe^y} dx.$

【例 2-36】 某工厂一个工人每天生产 x 件产品, 获得利润 $p(x) = 36\sqrt{100x - x^2}$ (元). 当一个工人每天产量由 10 件增加到 12 件时, 求利润增加的近似值.

解　由题意, 利润 $p(x)$ 的增加为

$$\Delta p \approx dp = p'(x) \Delta x = \frac{36(50 - x)}{\sqrt{100x - x^2}} \Delta x.$$

当 $x_0 = 10, \Delta x = 2$ 时, $dp = \dfrac{36(50 - 10)}{\sqrt{1000 - 10^2}} \cdot 2 = 96$ (元), 即一个工人每天产量由 10 件增加到 12 件时, 增加利润约 96 元.

2.3.2　由参数方程确定的函数的导数

若两个变量 x 和 y 都是同一变量 t 的函数: $x = \varphi(t), y = \psi(t)$, 我们称由表达式 $x =$

$\varphi(t)$，$y=\psi(t)$ 确定的函数 $y=f(x)$ 为由参数方程确定的函数，其中 t 称为参变量. 由 $dx = \varphi'(t)dt$，$dy = \psi'(t)dt$ 易得到 $\dfrac{dy}{dx} = \dfrac{\psi'(t)dt}{\varphi'(t)dt} = \dfrac{\psi'(t)}{\varphi'(t)}$.

【例 2-37】 设 $\begin{cases} x = e^t\cos t \\ y = e^t\sin t \end{cases}$，求 $\dfrac{dy}{dx}$.

解 $\dfrac{dy}{dx} = \dfrac{d(e^t\sin t)}{d(e^t\cos t)} = \dfrac{(e^t\sin t + e^t\cos t)dt}{(e^t\cos t - e^t\sin t)dt} = \dfrac{\sin t + \cos t}{\cos t - \sin t}$.

【例 2-38】 设 $\begin{cases} x = \sqrt{1-t^2} \\ y = \arcsin t \end{cases}$，求 $\dfrac{dy}{dx}$.

解 $\dfrac{dy}{dx} = \dfrac{d(\arcsin t)}{d(\sqrt{1-t^2})} = \dfrac{\dfrac{dt}{\sqrt{1-t^2}}}{-\dfrac{2tdt}{2\sqrt{1-t^2}}} = -\dfrac{1}{t}$.

【例 2-39】 求由参数方程 $\begin{cases} x = \ln(1+t^2) \\ y = t - \arctan t \end{cases}$ 所确定的函数 $y=y(x)$ 的二阶导数 $\dfrac{d^2y}{dx^2}$.

解
$$\dfrac{dy}{dx} = \dfrac{d(t-\arctan t)}{d[\ln(1+t^2)]} = \dfrac{(1-\dfrac{1}{1+t^2})dt}{\dfrac{2tdt}{1+t^2}} = \dfrac{t}{2},$$

$$\dfrac{d^2y}{dx^2} = \dfrac{d\left(\dfrac{dy}{dx}\right)}{dx} = \dfrac{d\left(\dfrac{t}{2}\right)}{d\ln(1+t^2)} = \dfrac{\dfrac{1}{2}dt}{\dfrac{2tdt}{1+t^2}} = \dfrac{1+t^2}{4t}.$$

注意 由参数方程确定的函数的导数也可用公式 $\dfrac{dy}{dx} = \dfrac{dy/dt}{dx/dt} = \dfrac{y'(t)}{x'(t)}$ 来求解.

习题 2.3

1. 求下列函数的微分.

(1) $y = 3x^4 + 2$；

(2) $y = x^2\cos x$；

(3) $y = \dfrac{x}{2-x}$；

(4) $y = \arcsin x^2$；

(5) $y = (1+x^2)\arctan x + 5$；

(6) $y = \ln(1+x^3)$；

(7) $y = e^{\sin x}$；

(8) $y = \arctan\sqrt{x}$；

(9) $y = \sin^3 x$；

(10) $y = e^x\cos x$；

(11) $y = 1 - xe^y$；

(12) $y = x^{2x}$.

2. 求下列参数方程所表示的函数 $y = y(x)$ 导数.

(1) $\begin{cases} x = 2t - t^2 \\ y = 3t - t^2 \end{cases}$;　　　　　　　　(2) $\begin{cases} x = \cos t \\ y = \sin 3t \end{cases}$;

(3) $\begin{cases} x = \dfrac{t}{1+t} \\ y = \dfrac{t^2}{1+t} \end{cases}$;　　　　　　(4) $\begin{cases} x = t + \ln t \\ y = t^2 + 2t \end{cases}$.

自测题 2

一、选择题

1. 设 $y = x \cdot 2^x$, 则 $y' = ($ 　　$)$.

　A. 2^x　　　　　　　　　　B. $2^x \ln x$

　C. $2^x \ln 2$　　　　　　　　D. $2^x + x \cdot 2^x \ln 2$

2. 设 $y = 3^{\sin \sqrt{x}}$, 则 $y' = ($ 　　$)$.

　A. $3^{\sin \sqrt{x}} \ln 3$　　　　　　　　B. $3^{\sin \sqrt{x}}$

　C. $\dfrac{3^{\sin \sqrt{x}} (\ln 3) \cos \sqrt{x}}{2\sqrt{x}}$　　　D. $3^{\sin \sqrt{x}} (\ln 3) \cos \sqrt{x}$

3. 设 $y = \dfrac{\sin x}{1 + \cos x}$, 则 $y'(0) = ($ 　　$)$.

　A. 2　　　　　B. 1　　　　　C. 0　　　　　D. $\dfrac{1}{2}$

4. 设 $y = \sin^3 x$, 则 $dy = ($ 　　$)$.

　A. $3\cos x dx$　　　　　　　B. $3\sin^2 x \cos x dx$

　C. $3\cos^2 x \sin x dx$　　　　D. $3\sin^2 x \cos x$

二、填空题

1. 若极限 $\lim\limits_{x \to a} \dfrac{f(x) - f(a)}{x - a} = 2$, 则 $f'(a) = $ _____.

2. 由方程 $x^2 + y^2 - xy = 2$ 确定的函数 $y = y(x)$, 则 $y' = $ _____.

3. $\lim\limits_{x \to 0} \dfrac{e^x + e^{-x} - 2}{1 - \cos x} = $ _____.

4. 设 $\begin{cases} x = \ln(1 + t^2) \\ y = \arctan t \end{cases}$, 则 $\dfrac{dy}{dx} = $ _____.

第3章　微分中值定理和导数的应用

§3.1　微分中值定理

微分中值定理在微积分理论中占有重要地位,它建立了函数与导数之间的联系,提供了导数应用的基础理论依据.本节介绍罗尔定理(Rolle)以及拉格朗日(Lagrange)中值定理.

一、罗尔定理

定理 3 - 1(罗尔定理)　设函数 $f(x)$ 满足:(1) 在闭区间$[a,b]$上连续;(2) 在开区间(a,b)内可导;(3) $f(a) = f(b)$.则至少存在一点 $\xi \in (a,b)$,使得 $f'(\xi) = 0$.

有必要指出,罗尔定理中的三个条件缺一不可.

【例 3 - 1】　在区间$[-1,1]$上满足罗尔定理条件的函数是(　　).

A. $y = \dfrac{\sin x}{x}$　　　B. $y = (x+1)^2$　　C. $y = x$　　　　D. $y = x^2 + 1$

解　因为$y = \dfrac{\sin x}{x}$在$x = 0$处无定义,所以$y = \dfrac{\sin x}{x}$在$[-1,1]$上不连续;虽然函数$y = (x+1)^2$ 和 $y = x$在$[-1,1]$上连续,在$(-1,1)$ 内可导,但这两个函数在端点-1和1处的函数值不相等,所以也不满足罗尔定理条件.而函数 $y = x^2 + 1$ 显然在$[-1,1]$上连续,在$(-1,1)$ 内可导,且$y(-1) = y(1)$,所以函数 $y = x^2 + 1$满足罗尔定理条件.综上知应选 D.

【例 3 - 2】　验证函数$y = x^2 - 5x + 4$ 在区间$[2,3]$上满足罗尔定理条件,并求出使罗尔定理成立的 ξ.

解　显然函数$y = x^2 - 5x + 4$ 在区间$[2,3]$上有定义,所以在区间$[2,3]$ 上连续.又 $y' = 2x - 5$ 在$(2,3)$上存在,且$y(2) = y(3) = -2$,所以函数 $y = x^2 - 5x + 4$ 在区间$[2,3]$上满足罗尔定理条件.令$y' = 2x - 5 = 0$,得 $x = 2.5$,即存在 $\xi = 2.5$,使得 $y'(\xi) = 0$.

二、拉格朗日中值定理

定理 3 - 2(拉格朗日定理)　如果函数$f(x)$ 在闭区间$[a,b]$ 上连续,在开区间(a,b) 内可导, 则至少存在一点 $\xi \in (a,b)$,使得 $f'(\xi) = \dfrac{f(b) - f(a)}{b - a}$.

【例 3 - 3】　在区间$[-1,1]$上满足拉格朗日中值定理条件的函数是(　　).

A. $y = \sqrt[5]{x^4}$　　　　B. $y = \ln(1 + x^2)$　　C. $y = \dfrac{\cos x}{x}$　　　　D. $y = \dfrac{1}{1 + x}$

解　因为$y = \dfrac{\cos x}{x}$在$x = 0$处无定义,所以$y = \dfrac{\cos x}{x}$在$x = 0$处不连续;函数$y = \dfrac{1}{1 + x}$在$x = -1$处没有定义,从而也不连续.因此它们在区间$[-1,1]$上都不满足拉格朗日中值定理条件.虽然函数$y = \sqrt[5]{x^4}$ 在区间$[-1,1]$上连续,但是$y' = \dfrac{4}{5\sqrt[5]{x}}$在$x = 0$处不存在,即$y = $

$\sqrt[5]{x^4}$ 在 $x=0$ 处不可导, 因此 $y=\sqrt[5]{x^4}$ 在区间 $[-1,1]$ 上也不满足拉格朗日中值定理. 而函数 $y=\ln(1+x^2)$ 显然在 $[-1,1]$ 上连续, 在 $(-1,1)$ 内可导, 所以函数 $y=\ln(1+x^2)$ 满足拉格朗日中值定理条件. 综上可知应选 B.

【例 3-4】 求函数 $f(x)=\ln x$ 在区间 $[1,e]$ 上使拉格朗日中值定理结论成立的 ξ.

解 因为函数 $f(x)=\ln x$ 在区间 $[1,e]$ 上连续, 在 $(1,e)$ 内可导, 所以函数 $f(x)=\ln x$ 在区间 $[1,e]$ 上满足拉格朗日中值定理条件. 由拉格朗日中值定理知, 至少存在一个 $\xi \in (1, e)$, 使得 $f'(\xi)=\dfrac{f(e)-f(1)}{e-1}$, 所以有 $\dfrac{1}{\xi}=\dfrac{1-0}{e-1}$, 从而 $\xi=e-1$.

习题 3.1

1. 下列各函数在给定区间上满足罗尔定理条件的是(　　).

A. $y=\dfrac{3}{2x^2+1},[-1,1]$　　　　　　B. $y=x e^x,[0,1]$

C. $y=|x|,[-1,1]$　　　　　　D. $y=\dfrac{1}{\ln x},[1,e]$

2. 函数 $y=x\sqrt{1-x}$ 在区间 $[0,1]$ 上使罗尔定理成立的 $\xi=$(　　).

A. 0　　　　B. $\dfrac{1}{2}$　　　　C. $\dfrac{2}{3}$　　　　D. $\dfrac{1}{3}$

3. 下列各函数在给定区间上是否满足拉格朗日中值定理的条件? 若满足, 求出相应的 ξ 值.

(1) $f(x)=\sqrt[3]{x^2},[-1,2]$;　　　　　　　　(2) $f(x)=\arctan x,[0,1]$.

§3.2　洛必达法则

3.2.1　函数未定式的极限

分母不为零, 这是进行数值运算的基本法则, 对于极限的运算也不能例外. 但如果在 x 的变化过程中, 分子分母的极限同时为零, 则需另当别论, 通常称这样的类型为 "$\dfrac{0}{0}$ 型未定式". 还有一种情形, 在 x 的变化过程中, 分子分母都趋向无穷大, 这类极限称为 "$\dfrac{\infty}{\infty}$ 型未定式". 下面介绍一种求 "$\dfrac{0}{0}$ 型未定式" 和 "$\dfrac{\infty}{\infty}$ 型未定式" 极限的常用方法——洛必达法则.

一、$\dfrac{0}{0}$ 型未定式

定理 3-3(洛必达法则 I)　假设函数 $f(x),g(x)$ 满足下列条件:

(1) $f'(x),g'(x)$ 在 a 点的某个空心邻域内存在, 且 $g'(x)\neq 0$;

(2) $\lim\limits_{x\to a}f(x)=\lim\limits_{x\to a}g(x)=0$;

(3) $\lim\limits_{x\to a}\dfrac{f'(x)}{g'(x)}=c$(或 ∞).

则有 $\lim\limits_{x \to a} \dfrac{f(x)}{g(x)} = \lim\limits_{x \to a} \dfrac{f'(x)}{g'(x)} = c$(或 ∞).

定理 3-3 中,$x \to a$ 可以是 $x \to x_0$,$x \to x_0^+$,$x \to x_0^-$,$x \to +\infty$,$x \to -\infty$ 或 $x \to \infty$ 中的任何一种.

【例 3-5】 求 $\lim\limits_{x \to 0} \dfrac{3^x - 2^x}{x}$.

解 $\lim\limits_{x \to 0} \dfrac{3^x - 2^x}{x} \left(\dfrac{0}{0} \text{型} \right) = \lim\limits_{x \to 0} \dfrac{3^x \ln 3 - 2^x \ln 2}{1} = \ln 3 - \ln 2$.

【例 3-6】 求 $\lim\limits_{x \to 0} \dfrac{e^x + e^{-x} - 2}{\sin^2 x}$.

解 $\lim\limits_{x \to 0} \dfrac{e^x + e^{-x} - 2}{\sin^2 x} \left(\dfrac{0}{0} \text{型} \right) = \lim\limits_{x \to 0} \dfrac{e^x - e^{-x}}{\sin 2x} \left(\dfrac{0}{0} \text{型} \right) = \lim\limits_{x \to 0} \dfrac{e^x + e^{-x}}{2\cos 2x} = 1$.

【例 3-7】 求 $\lim\limits_{x \to 0} \dfrac{x - x\cos x}{x - \sin x}$.

解 $\lim\limits_{x \to 0} \dfrac{x - x\cos x}{x - \sin x} \left(\dfrac{0}{0} \text{型} \right) = \lim\limits_{x \to 0} \dfrac{1 - \cos x + x\sin x}{1 - \cos x} \left(\dfrac{0}{0} \text{型} \right)$

$$= \lim\limits_{x \to 0} \dfrac{2\sin x + x\cos x}{\sin x} \left(\dfrac{0}{0} \text{型} \right) = \lim\limits_{x \to 0} \dfrac{3\cos x - x\sin x}{\cos x} = 3.$$

二、$\dfrac{\infty}{\infty}$ 型未定式

定理 3-4(洛必达法则 II) 假设函数 $f(x)$,$g(x)$ 满足下列条件:

(1) $f'(x)$,$g'(x)$ 在 a 点的某个空心邻域内存在,且 $g'(x) \neq 0$;

(2) $\lim\limits_{x \to a} f(x) = \lim\limits_{x \to a} g(x) = \infty$;

(3) $\lim\limits_{x \to a} \dfrac{f'(x)}{g'(x)} = c$(或 ∞).

则有 $\lim\limits_{x \to a} \dfrac{f(x)}{g(x)} = \lim\limits_{x \to a} \dfrac{f'(x)}{g'(x)} = c$(或 ∞).

定理 3-4 中,$x \to a$ 可以是 $x \to x_0$,$x \to x_0^+$,$x \to x_0^-$,$x \to +\infty$,$x \to -\infty$ 或 $x \to \infty$ 中的任何一种.

【例 3-8】 求 $\lim\limits_{x \to 0^+} \dfrac{\ln\cot x}{\ln 2x}$.

解 $\lim\limits_{x \to 0^+} \dfrac{\ln\cot x}{\ln 2x} \left(\dfrac{\infty}{\infty} \text{型} \right) = \lim\limits_{x \to 0^+} \dfrac{\dfrac{1}{\cot x} \cdot \left(-\dfrac{1}{\sin^2 x} \right)}{\dfrac{1}{x}} = \lim\limits_{x \to 0^+} \dfrac{-2x}{\sin 2x} = \lim\limits_{x \to 0^+} \dfrac{-1}{\dfrac{\sin 2x}{2x}} = -1$.

【例 3-9】 求 $\lim\limits_{x \to +\infty} \dfrac{x^2}{a^x} (a > 1)$.

解 $\lim\limits_{x \to +\infty} \dfrac{x^2}{a^x} \left(\dfrac{\infty}{\infty} \text{型} \right) = \lim\limits_{x \to +\infty} \dfrac{2x}{a^x \ln a} \left(\dfrac{\infty}{\infty} \text{型} \right) = \lim\limits_{x \to +\infty} \dfrac{2}{a^x (\ln a)^2} = 0$.

三、其他类型的未定式

除了 $\dfrac{0}{0}$,$\dfrac{\infty}{\infty}$ 型两种基本不定式外,还有 $0 \cdot \infty$,$\infty - \infty$,1^∞,0^0,∞^0 等类型,它们都可以通过适当的变换,化为 $\dfrac{0}{0}$ 或 $\dfrac{\infty}{\infty}$ 型未定式后,再应用洛必达法则.

【例 3 - 10】 求 $\lim\limits_{x \to 1}\left(\dfrac{x}{x-1} - \dfrac{1}{\ln x}\right)$.

解 这是 $\infty - \infty$ 型未定式,可以先经过通分化为 $\dfrac{0}{0}$ 型未定式.

$$\lim_{x \to 1}\left(\frac{x}{x-1} - \frac{1}{\ln x}\right) = \lim_{x \to 1}\frac{x\ln x - x + 1}{(x-1)\ln x}\left(\frac{0}{0} \text{ 型}\right) = \lim_{x \to 1}\frac{\ln x}{\ln x + 1 - \dfrac{1}{x}}\left(\frac{0}{0} \text{ 型}\right)$$

$$= \lim_{x \to 1}\frac{\dfrac{1}{x}}{\dfrac{1}{x} + \dfrac{1}{x^2}} = \frac{1}{2}.$$

【例 3 - 11】 求 $\lim\limits_{x \to +\infty} x\left(\dfrac{\pi}{2} - \arctan x\right)$.

解 这是 $0 \cdot \infty$ 型未定式,可以先经过变换化为 $\dfrac{0}{0}$ 型未定式.

$$\lim_{x \to +\infty} x\left(\frac{\pi}{2} - \arctan x\right) = \lim_{x \to +\infty}\frac{\dfrac{\pi}{2} - \arctan x}{\dfrac{1}{x}}\left(\frac{0}{0} \text{ 型}\right)$$

$$= \lim_{x \to +\infty}\frac{\dfrac{-1}{(1+x^2)}}{\dfrac{-1}{x^2}} = 1.$$

【例 3 - 12】 求 $\lim\limits_{x \to 0}(1 + \sin x)^{\frac{1}{x}}$.

解 这是 1^{∞} 型未定式,可以先经过变换化为 $\dfrac{0}{0}$ 型未定式.

$$\lim_{x \to 0}(1 + \sin x)^{\frac{1}{x}} = \lim_{x \to 0}e^{\frac{\ln(1+\sin x)}{x}} = e^{\lim\limits_{x \to 0}\frac{\ln(1+\sin x)}{x}} = e^{\lim\limits_{x \to 0}\frac{\cos x}{1+\sin x}} = e.$$

习题 3.2

求下列极限.

(1) $\lim\limits_{x \to 0}\dfrac{e^x - 1}{\sin x}$;

(2) $\lim\limits_{x \to 0}\dfrac{\ln(1 + 3x)}{x}$;

(3) $\lim\limits_{x \to a}\dfrac{x^n - a^n}{x^m - a^m}\ (n \neq m, a \neq 0)$;

(4) $\lim\limits_{x \to 1}\left(\dfrac{2}{x^2 - 1} - \dfrac{1}{x-1}\right)$;

(5) $\lim\limits_{x \to 0}\left(\dfrac{1}{x} - \dfrac{1}{e^x - 1}\right)$;

(6) $\lim\limits_{x \to 0^+} x \cdot \ln x$;

(7) $\lim\limits_{x \to 0}\dfrac{x - \tan x}{x^3}$;

(8) $\lim\limits_{x \to 0} x \cdot \cot 3x$;

(9) $\lim\limits_{x \to 0}\dfrac{\ln(1 + 3x)}{\sin 2x}$;

(10) $\lim\limits_{x \to \frac{\pi}{2}}\dfrac{\ln \sin x}{(\pi - 2x)^2}$;

(11) $\lim\limits_{x \to 0}\dfrac{\sqrt{2+x} - \sqrt{2-x}}{\sin x}$;

(12) $\lim\limits_{x \to 0}\dfrac{x - \arcsin x}{x^3}$;

(13) $\lim\limits_{x \to \frac{\pi}{2}}(\sec x - \tan x)$；   (14) $\lim\limits_{x \to 0}\dfrac{e^x - x - 1}{x(e^x - 1)}$.

§3.3 函数的单调性

我们知道,如果函数 $f(x)$ 在某个区间是增函数或减函数,那么就说 $f(x)$ 在这一区间具有单调性.

定理 3-5 设函数 $f(x)$ 在区间 (a,b) 内可导,如果在 (a,b) 内 $f'(x) > 0$,则 $f(x)$ 在该区间内为增函数;如果在 (a,b) 内 $f'(x) < 0$,则 $f(x)$ 在该区间内为减函数.

【例 3-13】 求函数 $y = x^3 - 3x^2 - 9x + 10$ 的单调区间.

解 函数 $y = x^3 - 3x^2 - 9x + 10$ 的定义域是 $(-\infty, +\infty)$,

$$y' = 3x^2 - 6x - 9 = 3(x - 3)(x + 1).$$

令 $y' > 0$,得 $x > 3$ 或 $x < -1$.

所以单调增区间为 $(-\infty, -1)$ 和 $(3, +\infty)$,单调减区间为 $(-1, 3)$.

【例 3-14】 讨论函数 $y = 3x - x^3$ 的单调性.

解 函数 $y = 3x - x^3$ 为定义在 $(-\infty, \infty)$ 内的可导函数,且

$$y' = 3 - 3x^2 = 3(1 - x)(1 + x).$$

因此,当 $x < -1$ 或 $x > 1$ 时,$y' < 0$,从而 $y = 3x - x^3$ 在 $(-\infty, -1)$ 和 $(1, +\infty)$ 内单调减少.

当 $-1 < x < 1$ 时,$y' > 0$,从而 $y = 3x - x^3$ 在 $(-1, 1)$ 内单调增加. 为讨论方便,表3-1中列出 $y = 3x - x^3$ 在单调区间上增加或减少的变化情况.

表 3-1

	$(-\infty, -1)$	-1	$(-1, 1)$	1	$(1, +\infty)$
y'	$-$	0	$+$	0	$-$
y	↘	-2	↗	2	↘

【例 3-15】 讨论函数 $y = \arctan x - x$ 的单调性.

解 函数 $y = \arctan x - x$ 为定义在 $(-\infty, +\infty)$ 内的可导函数,且在 $(-\infty, +\infty)$ 内 $y' = \dfrac{1}{1+x^2} - 1 = \dfrac{-x^2}{1+x^2} \leqslant 0$,而且 y' 仅仅在 $x = 0$ 处为 0,因此,$y = \arctan x - x$ 在 $(-\infty, +\infty)$ 内单调减少.

【例 3-16】 讨论函数 $y = \sqrt[3]{x^2}$ 的单调性.

解 函数 $y = \sqrt[3]{x^2}$ 的定义域是 $x \in (-\infty, +\infty)$. 当 $x \neq 0$ 时,$y' = \dfrac{2}{3\sqrt[3]{x}}$,函数 $y = \sqrt[3]{x^2}$ 在 $x = 0$ 处不可导. 在 $(-\infty, 0)$ 内,$y' < 0$,从而 $y = \sqrt[3]{x^2}$ 在 $(-\infty, 0)$ 内单调减少;在 $(0, +\infty)$ 内,$y' > 0$,所以 $y = \sqrt[3]{x^2}$ 在 $(0, +\infty)$ 内单调增加.

【例 3-17】 试证明:当 $x > 0$ 时,$\ln(1 + x) > x - \dfrac{1}{2}x^2$.

证明　作辅助函数 $f(x)=\ln(1+x)-x+\dfrac{1}{2}x^2$，因为 $f(x)$ 在 $[0,+\infty)$ 上连续，在 $(0,+\infty)$ 内可导，且 $f'(x)=\dfrac{1}{1+x}-1+x=\dfrac{x^2}{1+x}$，当 $x>0$ 时，$f'(x)>0$，又 $f(0)=0$，所以当 $x>0$ 时，有 $f(x)>f(0)=0$，即 $\ln(1+x)>x-\dfrac{1}{2}x^2$.

【例 3-18】　证明方程 $x^5+x+1=0$ 在区间 $(-1,0)$ 内有且只有一个实根.

证明　令 $f(x)=x^5+x+1$，因为 $f(x)$ 在区间 $[-1,0]$ 上连续，且 $f(-1)\cdot f(0)=-1<0$. 根据零点定理，$f(x)$ 在 $(-1,0)$ 内至少有一个零点.

另一方面，对于任意实数 x，有 $f'(x)=5x^4+1>0$，所以 $f(x)$ 在 $(-\infty,+\infty)$ 内单调增加，因此，方程 $x^5+x+1=0$ 在区间 $(-1,0)$ 内有且只有一个实根.

习题 3.3

1. 选择题.

(1) 函数 $y=\dfrac{1}{2}(e^x-e^{-x})$ 在区间 $(-1,1)$ 内（　　　）.

A. 单调增加　　　　B. 单调减少　　　　C. 不单调　　　　D. 是一个常数

(2) 函数 $y=\ln(1+x^2)$ 的单调减少区间是（　　　）.

A. $(-1,1)$　　　　B. $(-\infty,0)$　　　　C. $(0,+\infty)$　　　　D. $(-\infty,+\infty)$

2. 求下列函数的单调区间.

(1) $y=2x^3+3x^2-12x+1$；

(2) $y=5+\sqrt{2x-x^2}$；

(3) $y=\dfrac{x}{1+x^2}$；

(4) $y=x-\ln(1+x)$；

(5) $y=xe^x$；

(6) $y=(x+2)^2(x-1)^3$；

(7) $y=x^4-2x^2-5$.

3. 利用单调性证明不等式.

(1) 当 $x>0$ 时，$\ln(1+x)>\dfrac{x}{1+x}$；

(2) 当 $x>1$ 时，$e^x>ex$.

4. 证明方程 $x^3-x+\dfrac{1}{4}=0$ 在区间 $\left(0,\dfrac{1}{2}\right)$ 内有且只有一个实根.

§3.4　函数的极值和最值

定义 3-1　设函数 $f(x)$ 在 $x=x_0$ 的某个邻域内有定义，如果在该邻域内恒有 $f(x)\geqslant f(x_0)$（或 $f(x)\leqslant f(x_0)$），则称 $f(x_0)$ 为函数 $f(x)$ 的一个极小值（或极大值），而称 x_0 为 $f(x)$ 的极小值点或极大值点. 极小值与极大值统称为极值.

定理 3-6（极值存在的必要条件）　如果函数 $f(x)$ 在点 x_0 处有极值，且 $f'(x_0)$ 存在，则 $f'(x_0)=0$.

使 $f'(x)=0$ 的点称为函数 $f(x)$ 的驻点，驻点可能是函数的极值点，也可能不是极值点,例如 $f(x)=x^3$ 在 $x=0$ 点处的导数为零,但它不是极值点;另外,导数不存在的点也有可能是函数的极值点.

定理 3-7(极值存在的第一充分条件) 设函数 $f(x)$ 在点 x_0 的某邻域 $(x_0-\delta,x_0+\delta)$ 内连续可导(但 $f'(x_0)$ 可以不存在).

(1) 如果当 $x\in(x_0-\delta,x_0)$ 时,$f'(x)>0$,而当 $x\in(x_0,x_0+\delta)$ 时,$f'(x)<0$,则函数 $f(x)$ 在点 x_0 处取极大值 $f(x_0)$;

(2) 如果当 $x\in(x_0-\delta,x_0)$ 时,$f'(x)<0$,而当 $x\in(x_0,x_0+\delta)$ 时,$f'(x)>0$,则函数 $f(x)$ 在点 x_0 处取极小值 $f(x_0)$;

(3) 如果当 $x\in(x_0-\delta,x_0+\delta)(x\ne x_0)$ 时,$f'(x)<0$ 或 $f'(x)>0$,则函数 $f(x)$ 在点 x_0 处无极值.

定理 3-8(极值存在的第二充分条件) 设函数 $f(x)$ 在点 x_0 处存在二阶导数,且 $f'(x_0)=0,f''(x_0)\ne0$.

(1) 若 $f''(x_0)>0$,则 $f(x)$ 在点 x_0 处取极小值 $f(x_0)$;

(2) 若 $f''(x_0)<0$,则 $f(x)$ 在点 x_0 处取极大值 $f(x_0)$.

如果函数 $f(x)$ 在闭区间 $[a,b]$ 连续,则存在两个点 $c,d\in[a,b]$,使得对区间 $[a,b]$ 中的任意点 x,都有 $f(c)\leqslant f(x)\leqslant f(d)$. $f(c)=m$ 称为函数 $f(x)$ 在区间 $[a,b]$ 上的最小值,$f(d)=M$ 称为函数 $f(x)$ 在区间 $[a,b]$ 上的最大值. 一般地,在闭区间上连续函数的最小(大)值点应该在函数的驻点、函数的不可导点和区间的端点这三类点中寻找. 尤其是在实际问题中,若由分析知实际问题确实存在最小(或最大)值,而函数在讨论的区间内又只有一个驻点,则该驻点一定是最小(或最大)值点.

【例 3-19】 求 $y=\dfrac{1}{3}x^3-4x+4$ 的极值.

解 函数的定义域是 $(-\infty,+\infty)$,且函数无不可导点,由 $y'=x^2-4=(x-2)(x+2)=0$,解得 $x_1=-2,x_2=2$. 当 $x<-2$ 时,$y'>0$,当 $-2<x<2$ 时,$y'<0$,所以 $y(-2)=\dfrac{28}{3}$ 是函数的极大值;又当 $x>2$ 时,有 $y'>0$,所以 $y(2)=-\dfrac{4}{3}$ 是极小值. 同讨论函数的单调性一样,我们也可以利用驻点把函数的定义域分成几个单调区间,把有关的信息写入表 3-2 内.

表 3-2

	$(-\infty,-2)$	-2	$(-2,2)$	2	$(2,+\infty)$
y'	$+$	0	$-$	0	$+$
y	↗	极大值 $y(-2)=\dfrac{28}{3}$	↘	极小值 $y(2)=-\dfrac{4}{3}$	↗

【例 3-20】 求 $y=x-\dfrac{3}{2}x^{\frac{2}{3}}$ 的极值.

解 函数的定义域是 $(-\infty,+\infty)$,且 $x=0$ 是函数的不可导点,由 $y'=1-x^{-\frac{1}{3}}=0$ 解得 $x=1$. 当 $x<0$ 时,$y'>0$,当 $0<x<1$ 时,$y'<0$,所以 $y(0)=0$ 是函数的极大值;又当 $x>1$ 时,有 $y'>0$,所以 $y(1)=-\dfrac{1}{2}$ 是极小值.

【例 3 - 21】 求 $y = (x-4) \sqrt[3]{(x+1)^2}$ 的极值.

解　函数的定义域是 $(-\infty, +\infty)$，且 $y' = \dfrac{5(x-1)}{3\sqrt[3]{x+1}}$，所以函数除 $x=-1$ 外处处可导，

由 $y'=0$ 得到驻点 $x=1$. 当 $-1<x<1$ 时，$y'<0$，当 $x>1$ 时，$y'>0$，所以 $y(1)=-3\sqrt[3]{4}$ 是函数的极小值；又当 $x<-1$ 时，$y'>0$，所以 $y(-1)=0$ 是极大值.

【例 3 - 22】 求 $y = x^4 - 2x^3 + 1$ 的极值.

解　函数的定义域是 $(-\infty, +\infty)$，且函数无不可导点，由

$$y' = 4x^3 - 6x^2 = 4x^2\left(x - \frac{3}{2}\right) = 0$$

解得 $x_1 = 0, x_2 = \dfrac{3}{2}$. 当 $x<0$ 时，$y'<0$，当 $0<x<\dfrac{3}{2}$ 时，$y'<0$，所以 $x=0$ 不是函数的极值点；又当 $x>\dfrac{3}{2}$ 时，有 $y'>0$，所以 $y\left(\dfrac{3}{2}\right)=-\dfrac{11}{16}$ 是极小值.

【例 3 - 23】 求 $y = x^4 - 2x^2 + 5$ 在区间 $[-2, 2]$ 上的最大值与最小值.

解　函数无不可导点，由

$$y' = 4x^3 - 4x = 4x(x-1)(x+1) = 0$$

解得 $x_1 = 0, x_2 = -1, x_3 = 1$，又 $y(-2)=13, y(-1)=4, y(0)=5, y(1)=4, y(2)=13$，所以最大值是 13，最小值是 4.

【例 3 - 24】 圆柱形金属饮料罐的容积一定时，它的高与底半径应该怎样选取，才能使所用材料最省？

解　设圆柱的高为 h，底半径为 r，则表面积 $S = 2\pi rh + 2\pi r^2$. 由 $V = \pi r^2 h$，得 $h = \dfrac{V}{\pi r^2}$，

则 $S = 2\pi rh + 2\pi r^2 = \dfrac{2V}{r} + 2\pi r^2$. 令 $S' = -\dfrac{2V}{r^2} + 4\pi r = 0$，解得 $r = \left(\dfrac{V}{2\pi}\right)^{\frac{1}{3}}$. 因为驻点唯一，

而问题存在最小值，所以当 $r = \left(\dfrac{V}{2\pi}\right)^{\frac{1}{3}}, \dfrac{h}{r} = \dfrac{V}{\pi r^3} = \dfrac{2}{1}$，即 $h = 2r = 2\left(\dfrac{V}{2\pi}\right)^{\frac{1}{3}}$ 时，所用材料最省.

习题 3.4

1. 选择题.

(1) $f'(x_0) = 0$ 是可导函数 $f(x)$ 在 x_0 点取得极值的（　　）.

A. 必要条件　　　B. 充分条件　　　C. 充要条件　　　D. 无关条件

(2) 若 $f'(x_0) = 0, f''(x_0) = 0$，则函数 $f(x)$ 在 x_0 点处（　　）.

A. 一定有极大值　　B. 一定有极小值　　C. 可能有极值　　D. 一定无极值

(3) 若函数 $f(x)$ 在 x_0 点处二阶可导，且 $f'(x_0) = 0, f''(x_0) \neq 0$ 是函数 $f(x)$ 在 x_0 点处取得极值的（　　）.

A. 必要条件　　　B. 充分条件　　　C. 无关条件　　　D. 充要条件

(4) $f'(x_0) = 0$ 是函数 $f(x)$ 在 x_0 点取得极值的（　　）.

A. 必要条件　　　B. 充分条件　　　C. 充要条件　　　D. 以上都不正确

2. 求下列函数的极值.

(1) $y = 6 + 12x - x^3$；

(2) $y = 2x^2 - x^4$；

(3) $y = x^2 e^{-x^2}$；

(4) $y = (x-1) x^{\frac{2}{3}}$.

3. 求下列函数在指定范围上的最值.

(1) $y = x + \dfrac{4}{x}, [1,4]$；

(2) $y = 3x^2 - x^3, [0,4]$；

(3) $y = \sqrt{5-4x}, [-1,1]$；

(4) $y = \dfrac{x}{x+1}, [0,3]$.

4. 在边长为 60 cm 的正方形铁皮的四角各剪去相同的小正方形,再把它的边折起,做成一个无盖的方底箱子,问箱底边长为多少时,箱子的容积最大? 最大容积是多少?

5. 把长为 100 cm 铁丝分为两段,各围成正方形,怎样分法才能使两个正方形的面积之和最小?

§3.5　曲线的凹凸性和拐点

前面我们讨论了函数的单调性和函数的极值,这对我们了解函数的性态有很大的作用,但是,仅仅知道这些还不能准确地描绘函数的图像. 例如,函数 $y = x^2$ 和 $y = \sqrt{x}$ 在 $[0,1]$ 上都是单调增加的,并且其图像都以 $(0,0)$ 和 $(1,1)$ 为端点,但是它们的图像形状却有明显的不同. 函数 $y = x^2$ 图形是"下凸的",而函数 $y = \sqrt{x}$ 图形是"上凸的",即它们的凹凸性是不同的,下面我们就来研究曲线的凹凸性及其判定方法.

定义 3-2　设函数 $f(x)$ 在区间 I 内连续,如果对 I 上任意不同的两点 x_1, x_2,恒有

$$f\left(\frac{x_1 + x_2}{2}\right) < \frac{f(x_1) + f(x_2)}{2},$$

则称 $f(x)$ 在区间 I 上的图形是下凸的;如果恒有

$$f\left(\frac{x_1 + x_2}{2}\right) > \frac{f(x_1) + f(x_2)}{2},$$

则称 $f(x)$ 在区间 I 上的图形是上凸的.

有时也称下凸的为凹的,上凸的为凸的.

曲线的凹凸有明显的几何意义,对于凹曲线,当 x 逐渐增加时,其上每一点切线的斜率是逐渐增大的,即导函数 $f'(x)$ 是单调增加函数;而对于凸曲线,当 x 逐渐增加时,其上每一点切线的斜率是逐渐减小的,即导函数 $f'(x)$ 是单调减少函数. 于是有下述判断曲线凹凸性的定理.

定理 3-9　设函数 $f(x)$ 在 $[a,b]$ 上连续,在 (a,b) 内具有一阶和二阶导数,则

(1) 若在 (a,b) 内, $f''(x) > 0$,则 $f(x)$ 在 $[a,b]$ 上的图形是凹的;

(2) 若在 (a,b) 内, $f''(x) < 0$,则 $f(x)$ 在 $[a,b]$ 上的图形是凸的.

【例 3-25】　判定曲线 $y = x - \ln(1+x)$ 的凹凸性.

解　因为 $y' = 1 - \dfrac{1}{1+x}, y'' = \dfrac{1}{(1+x)^2} > 0$,所以曲线 $y = x - \ln(1+x)$ 在定义域

$(-1,+\infty)$ 内都是凹的.

【例 3 – 26】 判定曲线 $y=x^3$ 的凹凸性.

解　因为 $y'=3x^2$，$y''=6x$，当 $x<0$ 时，$y''<0$，所以曲线 $y=x^3$ 在 $(-\infty,0)$ 内为凸的；当 $x>0$ 时，$y''>0$，所以曲线 $y=x^3$ 在 $[0,+\infty)$ 内为凹的.

例 3 – 26 中，曲线上的点 $(0,0)$ 是曲线由凸变凹的分界点，称为曲线的拐点. 一般地，连续曲线 $y=f(x)$ 上凹弧和凸弧的分界点称为曲线的拐点.

【例 3 – 27】 讨论曲线 $y=x^3-3x^2+2x+1$ 的凹凸性，并求出它的拐点.

解　函数 $y=x^3-3x^2+2x+1$ 的定义域为 $(-\infty,+\infty)$，由 $y'=3x^2-6x+2$，$y''=6x-6$，当 $x<1$ 时，$y''<0$，所以曲线在 $(-\infty,1)$ 内为凸的；当 $x>1$ 时，$y''>0$，所以曲线在 $[1,+\infty)$ 内为凹的，因此曲线上的点 $(1,1)$ 为曲线的拐点.

【例 3 – 28】 讨论曲线 $y=\sqrt[3]{x}$ 的凹凸性，如果有拐点，求出它的拐点.

解　函数 $y=\sqrt[3]{x}$ 的定义域为 $(-\infty,+\infty)$，且 $y'=\dfrac{1}{3}x^{-\frac{2}{3}}$，$y''=-\dfrac{2}{9}x^{-\frac{5}{3}}$，$x=0$ 为函数 $y=\sqrt[3]{x}$ 的不可导点，当 $x<0$ 时，$y''>0$，所以曲线在 $(-\infty,0)$ 内为凹的；当 $x>0$ 时，$y''<0$，所以曲线 $y=x^3$ 在 $(0,+\infty)$ 内为凸的. $(0,0)$ 为曲线的拐点.

【例 3 – 29】 求曲线 $y=\dfrac{x}{1+x^2}$ 的凹凸区间，并求出其拐点.

解　函数 $y=\dfrac{x}{1+x^2}$ 的定义域为 $(-\infty,+\infty)$，且

$$y'=\frac{(1+x^2)-x\cdot 2x}{(1+x^2)^2}=\frac{1-x^2}{(1+x^2)^2},$$

$$y''=\frac{-2x(1+x^2)^2-(1-x^2)\cdot 2(1+x^2)2x}{(1+x^2)^4}$$

$$=\frac{2x(x+\sqrt{3})(x-\sqrt{3})}{(1+x^2)^3}.$$

令 $y''=0$ 得：$x=-\sqrt{3},0,\sqrt{3}$. 像讨论函数的单调性和极值一样，把有关的信息列入表格 3 – 3.

表 3 – 3

	$(-\infty,-\sqrt{3})$	$-\sqrt{3}$	$(-\sqrt{3},0)$	0	$(0,\sqrt{3})$	$\sqrt{3}$	$(\sqrt{3},+\infty)$
y''	$-$	0	$+$	0	$-$	0	$+$
$y=\dfrac{x}{1+x^2}$	凸	对应拐点 $\left(-\sqrt{3},-\dfrac{\sqrt{3}}{4}\right)$	凹	对应拐点 $(0,0)$	凸	对应拐点 $\left(\sqrt{3},\dfrac{\sqrt{3}}{4}\right)$	凹

习题 3.5

1. 选择题.

(1) 曲线 $y=x^4-24x^2+6x$ 的凸区间是（　　　）.

A. $(-2,2)$ B. $(-\infty,0)$ C. $(0,+\infty)$ D. $(-\infty,+\infty)$

(2) 函数 $y=\mathrm{e}^{-x}$ 在其定义域内是单调(   ).

A. 增加且凹的   B. 增加且凸的   C. 减少且凹的   D. 减少且凸的

2. 讨论下列函数的凹凸性,并求出其拐点.

(1) $y=x^3-3x+1$;

(2) $y=\ln(1+x^2)$;

(3) $y=x\mathrm{e}^{-x}$;

(4) $y=\mathrm{e}^{-x^2}$;

(5) $y=\dfrac{1}{1+x^2}$;

(6) $y=x^3+2x^2+5$.

§3.6　函数的渐近线

前面我们已经讨论了如何利用一阶导数和二阶导数的符号来研究函数的单调性、函数的极值以及函数图像的凹凸性,从而可以比较清楚地了解函数图像的基本状态,更直观地理解函数. 但是,要更精确地认识定义在无穷区间上或有无穷型间断点的函数的性态与图像,还需要进一步了解当函数图像上的点无限远离原点时的性态,这就引出了曲线渐近线的概念. 我们这里仅讨论水平渐近线和铅直渐近线.

一、水平渐近线

设函数 $y=f(x)$ 的定义域为无穷区间,如果 $\lim\limits_{x\to-\infty}f(x)=c$ 或 $\lim\limits_{x\to+\infty}f(x)=c$,则称 $y=c$ 为曲线 $y=f(x)$ 的一条水平渐近线.

【例 3-30】　求曲线 $y=\arctan x$ 的水平渐近线.

解　因为 $\lim\limits_{x\to-\infty}\arctan x=-\dfrac{\pi}{2}$,$\lim\limits_{x\to+\infty}\arctan x=\dfrac{\pi}{2}$,所以 $y=-\dfrac{\pi}{2}$,$y=\dfrac{\pi}{2}$ 为曲线 $y=\arctan x$ 的水平渐近线.

【例 3-31】　求曲线 $y=\dfrac{\sin x}{x}$ 的水平渐近线.

解　因为 $\lim\limits_{x\to\infty}\dfrac{\sin x}{x}=0$,所以 $y=0$ 为曲线 $y=\dfrac{\sin x}{x}$ 的水平渐近线.

二、铅直渐近线

设函数 $y=f(x)$ 在 a 的某去心邻域内有定义,如果 $\lim\limits_{x\to a}f(x)=\infty$ 或 $\lim\limits_{x\to a^-}f(x)=\infty$ 或 $\lim\limits_{x\to a^+}f(x)=\infty$,那么直线 $x=a$ 称为曲线 $y=f(x)$ 的铅直渐近线.

【例 3-32】　求曲线 $y=\dfrac{1}{x}$ 的渐近线.

解　因为 $\lim\limits_{x\to\infty}\dfrac{1}{x}=0$,$\lim\limits_{x\to 0}\dfrac{1}{x}=\infty$,所以 $y=0$ 和 $x=0$ 分别是曲线 $y=\dfrac{1}{x}$ 的水平渐近线和铅直渐近线.

【例 3-33】　求曲线 $y=\dfrac{x^2}{x^2-x-2}$ 的渐近线.

解　函数的定义域为 $(-\infty,-1)\bigcup(-1,2)\bigcup(2,+\infty)$,且 $\lim\limits_{x\to-1}\dfrac{x^2}{x^2-x-2}=\infty$,

$\lim\limits_{x \to 2} \dfrac{x^2}{x^2-x-2} = \infty$,所以 $x = -1$ 和 $x = 2$ 是曲线的铅直渐近线;又因为 $\lim\limits_{x \to \infty} \dfrac{x^2}{x^2-x-2} = 1$,所以 $y = 1$ 是曲线的水平渐近线.

习题 3.6

求下列函数的水平渐近线和铅直渐近线.

(1) $y = \dfrac{x}{1+x^2}$;

(2) $y = \mathrm{e}^{-\frac{1}{x}}$;

(3) $y = x\sin\dfrac{1}{x}$;

(4) $y = \dfrac{x^2}{x^2-2x-3}$.

§3.7　导数在经济上的应用

一、平均成本最小化问题

【例 3-34】　设每月产量为 x 吨时,总成本函数 $C(x) = \dfrac{1}{4}x^2 + 8x + 8\,100$(元),求最低平均成本和相应产量的边际成本.

解　平均成本为 $A(x) = \dfrac{C(x)}{x} = \dfrac{1}{4}x + 8 + \dfrac{8\,100}{x}$ $(x > 0)$. 令 $A'(x) = \dfrac{1}{4} - \dfrac{8\,100}{x^2} = 0$,解得 $x = 180$. 因为驻点唯一,而问题存在最小值,所以平均成本最小时的日产量为 $x = 180$ 吨,此时最低平均成本为 $A(180) = 98$(元),边际成本为 $C'(x) = \dfrac{1}{2}x + 8$.

【例 3-35】　某产品生产 q 个单位的总成本函数 $C(q) = 100 + 0.12q^2$(元). 求:(1) 生产 100 件产品时的总成本和平均单位成本;(2) 生产 100 件产品时的边际成本.

解　(1) 由题意知,生产 100 件产品时的总成本为 $C(100) = 100 + 0.12 \cdot 100^2 = 1\,300$(元),每件产品的平均成本是 $\dfrac{C(100)}{100} = \dfrac{1\,300}{100} = 13$(元 / 件).

(2) 生产 100 件产品时的边际成本为 $C'(100) = 0.24 \cdot 100 = 24$(元 / 件).

【例 3-36】　某产品每日生产 x 单位的总成本函数是 $C(x) = 3\,600 + 40x + 0.01x^2$(元). 求:(1)平均成本最小时的日产量;(2) 最小平均成本.

解　(1) 由题意知,日产量为 x 单位时,每单位的平均成本为

$$A(x) = \frac{C(x)}{x} = \frac{3\,600}{x} + 40 + 0.01x \, (x > 0).$$

令 $A'(x) = -\dfrac{3\,600}{x^2} + 0.01 = 0$,解得 $x = 600$. 因为驻点唯一,而问题存在最小值,所以平均成本最小时的日产量为 $x = 600$(单位).

(2) 每单位的最小平均成本为 $A(600) = 52$(元).

二、利润最大化问题

【例 3-37】　某服装公司规定,卖出 x 套服装时,单价为 $p(x) = 150 - 0.5x$. 同时还规定,生产 x 套服装的总成本函数是 $C(x) = 4\,000 + 0.25x^2$. 求:(1) 总收入函数 $R(x)$;(2) 总

利润函数 $L(x)$;(3) 为使得利润最大化,公司必须生产并销售多少套服装?(4) 最大利润是多少?(5) 为实现这一目标,服装的单价应定为多少?

解 (1) 由题意知,总收入函数 $R(x) = xp = 150x - 0.5x^2 (0 \leqslant x \leqslant 300)$.

(2)总利润函数

$$L(x) = R(x) - C(x) = (150x - 0.5x^2) - (4\,000 + 0.25x^2) = -0.75x^2 + 150x - 4\,000.$$

(3) 令 $L'(x) = -1.5x + 150 = 0$,解得 $x = 100$. 因为驻点唯一,而问题存在最大值,所以为使得利润最大化,公司必须生产并销售 100 套服装.

(4) 最大利润为

$$L(100) = -0.75 \times 100^2 + 150 \times 100 - 4\,000 = 3\,500(元).$$

(5) 实现最大利润所需单价是

$$p(x) = 150 - 0.5 \times 100 = 100(元).$$

【例 3 - 38】 某商品生产成本 C 与产量 q 的函数关系式为 $C = C(q) = 100 + 4q$,价格 p 与产量 q 的函数关系式为 $p = 25 - \dfrac{1}{8}q$. 求产量 q 为何值时,利润 L 最大?

解 收入 $R = q \cdot p = q \cdot \left(25 - \dfrac{1}{8}q\right) = 25q - \dfrac{1}{8}q^2$,

利润 $L = R - C = \left(25q - \dfrac{1}{8}q^2\right) - (100 + 4q) = -\dfrac{1}{8}q^2 + 21q - 100(0 < q < 200)$,

令 $L' = -\dfrac{1}{4}q + 21 = 0$,解得 $q = 84$. 因为驻点唯一,而问题存在最大值,所以当产量 q 为 84 时,利润 L 最大.

【例 3 - 39】 设有 30 万元资金可用于广告宣传和产品开发,当投入广告宣传和产品开发的资金分别为 x 万元和 y 万元时,得到的回报是 $p = x^{\frac{1}{3}} y^{\frac{2}{3}}$. 若想得到最大的回报,投入产品开发的资金应该是多少,最大的回报是多少?

解 由于 $x + y = 30$,所以

$$p = x^{\frac{1}{3}} y^{\frac{2}{3}} = (30 - y)^{\frac{1}{3}} y^{\frac{2}{3}} (0 < y < 30).$$

考虑到 $p^3 = (30 - y)y^2$. 令 $(p^3)' = 60y - 3y^2 = 0$,得到唯一的驻点 $y = 20$,而问题存在最大值,所以当投入产品开发的资金为 20 万元时,p^3 取得最大值,即可以得到最大回报 $p(20) = 4\,000^{\frac{1}{3}}$ 万元.

三、用需求弹性分析总收益的变化

【例 3 - 40】 某商品在市场上的销售量 Q 与价格 p 之间有关系式 $Q = \dfrac{1-p}{p}$. 求:(1) 需求弹性 η_p;(2) 若销售价格 $p = 0.5$,确定 η_p 的值,并解释经济意义.

解 (1) 由 $Q = \dfrac{1-p}{p}$,得到 $Q' = -\dfrac{1}{p^2}$,需求弹性 $\eta_p = p \cdot \dfrac{Q'(p)}{Q} = \dfrac{1}{p-1}$.

(2) 当 $p = 0.5$ 时,$\eta_p = \dfrac{1}{p-1}\Big|_{p=0.5} = -2$,$|\eta_p| > 1$,表示此时需求对价格相当有弹性,

因为 $\eta_p = -2 < 0$，表示价格每降低 1%，需求量就会增加 2%，因而企业可以考虑运用适当降低商品销售价格的手段来增加收入.

【例 3 - 41】　录像带商店设计出一个其录像带租金的需求函数 $Q = 120 - 20p$，其中 Q 表示当每盒租金是 p 元时每天出租录像带的数量.(1) 求当 $p = 2$ 元和 $p = 4$ 元时的弹性，并说明其经济意义；(2) 求 $|\eta(p)| = 1$ 时 p 的值，并说明其经济意义；(3) 求总收益最大时的价格 p.

解　(1) $\eta(p) = p \cdot \dfrac{Q'(p)}{Q} = p \dfrac{-20}{120 - 20p} = \dfrac{-p}{6 - p}$.

当 $p = 2$ 时的弹性为 $\eta(2) = -\dfrac{1}{2}$.

$|\eta(2)| = \dfrac{1}{2} < 1$，表明出租数量改变量的百分比与价格改变量的百分比的比率小于 1，价格的小幅度增加所引起出租数量减少的百分比小于价格改变量的百分比.

当 $p = 4$ 时的弹性为 $\eta(4) = -2$.

$|\eta(4)| = 2 > 1$，表明出租数量改变量的百分比与价格改变量的百分比的比率大于 1，价格的小幅度增加所引起出租数量减少的百分比大于价格改变量的百分比.

(2) $|\eta(p)| = 1$，得到 $p = 3$，因此，当每盒租金是 3 元时，出租数量改变量的百分比与价格改变量的百分比的比率等于 1.

(3) 总收益是

$$P(p) = p \cdot Q = 120p - 20p^2, \quad P'(p) = 120 - 40p = 0,$$

解得唯一的驻点 $p = 3$，而问题存在最大值，所以当每盒租金是 3 元时，总收益最大.

习题 3.7

1. 某产品生产 x 件的成本函数是 $C(x) = 100 + \dfrac{1}{10}x^2$(元). 求：(1) 生产 40 件产品时的平均成本；(2) 生产 40 件到 50 件产品时，成本的平均变化率；(3) 生产 50 件产品时的边际成本.

2. 某产品的总成本函数和收入函数分别是 $C(q) = q + 2 - \dfrac{1}{q+1}$，$R(q) = 2q$，其中 q 是该产品的销售量. 求该产品的边际成本、边际收入和边际利润.

3. 每生产 x 件产品的成本是 $C(x) = 200 + 4x$(元)，得到的收益为 $R(x) = 10x - \dfrac{x^2}{100}$. 求每批生产多少件产品时，才能使利润最大，最大利润是多少？

4. 某产品每日生产 x 件的成本是 $C(x) = 100 + 6x + 0.25x^2$(元). 求：(1) 平均成本最小时的日产量；(2) 最小平均成本.

5. 一个公司估算出某产品的总成本函数 $C(x) = 0.01x^2 + 2x + 3600$(元)，求产量多大时平均成本最低，并求出最低平均成本.

6. 某手机店卖出 x 部手机时，每部价格为 $p(x) = 800 - x$. 同时还规定，生产 x 部的总成本函数是 $C(x) = 2000 + 10x$. 求：(1) 总收入函数 $R(x)$；(2) 总利润函数 $L(x)$；(3) 为使得利润最大化，必须生产并销售多少部？(4) 最大利润是多少？(5) 为实现这一目标，单价应定为多少?

7. 某商品在市场上的销售量 Q 与价格 p 之间有关系式 $Q = 10 - \dfrac{p}{2}$. 求:(1) 需求弹性 $\eta(p)$;(2) 求销售价格 $p = 3$ 时的需求弹性.

自测题 3

一、填空题

1. 函数 $y = x \cdot 2^x$ 在 $x =$ _____ 处取得极小值.

2. 函数 $y = \dfrac{x}{1 + x^2}$ 的单调增加区间是_____.

3. 若函数 $f(x) = ax^2 + bx$ 在 $x = 1$ 处取极大值 2,则 $a =$ _____ ,$b =$ _____ .

4. 设某商品的需求函数是 $Q(p) = p(8 - 3p)$(价格为 p),则需求对价格的弹性 $\eta_p =$ _____ .

二、解答题

1. 求函数 $f(x) = 2x^3 - 6x^2 - 18x - 7$ 的极值.

2. 某厂每日生产 x 件产品的成本函数是 $C(x) = 25\,000 + 200x + 0.025x^2$(元),要使平均成本最小,应生产多少件产品?

3. 某厂生产某种产品,固定成本为 2 万元,每生产一台成本将增加 1 万元,销售 x 台产品的总收入函数是 $R(x) = 4x - 0.5x^2$. 求利润函数、边际收入函数、边际成本函数以及企业获得最大利润时的产量和最大利润.

4. 某厂每生产某种产品 x 个单位的费用为 $C(x) = 5x + 200$(元),得到的收入是 $R(x) = 10x - 0.01x^2$(元). 问每批生产多少单位时,才能使利润最大?

第4章 一元函数积分学

在微分学中我们讨论了如何求一个已知函数导数的问题，但是在科学技术和经济生活中常常会遇到与之相反的问题，即已知一个函数的导数，欲求原来的函数．这个问题正是本章积分学所要介绍的主要内容．

§4.1 不定积分的概念及其性质

4.1.1 原函数和不定积分的概念

根据导数的定义，我们知道边际成本函数是总成本函数 $C(q)$ 对产量 q 的导数 $C'(q)$．但在实际问题中我们也会遇到与之相反的问题，已知边际成本函数 $C'(q)$，欲求产品的总成本函数 $C(q)$．类似的问题还有许多，其实质就是已知一个函数的导数，要求原来的函数．为了便于研究这类问题，我们首先引入原函数和不定积分的概念．

定义 4-1 设函数 $f(x)$ 在某区间 I 内有定义，若存在函数 $F(x)$，使得对于该区间 I 内的任意一点，都有

$$F'(x) = f(x) \text{ 或 } \mathrm{d}F(x) = f(x)\mathrm{d}x,$$

则称函数 $F(x)$ 为 $f(x)$ 在区间 I 内的一个原函数．

例如，$(\ln x)' = \dfrac{1}{x}(x > 0)$，$\ln x$ 是 $\dfrac{1}{x}$ 在区间 $(0, +\infty)$ 内的一个原函数；$(\sin x)' = \cos x$，$\sin x$ 是 $\cos x$ 的一个原函数．

不难验证，$\sin x + 1$，$\sin x - 4$，$\sin x + C$（C 为任意常数）也都是 $\cos x$ 的原函数．

一般地，如果 $F(x)$ 是 $f(x)$ 的一个原函数，即 $F'(x) = f(x)$，因为 $[F(x) + C]' = f(x)$，所以 $F(x) + C$ 也是 $f(x)$ 的原函数，由 C 的任意性可知，$f(x)$ 的原函数有无穷多个．可以证明 $f(x)$ 的任意两个原函数之间仅相差一个常数，而且 $f(x)$ 的所有原函数均可表示成 $F(x) + C$ 的形式．

定义 4-2 如果 $F(x)$ 是 $f(x)$ 的一个原函数，则称 $F(x) + C$（C 为任意常数）为 $f(x)$ 的不定积分，记为 $\displaystyle\int f(x)\mathrm{d}x$，即

$$\int f(x)\mathrm{d}x = F(x) + C.$$

其中 $\displaystyle\int$ 称为积分号，x 称为积分变量，$f(x)$ 称为被积函数，$f(x)\mathrm{d}x$ 称为被积表达式，C 称为积分常数．

对于每一个给定的常数 C，都有一个确定的原函数，在几何上，称为 $f(x)$ 的积分曲线．

由于 C 取值的任意性,不定积分表示的是一簇曲线. 对于每一个给定的横坐标相同的点,每一积分曲线在该点的切线的斜率相等. 因此,不定积分表示的是横坐标相同的点处的切线相互平行的一簇曲线,这就是不定积分的几何意义,如图 4-1 所示.

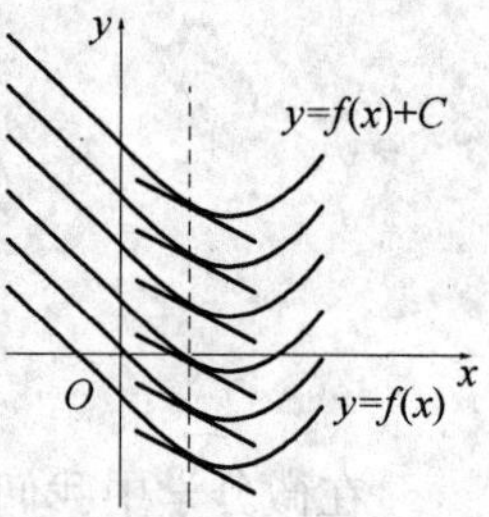

【例 4-1】 求 $\int x^2 dx$.

解　由于 $\left(\dfrac{x^3}{3}\right)' = x^2$,所以 $\dfrac{x^3}{3}$ 是 x^2 的一个原函数. 从而

$$\int x^2 dx = \frac{x^3}{3} + C.$$

图 4-1

【例 4-2】 求 $\int \dfrac{1}{1+x^2} dx$.

解　由于 $(\arctan x)' = \dfrac{1}{1+x^2}$,所以 $\arctan x$ 是 $\dfrac{1}{1+x^2}$ 的一个原函数. 从而

$$\int \frac{1}{1+x^2} dx = \arctan x + C.$$

【例 4-3】 求 $\int \dfrac{1}{x} dx$.

解　当 $x>0$ 时,由于 $(\ln x)' = \dfrac{1}{x}$,所以 $\ln x$ 是 $\dfrac{1}{x}$ 在 $(0,+\infty)$ 内的一个原函数,因此在 $(0,+\infty)$ 内

$$\int \frac{1}{x} dx = \ln x + C.$$

当 $x<0$ 时,由于 $[\ln(-x)]' = \dfrac{1}{-x} \cdot (-1) = \dfrac{1}{x}$,所以 $\ln(-x)$ 是 $\dfrac{1}{x}$ 在 $(-\infty,0)$ 内的一个原函数,因此在 $(-\infty,0)$ 内

$$\int \frac{1}{x} dx = \ln(-x) + C.$$

把以上结果综合起来,得

$$\int \frac{1}{x} dx = \ln|x| + C.$$

【例 4-4】 求经过点 $(2,1)$,且其切线的斜率为 $2x$ 的曲线方程.

解　由于 $(x^2)' = 2x$,所以 x^2 是 $2x$ 的一个原函数. 故得积分曲线簇为

$$y = \int 2x dx = x^2 + C.$$

将 $x=2, y=1$ 代入得 $C=-3$,所以所求的曲线方程为

$$y = x^2 - 3.$$

4.1.2 不定积分的性质

由不定积分的定义,可知积分运算与微分运算有下列关系:

性质 4-1 设 $F(x)$ 是 $f(x)$ 的一个原函数,则

(1) $\left[\int f(x)\mathrm{d}x\right]' = f(x)$ 或 $\mathrm{d}\left[\int f(x)\mathrm{d}x\right] = f(x)\mathrm{d}x$;

(2) $\int F'(x)\mathrm{d}x = F(x) + C$ 或 $\int \mathrm{d}F(x) = F(x) + C$.

此性质表明,先求积分再求导数或微分,两者的作用互相抵消. 先求微分后求积分,两者的作用互相抵消后,再加上任意常数 C. 因此积分与微分在运算上是互逆的.

性质 4-2 两个函数代数和的不定积分等于各个函数不定积分的代数和,即

$$\int [f(x) \pm g(x)]\mathrm{d}x = \int f(x)\mathrm{d}x \pm \int g(x)\mathrm{d}x.$$

此性质可以推广到有限个函数的情形,即

$$\int [f_1(x) \pm f_2(x) \pm \cdots \pm f_n(x)]\mathrm{d}x = \int f_1(x)\mathrm{d}x \pm \int f_2(x)\mathrm{d}x \pm \cdots \pm \int f_n(x)\mathrm{d}x.$$

性质 4-3 被积函数中不为零的常数因子可以提到积分号的外面,即

$$\int kf(x)\mathrm{d}x = k\int f(x)\mathrm{d}x \ (k \neq 0,为任意常数).$$

4.1.3 不定积分的基本公式

由于求不定积分是求导数的逆运算,因此,由导数的基本公式,就可以直接得到相应的基本积分公式.

(1) $\int k\mathrm{d}x = kx + C$($k$ 是常数);

(2) $\int x^\mu \mathrm{d}x = \dfrac{x^{\mu+1}}{\mu+1} + C$($\mu \neq -1$);

(3) $\int \dfrac{\mathrm{d}x}{x} = \ln|x| + C$;

(4) $\int \mathrm{e}^x \mathrm{d}x = \mathrm{e}^x + C$;

(5) $\int a^x \mathrm{d}x = \dfrac{a^x}{\ln a} + C$;

(6) $\int \cos x\mathrm{d}x = \sin x + C$;

(7) $\int \sin x\mathrm{d}x = -\cos x + C$;

(8) $\int \dfrac{\mathrm{d}x}{\cos^2 x} = \int \sec^2 x\mathrm{d}x = \tan x + C$;

(9) $\int \dfrac{\mathrm{d}x}{\sin^2 x} = \int \csc^2 x\mathrm{d}x = -\cot x + C$;

(10) $\int \dfrac{1}{\sqrt{1-x^2}} \mathrm{d}x = \arcsin x + C$;

(11) $\int \dfrac{1}{1+x^2} \mathrm{d}x = \arctan x + C$.

以上基本积分公式是计算不定积分的基础,必须熟记.

4.1.4 直接积分法

直接利用基本积分公式和性质计算不定积分,或先对被积函数进行恒等变形,然后再直接利用基本积分公式和性质计算不定积分,我们把这种方法称为直接积分法.

【例 4 - 5】 求 $\int \left(\dfrac{1}{x^2} - x\sqrt{x} + 3\cos x \right) \mathrm{d}x$.

解 $\int \left(\dfrac{1}{x^2} - x\sqrt{x} + 3\cos x \right) \mathrm{d}x = \int \dfrac{1}{x^2} \mathrm{d}x - \int x\sqrt{x}\,\mathrm{d}x + 3\int \cos x \,\mathrm{d}x$

$$= -\dfrac{1}{x} - \dfrac{2}{5}x^{\frac{5}{2}} + 3\sin x + C.$$

【例 4 - 6】 求 $\int x^2(x+\sqrt{x})\,\mathrm{d}x$.

解 $\int x^2(x+\sqrt{x})\,\mathrm{d}x = \int (x^3 + x^{\frac{5}{2}})\,\mathrm{d}x$

$$= \int x^3 \mathrm{d}x + \int x^{\frac{5}{2}} \mathrm{d}x$$

$$= \dfrac{1}{4}x^4 + \dfrac{2}{7}x^{\frac{7}{2}} + C.$$

【例 4 - 7】 求 $\int \dfrac{x^2 + \sqrt{x} - 1}{x} \mathrm{d}x$.

解 $\int \dfrac{x^2 + \sqrt{x} - 1}{x} \mathrm{d}x = \int \left(x + \dfrac{1}{\sqrt{x}} - \dfrac{1}{x} \right) \mathrm{d}x$

$$= \int x \mathrm{d}x + \int \dfrac{1}{\sqrt{x}} \mathrm{d}x - \int \dfrac{1}{x} \mathrm{d}x$$

$$= \dfrac{1}{2}x^2 + 2\sqrt{x} - \ln|x| + C.$$

【例 4 - 8】 求 $\int \dfrac{1+x+x^2}{x(1+x^2)} \mathrm{d}x$.

解 $\int \dfrac{1+x+x^2}{x(1+x^2)} \mathrm{d}x = \int \dfrac{x+(1+x^2)}{x(1+x^2)} \mathrm{d}x$

$$= \int \left(\dfrac{1}{1+x^2} + \dfrac{1}{x} \right) \mathrm{d}x$$

$$= \int \dfrac{1}{1+x^2} \mathrm{d}x + \int \dfrac{1}{x} \mathrm{d}x$$

$$= \arctan x + \ln|x| + C.$$

【例 4 - 9】 求 $\int \sin^2 \dfrac{x}{2} \mathrm{d}x$.

解　$\int \sin^2 \dfrac{x}{2} \mathrm{d}x = \int \dfrac{1-\cos x}{2} \mathrm{d}x$

$$= \int \dfrac{1}{2} \mathrm{d}x - \int \dfrac{\cos x}{2} \mathrm{d}x$$

$$= \dfrac{1}{2}x - \dfrac{1}{2}\sin x + C.$$

【例 4 - 10】　求 $\int \tan^2 x \mathrm{d}x.$

解　$\int \tan^2 x \mathrm{d}x = \int (\sec^2 x - 1) \mathrm{d}x$

$$= \int \sec^2 x \mathrm{d}x - \int \mathrm{d}x$$

$$= \tan x - x + C.$$

习题 4.1

1. 利用不定积分的性质填空.

(1) $\dfrac{\mathrm{d}}{\mathrm{d}x} \int f(x) \mathrm{d}x = ($　　　$)$;

(2) $\int f'(x) \mathrm{d}x = ($　　　$)$;

(3) $\mathrm{d} \int f(x) \mathrm{d}x = ($　　　$)$;

(4) $\int \mathrm{d}f(x) = ($　　　$)$.

2. 求下列不定积分.

(1) $\int (x^3 - 2x + 5) \mathrm{d}x$;　　　　　(2) $\int x^3 \sqrt{x} \mathrm{d}x$;

(3) $\int \dfrac{(t+1)^2}{t^2} \mathrm{d}t$;　　　　　(4) $\int (\mathrm{e}^x - 2\cos x) \mathrm{d}x$;

(5) $\int \mathrm{e}^{x-3} \mathrm{d}x$;　　　　　(6) $\int \left(3^x + \dfrac{2}{x}\right) \mathrm{d}x$;

(7) $\int \cos^2 \dfrac{x}{2} \mathrm{d}x$;　　　　　(8) $\int 10^x 2^{3x} \mathrm{d}x$;

(9) $\int \dfrac{x^2}{1+x^2} \mathrm{d}x$;　　　　　(10) $\int \dfrac{\cos 2x}{\cos x + \sin x} \mathrm{d}x$;

(11) $\int \sec x (\sec x - \tan x) \mathrm{d}x$;　　　　　(12) $\int \dfrac{2x^2+1}{x^2(1+x^2)} \mathrm{d}x$.

§4.2　不定积分的换元积分法

上一节我们学习了直接积分法,但这种方法所能计算的不定积分是非常有限的,对于许多常见的,甚至很简单的函数的积分,如

$$\int \cos 2x \mathrm{d}x, \int \sqrt{4x-5} \mathrm{d}x, \int \mathrm{e}^{\frac{x}{3}} \mathrm{d}x$$

都无法用直接积分法计算. 因此, 有必要进一步地研究计算不定积分的方法, 其中换元积分法和分部积分法就是两种重要的方法. 本节介绍换元积分法, 包括第一类换元积分法和第二类换元积分法.

4.2.1　第一类换元积分法(凑微分法)

换元积分法是通过对积分变量的代换, 使所求的积分化为能用直接积分法计算的形式.

定理 4-1(第一类换元积分法)　设 $\int f(u)\mathrm{d}u = F(u)+C$, 且函数 $u=\varphi(x)$ 有连续的导数, 则有

$$\int f[\varphi(x)]\varphi'(x)\mathrm{d}x = \int f[\varphi(x)]\mathrm{d}\varphi(x) = F[\varphi(x)]+C.$$

第一类换元积分法也叫凑微分法.

【例 4-11】　求 $\int \cos 2x \mathrm{d}x$.

解　$\displaystyle \int \cos 2x \mathrm{d}x = \frac{1}{2}\int \cos 2x \mathrm{d}(2x) \xrightarrow{\text{令}\, u=2x} \frac{1}{2}\int \cos u \mathrm{d}u$

$\displaystyle \qquad\qquad = \frac{1}{2}\sin u + C = \frac{1}{2}\sin 2x + C.$

【例 4-12】　求 $\int \sqrt{4x-5}\,\mathrm{d}x$.

解　$\displaystyle \int \sqrt{4x-5}\,\mathrm{d}x = \frac{1}{4}\int (4x-5)^{\frac{1}{2}}\mathrm{d}(4x-5) \xrightarrow{\text{令}\, u=4x-5} \frac{1}{4}\int u^{\frac{1}{2}}\mathrm{d}u$

$\displaystyle \qquad\qquad = \frac{1}{6}u^{\frac{3}{2}} + C = \frac{1}{6}(4x-5)^{\frac{3}{2}} + C.$

在运算熟练后, 可以省略"令 $u=\varphi(x)$"这一步, 直接凑成基本积分公式的形式. 另外, 记住下面一些常用的微分形式, 对运用第一类换元积分法计算不定积分非常有帮助.

(1) $\mathrm{d}x = \dfrac{1}{a}\mathrm{d}(ax) = \dfrac{1}{a}\mathrm{d}(ax+b)$;

(2) $x\mathrm{d}x = \dfrac{1}{2}\mathrm{d}(x^2)$;

(3) $\mathrm{e}^x \mathrm{d}x = \mathrm{d}(\mathrm{e}^x)$;

(4) $\dfrac{1}{x}\mathrm{d}x = \mathrm{d}(\ln|x|)$;

(5) $\dfrac{1}{\sqrt{x}}\mathrm{d}x = 2\mathrm{d}(\sqrt{x})$;

(6) $\dfrac{1}{x^2}\mathrm{d}x = -\mathrm{d}\left(\dfrac{1}{x}\right)$;

(7) $\dfrac{1}{\sqrt{1-x^2}}\mathrm{d}x = \mathrm{d}(\arcsin x)$;

(8) $\dfrac{1}{1+x^2}\mathrm{d}x = \mathrm{d}(\arctan x)$;

(9) $\sin x \mathrm{d}x = -\mathrm{d}(\cos x)$;

(10) $\cos x dx = d(\sin x)$;

(11) $\sec^2 x dx = d(\tan x)$;

(12) $\csc^2 x dx = -d(\cot x)$.

【例 4-13】　求 $\displaystyle\int \frac{e^x}{1+e^x} dx$.

解　$\displaystyle \frac{e^x}{1+e^x} dx = \int \frac{1}{1+e^x} d(1+e^x)$

$$= \ln(1+e^x) + C.$$

【例 4-14】　求 $\displaystyle\int x\sin(x^2-1) dx$.

解　$\displaystyle\int x\sin(x^2-1) dx = \frac{1}{2}\int \sin(x^2-1) d(x^2-1)$

$$= -\frac{1}{2}\cos(x^2-1) + C.$$

【例 4-15】　求 $\displaystyle\int \tan x dx$.

解　$\displaystyle\int \tan x dx = \int \frac{\sin x}{\cos x} dx$

$$= -\int \frac{1}{\cos x} d(\cos x)$$

$$= -\ln|\cos x| + C.$$

【例 4-16】　求 $\displaystyle\int \frac{1}{a^2+x^2} dx$.

解　$\displaystyle\int \frac{1}{a^2+x^2} dx = \int \frac{1}{a^2\left[1+\left(\frac{x}{a}\right)^2\right]} dx$

$$= \frac{1}{a}\int \frac{1}{1+\left(\frac{x}{a}\right)^2} d\left(\frac{x}{a}\right)$$

$$= \frac{1}{a}\arctan \frac{x}{a} + C.$$

【例 4-17】　求 $\displaystyle\int \frac{1+\ln x}{x\ln x} dx$.

解　$\displaystyle\int \frac{1+\ln x}{x\ln x} dx = \int \frac{1+\ln x}{\ln x} d(\ln x)$

$$= \int \left(\frac{1}{\ln x}+1\right) d(\ln x)$$

$$= \ln|\ln x| + \ln x + C.$$

【例 4-18】　求 $\displaystyle\int \cos^2 x dx$.

解　$\displaystyle\int \cos^2 x dx = \frac{1}{2}\int (1+\cos 2x) dx$

$$= \frac{1}{2}x + \frac{1}{4}\int \cos 2x d(2x)$$

$$= \frac{1}{2}x + \frac{1}{4}\sin 2x + C.$$

【例 4 - 19】 求 $\int \frac{1}{x^2 - a^2} dx.$

解 $\int \frac{1}{x^2 - a^2} dx = \int \frac{1}{(x+a)(x-a)} dx$

$$= \frac{1}{2a} \int \left(\frac{1}{x-a} - \frac{1}{x+a} \right) dx$$

$$= \frac{1}{2a} \left[\int \frac{1}{x-a} d(x-a) - \int \frac{1}{x+a} d(x+a) \right]$$

$$= \frac{1}{2a} (\ln|x-a| - \ln|x+a|) + C$$

$$= \frac{1}{2a} \ln \left| \frac{x-a}{x+a} \right| + C.$$

【例 4 - 20】 求 $\int \csc x dx.$

解 $\int \csc x dx = \int \frac{1}{\sin x} dx = \int \frac{1}{2\sin \frac{x}{2} \cos \frac{x}{2}} dx$

$$= \int \frac{1}{2\tan \frac{x}{2} \cos^2 \frac{x}{2}} dx = \int \frac{\sec^2 \frac{x}{2}}{\tan \frac{x}{2}} d\left(\frac{x}{2} \right)$$

$$= \int \frac{1}{\tan \frac{x}{2}} d\left(\tan \frac{x}{2} \right) = \ln \left| \tan \frac{x}{2} \right| + C.$$

由三角公式

$$\tan \frac{x}{2} = \frac{1 - \cos x}{\sin x} = \csc x - \cot x,$$

得

$$\int \csc x dx = \ln|\csc x - \cot x| + C.$$

类似地,

$$\int \sec x dx = \ln|\sec x + \tan x| + C.$$

4. 2. 2 第二类换元积分法

在第一类换元积分法中,是通过凑微分的方法把原积分化为符合基本积分公式的形式,然后再进行积分,但对某些积分很难用这种方法,而必须引入一个新的积分变量 t,即令 $x = \varphi(t)$ 后,再把原积分化成符合基本积分公式的形式.

定理 4 - 2(第二类换元积分法) 设 $x = \varphi(t)$ 单调可导,其反函数是 $t = \varphi^{-1}(x)$. 如果 $\int f[\varphi(t)] \varphi'(t) dt = F(t) + C$, 则

$$\int f(x)\mathrm{d}x = \int f[\varphi(t)]\varphi'(t)\mathrm{d}t = F[\varphi^{-1}(x)] + C.$$

【例 4-21】 求 $\int \sqrt{a^2-x^2}\,\mathrm{d}x (a>0)$.

解 令 $x=a\sin t\left(-\dfrac{\pi}{2}<t<\dfrac{\pi}{2}\right)$，则 $\mathrm{d}x=a\cos t\mathrm{d}t$，

$$\begin{aligned}
\int \sqrt{a^2-x^2}\,\mathrm{d}x &= \int \sqrt{a^2-a^2\sin^2 t} \cdot a\cos t\mathrm{d}t = a^2\int \cos^2 t\mathrm{d}t \\
&= \frac{a^2}{2}\int (1+\cos 2t)\mathrm{d}t \\
&= \frac{a^2}{2}\left(t+\frac{1}{2}\sin 2t\right)+C \\
&= \frac{a^2}{2}t+\frac{a^2}{2}\sin t\cos t+C \\
&= \frac{a^2}{2}\arcsin \frac{x}{a}+\frac{x}{2}\sqrt{a^2-x^2}+C.
\end{aligned}$$

【例 4-22】 求 $\int \dfrac{1}{1+\sqrt{x}}\mathrm{d}x$.

解 令 $t=\sqrt{x}$，得 $x=t^2$，则 $\mathrm{d}x=2t\mathrm{d}t$，

$$\begin{aligned}
\int \frac{1}{1+\sqrt{x}}\mathrm{d}x &= \int \frac{1}{1+t} \cdot 2t\mathrm{d}t = 2\int \frac{1+t-1}{1+t}\mathrm{d}t \\
&= 2\int \left(1-\frac{1}{1+t}\right)\mathrm{d}t \\
&= 2(t-\ln|1+t|)+C \\
&= 2(\sqrt{x}-\ln|1+\sqrt{x}|)+C.
\end{aligned}$$

使用第二类换元积分法的关键是如何选择函数 $x=\varphi(t)$，使 $x=\varphi(t)$ 代入被积表达式后能起到去掉根号的作用或化为符合基本积分公式的形式. 常用选择函数的方法有两种.

(1) 三角代换：

当被积函数含有根式 $\sqrt{a^2-x^2}$ 时，可作代换 $x=a\sin t$；

当被积函数含有根式 $\sqrt{x^2+a^2}$ 时，可作代换 $x=a\tan t$；

当被积函数含有根式 $\sqrt{x^2-a^2}$ 时，可作代换 $x=a\sec t$.

(2) 无理代换：

当被积函数含有根式 $\sqrt[n]{ax+b}$ 时，可作代换 $t=\sqrt[n]{ax+b}$.

【例 4-23】 求 $\int \dfrac{1}{\sqrt{x^2+a^2}}\mathrm{d}x (a>0)$.

解 令 $x=a\tan t\left(-\dfrac{\pi}{2}<t<\dfrac{\pi}{2}\right)$，则 $\mathrm{d}x=a\sec^2 t\mathrm{d}t$，$\sqrt{x^2+a^2}=a\sec t$.

$$\int \frac{1}{\sqrt{x^2+a^2}}\mathrm{d}x = \int \frac{a\sec^2 t}{a\sec t}\mathrm{d}t = \int \sec t\mathrm{d}t$$

$$= \ln \mid \sec t + \tan t \mid + C_1$$

$$= \ln \left| \frac{\sqrt{x^2 + a^2}}{a} + \frac{x}{a} \right| + C_1$$

$$= \ln \left| x + \sqrt{x^2 + a^2} \right| + C \quad (C = C_1 - \ln a).$$

在上面的计算过程中,$\sec t = \dfrac{\sqrt{x^2 + a^2}}{a}$ 是根据 $\tan t = \dfrac{x}{a}$ 作直角

三角形(如图 4-2)得到的.

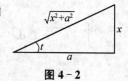

图 4-2

【例 4-24】　求 $\displaystyle\int \frac{\sqrt{x-1}}{x}\mathrm{d}x$.

解　令 $t = \sqrt{x-1}$,则 $x = t^2 + 1$,$\mathrm{d}x = 2t\mathrm{d}t$.

$$\int \frac{\sqrt{x-1}}{x}\mathrm{d}x = \int \frac{t}{t^2 + 1} \cdot 2t\mathrm{d}t = 2\int \frac{t^2}{t^2 + 1}\mathrm{d}t$$

$$= 2\int \left(1 - \frac{1}{t^2 + 1}\right)\mathrm{d}t = 2t - 2\arctan t + C$$

$$= 2\sqrt{x-1} - 2\arctan \sqrt{x-1} + C.$$

习题 4.2

1. 求下列不定积分.

(1) $\displaystyle\int (1 + 2x)^3 \mathrm{d}x$;　　　　　　(2) $\displaystyle\int \frac{1}{3x - 5}\mathrm{d}x$;

(3) $\displaystyle\int \mathrm{e}^{3x} \mathrm{d}x$;　　　　　　　　(4) $\displaystyle\int \frac{x}{(1 + x^2)^2}\mathrm{d}x$;

(5) $\displaystyle\int \frac{2}{x^2}\mathrm{e}^{\frac{1}{x}} \mathrm{d}x$;　　　　　　(6) $\displaystyle\int \frac{\sin \sqrt{x}}{\sqrt{x}}\mathrm{d}x$;

(7) $\displaystyle\int \sin^5 x\cos x\mathrm{d}x$;　　　　(8) $\displaystyle\int x\sqrt{x^2 + 1}\mathrm{d}x$;

(9) $\displaystyle\int \frac{1}{x\ln x}\mathrm{d}x$;　　　　　　(10) $\displaystyle\int \frac{1}{1 + \mathrm{e}^x}\mathrm{d}x$;

(11) $\displaystyle\int \frac{1}{(x + 1)(x + 2)}\mathrm{d}x$;　　(12) $\displaystyle\int \frac{2x - 1}{\sqrt{1 - x^2}}\mathrm{d}x$;

(13) $\displaystyle\int \frac{1}{\sqrt{4 - x^2}}\mathrm{d}x$;　　　(14) $\displaystyle\int \frac{x^2}{1 + x}\mathrm{d}x$;

(15) $\displaystyle\int \cos^3 x\mathrm{d}x$;　　　　　(16) $\displaystyle\int \frac{\arctan x}{1 + x^2}\mathrm{d}x$;

(17) $\displaystyle\int \frac{\arctan \sqrt{x}}{\sqrt{x}(1 + x)}\mathrm{d}x$;　　(18) $\displaystyle\int \frac{1}{\mathrm{e}^x - 1}\mathrm{d}x$.

2. 求下列不定积分.

(1) $\displaystyle\int \frac{x}{\sqrt{1+x}}\mathrm{d}x$;

(2) $\displaystyle\int \frac{1}{\sqrt{x}+\sqrt[4]{x}}\mathrm{d}x$;

(3) $\displaystyle\int \frac{1}{x^2\sqrt{a^2-x^2}}\mathrm{d}x$;

(4) $\displaystyle\int \frac{\sqrt{x^2-a^2}}{x}\mathrm{d}x$.

§4.3　不定积分的分部积分法

上一节我们讨论了换元积分法. 换元积分法是通过换元的方法将积分化为符合积分基本公式的形式进行积分. 但仍有一些积分, 如 $\displaystyle\int x\mathrm{e}^x\mathrm{d}x, \int x\sin x\mathrm{d}x, \int x\arctan x\mathrm{d}x$ 等, 不能用换元积分法来求解. 本节讨论的分部积分法是另一种计算不定积分的方法.

设函数 $u = u(x)$ 和 $v = v(x)$ 具有连续导数, 由函数乘积的导数公式得

$$(uv)' = u'v + uv',$$

移项, 得

$$uv' = (uv)' - u'v,$$

两边求不定积分, 得

$$\int uv'\mathrm{d}x = uv - \int u'v\mathrm{d}x \text{ 或} \int u\mathrm{d}v = uv - \int v\mathrm{d}u.$$

上面的积分公式就称为分部积分公式.

【例 4 - 25】　求 $\displaystyle\int x\mathrm{e}^x\mathrm{d}x$.

解　设 $u = x, \mathrm{d}v = \mathrm{e}^x\mathrm{d}x = \mathrm{d}\mathrm{e}^x$, 则

$$\int x\mathrm{e}^x\mathrm{d}x = \int x\mathrm{d}\mathrm{e}^x = x\mathrm{e}^x - \int \mathrm{e}^x\mathrm{d}x = x\mathrm{e}^x - \mathrm{e}^x + C$$
$$= (x-1)\mathrm{e}^x + C.$$

在使用分部积分公式时选择 $u, \mathrm{d}v$ 是关键. 一般地, 当被积函数是幂函数与指数函数、三角函数乘积时, 设幂函数为 u; 当被积函数是幂函数与对数函数或反三角函数乘积时, 设对数函数或反三角函数为 u.

【例 4 - 26】　求 $\displaystyle\int x\sin x\mathrm{d}x$.

解　设 $u = x, \mathrm{d}v = \sin x\mathrm{d}x = \mathrm{d}(-\cos x)$, 则

$$\int x\sin x\mathrm{d}x = \int x\mathrm{d}(-\cos x)$$
$$= x(-\cos x) - \int (-\cos x)\mathrm{d}x$$
$$= -x\cos x + \int \cos x\mathrm{d}x$$
$$= -x\cos x + \sin x + C.$$

当运算熟练后,可以不写出 u 与 $\mathrm{d}v$,把积分写成 $\int u\mathrm{d}v$ 的形式后,直接利用分部积分公式即可.

【例 4 - 27】　求 $\int x^2\mathrm{e}^x\mathrm{d}x$.

解　$\displaystyle\int x^2\mathrm{e}^x\mathrm{d}x = \int x^2\mathrm{d}\mathrm{e}^x = x^2\mathrm{e}^x - 2\int x\mathrm{e}^x\mathrm{d}x$

$\displaystyle\qquad\qquad = x^2\mathrm{e}^x - 2\int x\mathrm{d}\mathrm{e}^x$

$\displaystyle\qquad\qquad = x^2\mathrm{e}^x - 2\left(x\mathrm{e}^x - \int\mathrm{e}^x\mathrm{d}x\right)$

$\displaystyle\qquad\qquad = (x^2 - 2x + 2)\mathrm{e}^x + C.$

【例 4 - 28】　求 $\int x\arctan x\mathrm{d}x$.

解　$\displaystyle\int x\arctan x\mathrm{d}x = \int\arctan x\mathrm{d}\left(\frac{1}{2}x^2\right)$

$\displaystyle\qquad\qquad = \frac{x^2}{2}\arctan x - \int\frac{x^2}{2}\cdot\frac{1}{1+x^2}\mathrm{d}x$

$\displaystyle\qquad\qquad = \frac{x^2}{2}\arctan x - \int\frac{1}{2}\cdot\left(1 - \frac{1}{1+x^2}\right)\mathrm{d}x$

$\displaystyle\qquad\qquad = \frac{x^2}{2}\arctan x - \frac{1}{2}(x - \arctan x) + C$

$\displaystyle\qquad\qquad = \frac{1}{2}(x^2 + 1)\arctan x - \frac{1}{2}x + C.$

【例 4 - 29】　求 $\int x\ln x\mathrm{d}x$.

解　$\displaystyle\int x\ln x\mathrm{d}x = \frac{1}{2}\int\ln x\mathrm{d}x^2 = \frac{1}{2}\left(x^2\ln x - \int x^2\mathrm{d}\ln x\right)$

$\displaystyle\qquad\qquad = \frac{1}{2}x^2\ln x - \frac{1}{2}\int x\mathrm{d}x$

$\displaystyle\qquad\qquad = \frac{1}{2}x^2\ln x - \frac{1}{4}x^2 + C.$

【例 4 - 30】　求 $\int\mathrm{e}^{\sqrt{x}}\mathrm{d}x$.

解　设 $\sqrt{x} = t$,则 $x = t^2$,$\mathrm{d}x = 2t\mathrm{d}t$,于是

$$\int\mathrm{e}^{\sqrt{x}}\mathrm{d}x = 2\int t\mathrm{e}^t\mathrm{d}t = 2t\mathrm{e}^t - 2\int\mathrm{e}^t\mathrm{d}t = 2t\mathrm{e}^t - 2\mathrm{e}^t + C$$

$$= 2(t - 1)\mathrm{e}^t + C = 2(\sqrt{x} - 1)\mathrm{e}^{\sqrt{x}} + C.$$

【例 4 - 31】　求 $\int\mathrm{e}^x\cos x\mathrm{d}x$.

解　$\displaystyle\int\mathrm{e}^x\cos x\mathrm{d}x = \int\mathrm{e}^x\mathrm{d}(\sin x) = \mathrm{e}^x\sin x - \int\mathrm{e}^x\sin x\mathrm{d}x$

$\displaystyle\qquad\qquad = \mathrm{e}^x\sin x + \int\mathrm{e}^x\mathrm{d}(\cos x)$

$$= e^x\sin x + \left(e^x\cos x - \int e^x\cos x\, dx\right).$$

于是

$$2\int e^x\cos x\, dx = e^x(\sin x + \cos x) + C_1.$$

$$\int e^x\cos x\, dx = \frac{1}{2}e^x(\sin x + \cos x) + C \quad \left(C = \frac{1}{2}C_1\right).$$

习题 4.3

求下列不定积分.

(1) $\int x\cos x\, dx$；

(2) $\int xe^{-x}\, dx$；

(3) $\int x\sin 2x\, dx$；

(4) $\int x\ln x\, dx$；

(5) $\int \arctan x\, dx$；

(6) $\int \ln(1+x^2)\, dx$；

(7) $\int \dfrac{\ln x}{\sqrt{x}}\, dx$；

(8) $\int x^2 e^{2x}\, dx$；

(9) $\int x^3 e^{x^2}\, dx$；

(10) $\int x\cos^2 x\, dx$；

(11) $\int \sin\sqrt{x}\, dx$；

(12) $\int (\arcsin x)^2\, dx$.

§4.4　简单的微分方程

在生产实际和科学研究中,经常要寻求变量间的函数关系.而在大量的实际问题中,往往不能直接得到所求的函数关系,但根据问题所提供的情况,却能比较容易地建立起待求函数及其导数(或微分)之间的关系式.这样的关系式数学上称之为微分方程.对微分方程进行研究,求出未知函数,这就是解微分方程.本节主要介绍微分方程的一些基本概念和几种特殊类型的一阶和二阶微分方程的常见解法.

4.4.1　微分方程的基本概念

定义 4–3　含有未知函数的导数(或微分)的方程称为微分方程.
例如

$$y' = 3x - x^2, \tag{4.1}$$
$$xy\, dx + (2+x^2)\, dy = 0, \tag{4.2}$$
$$y'' + (y')^3 = 0, \tag{4.3}$$
$$x^3 y''' + x^2 y'' - 4xy' = 3x^2 \tag{4.4}$$

等都是微分方程.
定义 4–4　微分方程中未知函数导数的最高阶数称为微分方程的阶.

上面例子中式(4.1)、(4.2)是一阶微分方程,式(4.3)是二阶微分方程,式(4.4)是三阶微分方程.

定义 4 - 5 如果将一个函数代入微分方程后能使该方程成为恒等式,则称此函数为微分方程的解,求微分方程的解的过程称为解微分方程.

如果微分方程的解中含有任意常数且独立的任意常数的个数与微分方程的阶数相同,那么这样的解称为微分方程的通解,不包含任意常数的解称为微分方程的特解.用来确定微分方程通解中的任意常数的附加条件称为初始条件.一般地,一阶微分方程初始条件为 $y\big|_{x=x_0} = y_0$,二阶微分方程初始条件为 $y\big|_{x=x_0} = y_0, y'\big|_{x=x_0} = y_0'$.

【例 4 - 32】 设方程 $y'' - y = 0$.

(1) 验证 $y = C_1 e^x + C_2 e^{-x}$ (C_1, C_2 为任意常数)为它的通解;

(2) 给定初始条件 $y\big|_{x=0} = 0, y'\big|_{x=0} = 1$,求特解.

解 (1) 由 $y = C_1 e^x + C_2 e^{-x}$ 得 $y' = C_1 e^x - C_2 e^{-x}, y'' = C_1 e^x + C_2 e^{-x}$. 由于

$$y'' - y = C_1 e^x + C_2 e^{-x} - (C_1 e^x + C_2 e^{-x}) = 0,$$

且 C_1, C_2 为两个独立的任意常数,所以 $y = C_1 e^x + C_2 e^{-x}$ 为 $y'' - y = 0$ 的通解.

(2) 将 $y\big|_{x=0} = 0$ 代入 $y = C_1 e^x + C_2 e^{-x}$,得

$$C_1 + C_2 = 0.$$

将 $y'\big|_{x=0} = 1$ 代入 $y' = C_1 e^x - C_2 e^{-x}$,得

$$C_1 - C_2 = 1.$$

解方程组 $\begin{cases} C_1 + C_2 = 0 \\ C_1 - C_2 = 1 \end{cases}$,得

$$C_1 = \frac{1}{2}, C_2 = -\frac{1}{2},$$

所以满足初始条件的特解为 $y = \frac{1}{2} e^x - \frac{1}{2} e^{-x}$.

4.4.2 一阶微分方程

一、可分离变量的一阶微分方程

形如

$$\frac{dy}{dx} = f(x)g(y) \text{ 或 } M(x)N(y)dx + P(x)Q(y)dy = 0$$

的一阶微分方程称为可分离变量的微分方程.

可分离变量的微分方程可按照下列方法求解.

(1) 分离变量,得

$$\frac{1}{g(y)}dy = f(x)dx \quad (g(y) \neq 0);$$

(2) 两边积分,得

$$\int \frac{1}{g(y)}dy = \int f(x)dx;$$

(3) 设 $G(y), F(x)$ 分别为 $\frac{1}{g(y)}$ 和 $f(x)$ 的原函数,则通解为

$$G(y) = F(x) + C.$$

【例 4-33】　求微分方程 $\dfrac{\mathrm{d}y}{\mathrm{d}x} = 2xy$ 的通解.

解　分离变量,得

$$\frac{1}{y}dy = 2x\mathrm{d}x,$$

两边积分,得

$$\int \frac{1}{y}dy = \int 2x\mathrm{d}x,$$

$$\ln|y| = x^2 + C_1.$$

从而

$$y = \pm e^{x^2 + C_1} = \pm e^{C_1}e^{x^2}.$$

令 $C = \pm e^{C_1}$,则 $y = Ce^{x^2}$. 因为 $y = 0$ 也是方程的解,所以方程的通解是

$$y = Ce^{x^2} \ (C \text{ 为任意常数}).$$

【例 4-34】　求微分方程 $y' = \dfrac{4xy}{1+x^2}$ 的通解.

解　分离变量,得

$$\frac{1}{y}dy = \frac{4x}{1+x^2}dx,$$

两边积分,得

$$\int \frac{1}{y}dy = \int \frac{4x}{1+x^2}dx,$$

$$\ln|y| = 2\ln(1+x^2) + \ln C_1,$$
$$y = \pm C_1(1+x^2)^2,$$

所以原方程的通解是

$$y = C(1+x^2)^2 \quad (C = \pm C_1).$$

【例 4-35】　求微分方程 $x(1+y^2)\mathrm{d}x - y(1+x^2)\mathrm{d}y = 0$ 的通解.

解　分离变量,得

$$\frac{y}{1+y^2}dy = \frac{x}{1+x^2}dx,$$

两边积分,得

$$\int \frac{y}{1+y^2}\mathrm{d}y = \int \frac{x}{1+x^2}\mathrm{d}x,$$

$$\ln(1+y^2) = \ln(1+x^2) + \ln C,$$

所以原方程的通解是

$$1+y^2 = C(1+x^2).$$

二、齐次微分方程

形如

$$\frac{\mathrm{d}y}{\mathrm{d}x} = f\left(\frac{y}{x}\right)$$

的一阶微分方程称为齐次微分方程.

齐次微分方程通常通过变量代换化为可分离变量的微分方程,然后再求解.下面我们就给出齐次方程的解法:

在齐次方程 $\dfrac{\mathrm{d}y}{\mathrm{d}x} = f\left(\dfrac{y}{x}\right)$ 中,令 $u = \dfrac{y}{x}$, 即 $y = ux$,则有

$$\frac{\mathrm{d}y}{\mathrm{d}x} = u + x\frac{\mathrm{d}u}{\mathrm{d}x},$$

$$u + x\frac{\mathrm{d}u}{\mathrm{d}x} = f(u).$$

分离变量,得

$$\frac{\mathrm{d}u}{f(u)-u} = \frac{\mathrm{d}x}{x}.$$

两边积分,得

$$\int \frac{\mathrm{d}u}{f(u)-u} = \int \frac{\mathrm{d}x}{x}.$$

求出积分后,再用 $\dfrac{y}{x}$ 代替 u,便得所给齐次方程的通解.

【例 4-36】 求微分方程 $y^2 + x^2\dfrac{\mathrm{d}y}{\mathrm{d}x} = xy\dfrac{\mathrm{d}y}{\mathrm{d}x}$ 的通解.

解 原方程可化为

$$\frac{\mathrm{d}y}{\mathrm{d}x} = \frac{y^2}{xy-x^2} = \frac{\left(\dfrac{y}{x}\right)^2}{\dfrac{y}{x}-1}.$$

令 $u = \dfrac{y}{x}$,则 $y = ux$.代入上式,得

$$u + x\frac{\mathrm{d}u}{\mathrm{d}x} = \frac{u^2}{u-1},$$

即
$$x \frac{\mathrm{d}u}{\mathrm{d}x} = \frac{u}{u-1}.$$

分离变量,得
$$\left(1 - \frac{1}{u}\right)\mathrm{d}u = \frac{\mathrm{d}x}{x},$$

两边积分,得
$$u - \ln|u| + C = \ln|x|,$$

即
$$\ln|xu| = u + C.$$

将上式中的 u 换成 $\frac{y}{x}$,便得原方程的通解为

$$\ln|y| = \frac{y}{x} + C.$$

三、一阶线性微分方程
形如

$$\frac{\mathrm{d}y}{\mathrm{d}x} + P(x)y = Q(x) \tag{4.5}$$

的一阶微分方程称为一阶线性微分方程. 当 $Q(x) = 0$ 时,称方程

$$\frac{\mathrm{d}y}{\mathrm{d}x} + P(x)y = 0 \tag{4.6}$$

为一阶齐次线性微分方程;当 $Q(x) \neq 0$ 时,称方程(4.5)是一阶非齐次线性微分方程.

齐次线性方程 $\dfrac{\mathrm{d}y}{\mathrm{d}x} + P(x)y = 0$ 是可分离变量的微分方程. 分离变量后,得

$$\frac{\mathrm{d}y}{y} = -P(x)\mathrm{d}x,$$

两边积分,得
$$\ln|y| = -\int P(x)\mathrm{d}x + C_1,$$

$$y = \pm\, \mathrm{e}^{C_1} \cdot \mathrm{e}^{-\int P(x)\mathrm{d}x}.$$

于是,齐次线性方程的通解是

$$y = C\mathrm{e}^{-\int P(x)\mathrm{d}x} \quad (C = \pm\, \mathrm{e}^{C_1}).$$

设想将 $y = C\mathrm{e}^{-\int P(x)\mathrm{d}x}$ 中的常数 C 换成待定函数 $C(x)$ 后是方程(4.5)的解. 把它代入方程(4.5),得

$$C'(x)\mathrm{e}^{-\int P(x)\mathrm{d}x} - C(x)\mathrm{e}^{-\int P(x)\mathrm{d}x}P(x) + P(x)C(x)\mathrm{e}^{-\int P(x)\mathrm{d}x} = Q(x),$$

$$C'(x) = Q(x)\mathrm{e}^{\int P(x)\mathrm{d}x}.$$

两边积分,得

$$C(x) = \int Q(x) e^{\int P(x) dx} dx + C.$$

于是,非齐次线性方程(4.5)的通解为

$$y = e^{-\int P(x) dx} \left[\int Q(x) e^{\int P(x) dx} dx + C \right].$$

【例 4-37】 求微分方程 $y' + y = x e^{-x}$ 的通解.

解 这是一阶线性微分方程, $P(x) = 1, Q(x) = x e^{-x}$. 原方程的通解为

$$y = e^{-\int dx} \left(\int x e^{-x} e^{\int dx} dx + C \right) = e^{-x} \left(\frac{1}{2} x^2 + C \right).$$

【例 4-38】 求微分方程 $(1 + x^2) y' - 2xy = (1 + x^2)^2$ 的通解.

解 原方程可化成

$$y' - \frac{2x}{1 + x^2} y = 1 + x^2,$$

则

$$P(x) = -\frac{2x}{1 + x^2}, Q(x) = 1 + x^2.$$

因此,原方程的通解是

$$y = e^{\int \frac{2x}{1+x^2} dx} \left[\int (1 + x^2) e^{-\int \frac{2x}{1+x^2} dx} dx + C \right]$$

$$= e^{\ln(1+x^2)} \left[\int (1 + x^2) e^{-\ln(1+x^2)} dx + C \right]$$

$$= (1 + x^2)(x + C).$$

4.4.3 二阶常系数线性微分方程

一、二阶常系数齐次线性微分方程

形如

$$y'' + py' + qy = 0 \ (其中 \ p, q \ 是常数) \tag{4.7}$$

的方程称为二阶常系数齐次线性微分方程.

定理 4-3 若函数 $y_1(x), y_2(x)$ 是二阶常系数齐次线性微分方程

$$y'' + py' + qy = 0$$

的两个解,且 $\dfrac{y_1(x)}{y_2(x)}$ 不为常数,则 $y = C_1 y_1(x) + C_2 y_2(x) (C_1, C_2$ 为任意常数) 是该方程的通解.

当 r 是常数时,函数 $y = e^{rx}$ 和它的导数只差常数因子,根据函数的这个特点,我们用 $y = e^{rx}$ 来试着看能否选取适当的常数 r,使 $y = e^{rx}$ 满足方程(4.7).

将 $y = e^{rx}$ 求导,得

$$y' = re^{rx}, y'' = r^2 e^{rx}.$$

把 y, y', y'' 代入方程(4.7),得

$$(r^2 + pr + q)e^{rx} = 0.$$

因为 $e^{rx} \neq 0$,所以只有 $\qquad r^2 + pr + q = 0.$ \hfill (4.8)

只要 r 满足方程式(4.8),$y = e^{rx}$ 就是方程(4.7)的解.

我们把方程式(4.8)叫做方程式(4.7)的特征方程,特征方程是一个代数方程,其中 r^2, r 的系数及常数项恰好依次是方程(4.7)中 y'', y', y 的系数.

特征方程(4.8)的两个根为 $r_{1,2} = \dfrac{-p \pm \sqrt{p^2 - 4q}}{2}$,因此方程(4.7)的通解有下列三种不同的情形.

(1) 当 $p^2 - 4q > 0$ 时,$r_1 \neq r_2$,方程的通解为:$y = C_1 e^{r_1 x} + C_2 e^{r_2 x}$;

(2) 当 $p^2 - 4q = 0$ 时,$r_1 = r_2$,方程的通解为:$y = (C_1 + C_2 x)e^{r_1 x}$;

(3) 当 $p^2 - 4q < 0$ 时,记 $r_1 = \alpha + i\beta, r_2 = \alpha - i\beta$,方程的通解为:

$$y = e^{\alpha x}(C_1 \cos\beta x + C_2 \sin\beta x).$$

求二阶常系数齐次线性微分方程 $y'' + py' + qy = 0$ 的通解的步骤为:

① 写出微分方程的特征方程 $\quad r^2 + pr + q = 0$;

② 求出特征方程的两个根 r_1, r_2;

③ 根据特征方程的两个根的不同情况,写出微分方程的通解.

【例 4-39】 求微分方程 $y'' + 3y' - 10y = 0$ 的通解.

解 方程的特征方程为:

$$r^2 + 3r - 10 = 0.$$

解得

$$r_1 = -5, r_2 = 2.$$

方程的通解为:

$$y = C_1 e^{-5x} + C_2 e^{2x}.$$

【例 4-40】 求微分方程 $y'' + 6y' + 9y = 0$ 的通解.

解 方程的特征方程为 $r^2 + 6r + 9 = 0$.

解得

$$r_1 = r_2 = -3.$$

方程的通解为:

$$y = (C_1 + C_2 x)e^{-3x}.$$

【例 4-41】 求微分方程 $y'' + 4y' + 7y = 0$ 的通解.

解 方程的特征方程为：

$$r^2 + 4r + 7 = 0.$$

解得

$$r_{1,2} = -2 \pm \sqrt{3}\mathrm{i}.$$

方程的通解为：$y = \mathrm{e}^{-2x}(C_1 \cos\sqrt{3}x + C_2 \sin\sqrt{3}x)$.

【例 4-42】 求方程 $y'' + 2y' + 1 = 0$ 满足初始条件 $y\big|_{x=0} = 4, y'\big|_{x=0} = -2$ 的特解.

解 所给方程的特征方程为

$$r^2 + 2r + 1 = 0, \text{即}(r+1)^2 = 0.$$

其根 $r_1 = r_2 = -1$ 是两个相等的实根,因此所给微分方程的通解为

$$y = (C_1 + C_2 x)\mathrm{e}^{-x},$$

将条件 $y\big|_{x=0} = 4$ 代入通解,得 $C_1 = 4$, 从而

$$y = (4 + C_2 x)\mathrm{e}^{-x}.$$

将上式对 x 求导,得

$$y' = (C_2 - 4 - C_2 x)\mathrm{e}^{-x}.$$

再把 $y'\big|_{x=0} = -2$ 条件代入上式,得 $C_2 = 2$. 于是所求特解为

$$y = (4 + 2x)\mathrm{e}^{-x}.$$

二、二阶常系数非齐次线性微分方程

形如

$$y'' + py' + qy = f(x) \quad (f(x) \neq 0) \tag{4.9}$$

的方程称为二阶常系数非齐次线性微分方程. 把方程

$$y'' + py' + qy = 0 \tag{4.10}$$

称为其对应的齐次线性微分方程.

定理 4-4 设 y^* 是二阶常系数非齐次线性微分方程

$$y'' + py' + qy = f(x)$$

的一个特解,$Y(x)$ 是所对应的齐次方程的通解,则

$$y = Y(x) + y^*$$

是二阶常系数非齐次线性微分方程的通解.

方程(4.10)的通解问题已解决,余下的问题是如何求方程(4.9)的一个特解. 方程(4.9)的特解形式,与方程右边的 $f(x)$ 的形式有关,$f(x)$ 有两种常见的形式.

形式 1：$f(x) = \mathrm{e}^{\lambda x} P_m(x)$ 型,其中 λ 是常数,

$$P_m(x) = a_0 x^m + a_1 x^{m-1} + \cdots + a_{m-1} x + a_m.$$

形式 2：$f(x) = \mathrm{e}^{\lambda x}[P_l(x)\cos\omega x + P_n(x)\sin\omega x]$ 型，其中 λ 是常数，$P_l(x)$ 与 $P_n(x)$ 分别是 l 次与 n 次多项式.

下面我们仅就形式 1 进行讨论.

$$y'' + py' + qy = P_m(x)\mathrm{e}^{\lambda x},$$

其中 p,q,λ 是常数，$P_m(x)$ 是 m 次多项式.

定理 4 - 5　对于形如 $y'' + py' + qy = P_m(x)\mathrm{e}^{\lambda x}$ 的方程，一定有形如 $y^* = x^k Q_m(x)\mathrm{e}^{\lambda x}$ 的特解. 其中

$$Q_m(x) = b_0 x^m + b_1 x^{m-1} + \cdots + b_{m-1}x + b_m (b_0, b_1, \cdots, b_{m-1}, b_m \text{ 待定})$$

λ 不是特征方程的根时，$k = 0$；

λ 是特征方程的单根时，$k = 1$；

λ 是特征方程的重根时，$k = 2$.

二阶常系数非齐次线性微分方程 $y'' + py' + qy = \mathrm{e}^{\lambda x} P_m(x)$ 求解的一般步骤：

① 写出对应齐次方程的特征方程，求出特征根，求出对应齐次方程 (4.10) 的通解 $Y(x)$；

② 根据右端函数 $f(x)$ 的特征，假设方程 (4.9) 含有待定系数形式的特解 $y^* = x^k Q_m(x)\mathrm{e}^{\lambda x}$；

③ 将 $y^*, {y^*}', {y^*}''$ 代入方程 (4.9)，比较同次幂系数，得到可求解的线性方程组，并由此解出待定系数，得到方程 (4.9) 的一个特解 y^*；

④ 写出方程 (4.9) 的通解，它是对应齐次方程 (4.10) 的通解 Y 与非齐次方程 (4.9) 的一个特解 y^* 之和.

【例 4 - 43】　求微分方程 $y'' - 2y' - 3y = 3x + 1$ 的通解.

解　特征方程 $r^2 - 2r - 3 = 0, (r-3)(r+1) = 0, r_1 = 3, r_2 = -1$，所以对应的齐次方程的通解为 $Y = C_1\mathrm{e}^{3x} + C_2\mathrm{e}^{-x}$.

因为 $\lambda = 0$ 不是特征方程的根. 由 $f(x) = 3x + 1 (m = 1)$，设 $y^* = b_0 x + b_1$，则 ${y^*}' = b_0, {y^*}'' = 0$，代入原方程，得

$$0 - 2b_0 - 3(b_0 x + b_1) = 3x + 1,$$

即

$$-3b_0 x - 2b_0 - 3b_1 = 3x + 1.$$

比较一次项的系数，得 $b_0 = -1$，代入上式，得 $2 - 3b_1 = 1$，知 $b_1 = \dfrac{1}{3}$，所以 $y^* = -x + \dfrac{1}{3}$. 于是，原方程的通解为

$$y = C_1\mathrm{e}^{3x} + C_2\mathrm{e}^{-x} - x + \frac{1}{3}.$$

【例 4 - 44】　求微分方程 $y'' - 5y' + 6y = x\mathrm{e}^{2x}$ 的通解.

解　特征方程 $r^2 - 5r + 6 = 0, (r-3)(r-2) = 0, r_1 = 2, r_2 = 3$，所以对应的齐次方程的通解为 $Y = C_1\mathrm{e}^{2x} + C_2\mathrm{e}^{3x}$.

因为 $\lambda = 2$ 是特征方程的单根,由 $f(x) = xe^{2x}$,设 $y^* = x(b_0 x + b_1)e^{2x}$,求出 $y^{*\prime}$,$y^{*\prime\prime}$,代入原方程并化简,得

$$-2b_0 x + 2b_0 - b_1 = x.$$

比较两端同次幂的系数,有 $\begin{cases} -2b_0 = 1 \\ 2b_0 - b_1 = 0 \end{cases}$,解得 $b_0 = -\dfrac{1}{2}$,$b_1 = -1$,所以 $y^* = x(-\dfrac{1}{2}x - 1)e^{2x}$. 于是,原方程的通解为

$$y = C_1 e^{2x} + C_2 e^{3x} - \frac{1}{2}(x^2 + 2x)e^{2x}.$$

习题 4.4

1. 指出下列微分方程的阶数.

(1) $x^2 y'' - xy' + y = 0$;

(2) $x(y')^2 - 2yy' + x = 0$;

(3) $(7x - 6y)dx + (x + y)dy = 0$;

(4) $y^{(4)} - 5x^2 y' = 0$.

2. 求下列微分方程的通解或特解.

(1) $(1 + y)dx + (x - 1)dy = 0$;

(2) $xy' - y\ln y = 0$;

(3) $y' = e^{2x-y}$,$y\big|_{x=0} = 0$;

(4) $xdy + 2ydx = 0$,$y\big|_{x=2} = 1$.

3. 求下列微分方程的通解.

(1) $x\dfrac{dy}{dx} = y\ln\dfrac{y}{x}$;

(2) $(x^2 + y^2)dx - xydy = 0$.

4. 求下列微分方程的通解或特解.

(1) $y' + y = e^{-x}$;

(2) $y' + y\cos x = e^{-\sin x}$;

(3) $\dfrac{d\rho}{d\theta} + 3\rho = 2$;

(4) $\dfrac{dy}{dx} + \dfrac{y}{x} = \dfrac{\sin x}{x}$,$y\big|_{x=\pi} = 1$.

5. 求下列微分方程的通解或特解.

(1) $y'' - 2y' - 3y = 0$;

(2) $y'' - 4y' + 4y = 0$;

(3) $y'' - 2y' + 5y = 0$;

(4) $\dfrac{d^2 s}{dt^2} + 2\dfrac{ds}{dt} + s = 0$,满足初始条件 $s\big|_{t=0} = 4$ 与 $s'\big|_{t=0} = -2$ 的特解;

(5) $y'' + 5y' + 4y = 3 - 2x$;

(6) $2y'' + 5y' = 5x^2 - 2x - 1$;

(7) $y'' + 3y' + 2y = 3xe^{-x}$;

(8) $y'' - y = 3e^{2x}$,$y(0) = y'(0) = 1$.

§4.5 定 积 分

定积分是积分学中的另一个重要概念,它是从大量的实际问题中抽象出来的,在许多领域有着广泛的应用.本节将从实际问题出发引入定积分的概念,然后讨论它的性质、计算及其应用.

4.5.1 定积分的概念和性质

一、问题的提出

1. 曲边梯形的面积

所谓曲边梯形,是指由直线 $x=a$,$x=b$,x 轴及连续函数 $y=f(x)(f(x)\geqslant 0)$ 所围成的平面图形,如图 4-3 所示.

由于曲边梯形不是我们学过的规则图形,也不能分割成一些规则图形的组合,故不能直接用公式来计算其面积. 但函数 $y=f(x)$ 在区间 $[a,b]$ 上是连续的,这表明在一微小的区间上,曲边梯形的高 $y=f(x)$ 近似不变,每一个小区间上对应的窄曲边梯形可以看作是窄矩形(因为高近似于不变). 这样,曲边梯形的面积就是所有窄矩形面积之和的近似值. 具体的步骤如下:

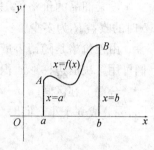

图 4-3

分割 在区间 $[a,b]$ 内插入若干个分点,$a=x_0<x_1<x_2<\cdots<x_{n-1}<x_n=b$,把区间 $[a,b]$ 分成 n 个小区间

$$[x_0,x_1],[x_1,x_2],\cdots,[x_{i-1},x_i],\cdots,[x_{n-1},x_n].$$

它们的长度依次为

$$\Delta x_1 = x_1 - x_0, \Delta x_2 = x_2 - x_1, \cdots,$$
$$\Delta x_i = x_i - x_{i-1}, \cdots, \Delta x_n = x_n - x_{n-1}.$$

经过每一个分点作平行于 y 轴的直线,把曲边梯形分成 n 个窄曲边梯形,如图 4-4 所示.

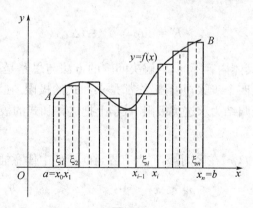

图 4-4

近似 在每个小区间 $[x_{i-1},x_i]$ 上任取一点 ξ_i,以 $[x_{i-1},x_i]$ 为底,$f(\xi_i)$ 为高的小矩形面积为

$$\Delta A_i - f(\xi_i)\Delta x_i.$$

求和 曲边梯形面积的近似值为

$$A \approx f(\xi_1)\Delta x_1 + f(\xi_2)\Delta x_2 + \cdots + f(\xi_n)\Delta x_n = \sum_{i=1}^{n} f(\xi_i)\Delta x_i.$$

取极限 记 $\lambda = \max\{\Delta x_1, \Delta x_2, \cdots, \Delta x_n\}$，则曲边梯形面积为

$$A = \lim_{\lambda \to 0} \sum_{i=1}^{n} f(\xi_i) \Delta x_i.$$

2. 收益问题

设某商品的价格 P 是销售量 x 的连续函数，即 $P = P(x)$，问当销售量从 a 连续变化到 b 时的收益 R 为多少？

由于价格是随销售量连续变化的，所以不能直接用销售量乘以价格来计算收益. 但是我们可用解决曲边梯形面积的方法来解决这个问题.

分割 在区间 $[a,b]$ 内插入若干个分点，$a = x_0 < x_1 < x_2 < \cdots < x_{n-1} < x_n = b$，则把区间 $[a,b]$ 分成 n 个小区间 $[x_{i-1}, x_i]$ $(i = 1, 2, \cdots, n)$，在每个小区间 $[x_{i-1}, x_i]$ 上的销售量为

$$\Delta x_i = x_i - x_{i-1}.$$

近似 设每个小区间 $[x_{i-1}, x_i]$ 上的收益为 ΔR_i，在 $[x_{i-1}, x_i]$ 上任取一点 ξ_i，把 $P(\xi_i)$ 作为该段上的近似价格，于是

$$\Delta R_i \approx P(\xi_i) \Delta x_i.$$

求和 收益的近似值

$$R \approx \sum_{i=1}^{n} P(\xi_i) \Delta x_i.$$

取极限 记 $\lambda = \max\{\Delta x_1, \Delta x_2, \cdots, \Delta x_n\}$，则所求的收益为

$$R = \lim_{\lambda \to 0} \sum_{i=1}^{n} P(\xi_i) \Delta x_i.$$

上面两个问题尽管具体内容不同，但解决问题的方法与思路是相同的，都可归结为：分割、近似、求和、取极限这四个步骤，并且最终都是求和式的极限. 在科学技术和经济生活中还有许多问题，最终也是归结为求这类极限. 数学上把这种和式的极限称为定积分.

二、定积分的定义

定义 4-6 设函数 $f(x)$ 在区间 $[a,b]$ 上有界，在 $[a,b]$ 中任意插入 $(n-1)$ 个分点

$$a = x_0 < x_1 < x_2 < \cdots < x_{n-1} < x_n = b,$$

把区间 $[a,b]$ 分成 n 个小区间，各小区间的长度为 $\Delta x_i = x_i - x_{i-1}$ $(i = 1, 2, \cdots, n)$，在每个小区间上任取一点 $\xi_i(x_{i-1} \leqslant \xi_i \leqslant x_i)$，作乘积 $f(\xi_i) \Delta x_i (i = 1, 2, \cdots, n)$ 并作和

$$S = \sum_{i=1}^{n} f(\xi_i) \Delta x_i.$$

记 $\lambda = \max\{\Delta x_1, \Delta x_2, \cdots, \Delta x_n\}$，如果不论对 $[a,b]$ 怎样的分法，也不论在小区间 $[x_{i-1}, x_i]$ 上点 ξ_i 怎样的取法，只要当 $\lambda \to 0$ 时，和 S 总趋于确定的极限 I，则称函数 $f(x)$ 在区间 $[a,b]$ 上可积，此极限叫做函数 $f(x)$ 在区间 $[a,b]$ 上的定积分，记为 $\int_a^b f(x) \mathrm{d}x$，即

$$\int_a^b f(x)\mathrm{d}x = \lim_{\lambda \to 0} \sum_{i=1}^n f(\xi_i)\Delta x_i.$$

其中 $f(x)$ 称为被积函数，$f(x)\mathrm{d}x$ 称为被积表达式，x 称为积分变量，a 称为积分下限，b 称为积分上限，$[a,b]$ 称为积分区间.

按照定积分的定义，我们前面所举的例子可以分别表示如下：

由直线 $x=a$，$x=b$，x 轴及连续函数 $y=f(x)$（$f(x) \geqslant 0$）所围成的曲边梯形的面积是

$$A = \int_a^b f(x)\mathrm{d}x.$$

某商品的价格 P 是销售量 x 的连续函数，即 $P=P(x)$，当销售量从 a 连续变化到 b 时的收益 R 是

$$R = \int_a^b P(x)\mathrm{d}x.$$

积分值仅与被积函数及积分区间有关，而与积分变量用什么字母表示无关.

$$\int_a^b f(x)\mathrm{d}x = \int_a^b f(t)\mathrm{d}t = \int_a^b f(u)\mathrm{d}u.$$

在定积分的定义中，总是假设 $a<b$，为了今后使用方便，对于 $a=b$，$a>b$ 的情况，作如下规定：

(1) 当 $a=b$ 时，$\int_a^b f(x)\mathrm{d}x = 0$；

(2) 当 $a>b$ 时，$\int_a^b f(x)\mathrm{d}x = -\int_b^a f(x)\mathrm{d}x.$

由定积分的定义可知，若和式 S 的极限存在，则 $f(x)$ 在 $[a,b]$ 上可积，那么 $f(x)$ 在 $[a,b]$ 上满足什么条件才可积呢？关于这个问题，我们给出下面结论：

定理 4-6　若 $f(x)$ 在 $[a,b]$ 上连续，则 $f(x)$ 在 $[a,b]$ 上可积.

初等函数在其定义域中的任何有限区间上连续，因而是可积的.

定理 4-7　若 $f(x)$ 在 $[a,b]$ 上有界，且只有有限个第一类间断点，则 $f(x)$ 在 $[a,b]$ 上可积.

定理 4-8　若 $f(x)$ 在 $[a,b]$ 上单调有界，则 $f(x)$ 在 $[a,b]$ 上可积.

三、定积分的几何意义

(1) 当 $f(x) \geqslant 0$ 时，定积分 $\int_a^b f(x)\mathrm{d}x$ 在几何上表示曲线 $y=f(x)$ 与直线 $x=a$，$x=b$ 及 x 轴所围成的曲边梯形的面积，如图 4-5 所示.

(2) 当 $f(x) \leqslant 0$ 时，定积分 $\int_a^b f(x)\mathrm{d}x$ 在几何上表示曲线 $y=f(x)$ 与直线 $x=a$，$x=b$ 及 x 轴所围成的曲边梯形面积的负值，如图 4-6 所示.

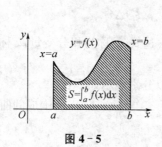

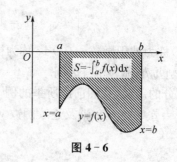

图 4-5   图 4-6

（3）当 $f(x)$ 在 $[a,b]$ 上,既有 $f(x) \geqslant 0$,又有 $f(x) < 0$ 时,定积分 $\int_a^b f(x)\mathrm{d}x$ 在几何上表示曲线 $y=f(x)$ 与直线 $x=a, x=b$ 及 x 轴所围成的图形面积的代数和,在 x 轴上方的图形面积取正值,在 x 轴下方的图形面积取负值,如图 4-7 所示.

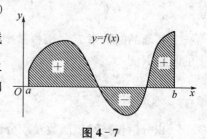

图 4-7

四、定积分的性质

性质 4-4 $\displaystyle\int_a^b kf(x)\mathrm{d}x = k\int_a^b f(x)\mathrm{d}x (k$ 为常数$)$.

性质 4-5 $\displaystyle\int_a^b [f(x) \pm g(x)]\mathrm{d}x = \int_a^b f(x)\mathrm{d}x \pm \int_a^b g(x)\mathrm{d}x.$

该性质可推广到有限个函数的情形.

性质 4-6 $\displaystyle\int_a^b 1\mathrm{d}x = \int_a^b \mathrm{d}x = b-a.$

性质 4-7 $\displaystyle\int_a^b f(x)\mathrm{d}x = \int_a^c f(x)\mathrm{d}x + \int_c^b f(x)\mathrm{d}x.$

性质 4-8 如果在区间 $[a,b]$ 上,有 $f(x) \geqslant g(x)$,则

$$\int_a^b f(x)\mathrm{d}x \geqslant \int_a^b g(x)\mathrm{d}x.$$

性质 4-9 设 m, M 是函数 $f(x)$ 在区间 $[a,b]$ 上的最小值和最大值,则

$$m(b-a) \leqslant \int_a^b f(x)\mathrm{d}x \leqslant M(b-a) \quad (a < b).$$

性质 4-10（积分中值定理） 如果 $f(x)$ 在区间 $[a,b]$ 上连续,则在 $[a,b]$ 上至少存在一点 ξ,使得下式成立

$$\int_a^b f(x)\mathrm{d}x = f(\xi)(b-a) \quad (a \leqslant \xi \leqslant b).$$

【例 4-45】 比较下列积分值的大小.

（1）$\displaystyle\int_0^1 x\mathrm{d}x$ 与 $\displaystyle\int_0^1 x^2\mathrm{d}x$;

（2）$\displaystyle\int_3^4 \ln x\mathrm{d}x$ 与 $\displaystyle\int_3^4 (\ln x)^2\mathrm{d}x$.

解 （1）因为在区间 $[0,1]$ 上有 $x \geqslant x^2$,由性质 4-8 知,

$$\int_0^1 x \mathrm{d}x \geqslant \int_0^1 x^2 \mathrm{d}x;$$

(2) 因为在区间 $[3,4]$ 上有 $\ln x>1$，所以 $\ln x<(\ln x)^2$，由性质 4-8 知，

$$\int_3^4 \ln x \mathrm{d}x < \int_3^4 (\ln x)^2 \mathrm{d}x.$$

4.5.2　微积分基本定理

一、积分上限函数与原函数存在定理

设函数 $f(x)$ 在闭区间 $[a,b]$ 上连续，x 是区间 $[a,b]$ 上的任意一点，则 $f(x)$ 在区间 $[a,x]$ 上也连续，从而定积分 $\int_a^x f(x)\mathrm{d}x$ 存在. 为了不致引起混淆，通常改用字母 t 表示积分变量（这不会改变积分的值）. 于是，上面的定积分可以写成 $\int_a^x f(t)\mathrm{d}t$. 对应于每一个确定的 $x \in [a,b]$，定积分 $\int_a^x f(t)\mathrm{d}t$ 都有一个确定的值与之对应. 因此，定积分 $\int_a^x f(t)\mathrm{d}t$ 是定义在区间 $[a,b]$ 上的函数，称为积分上限函数或变上限积分，记为 $\Phi(x)$，即

$$\Phi(x) = \int_a^x f(t)\mathrm{d}t.$$

类似地，$\int_x^b f(t)\mathrm{d}t$ 也是一个关于 x 的函数，称为变下限积分，变上限积分和变下限积分统称为变限积分.

定理 4-9　如果 $f(x)$ 在 $[a,b]$ 上连续，则积分上限函数 $\Phi(x)$ 在 $[a,b]$ 上可导，且

$$\Phi'(x) = \frac{\mathrm{d}}{\mathrm{d}x}\int_a^x f(t)\mathrm{d}t = f(x), x \in [a,b].$$

这个定理沟通了导数和定积分这两个看似不相干的概念之间的内在联系. 另外，由此定理可推得原函数存在定理.

定理 4-10（原函数存在定理）　如果 $f(x)$ 在 $[a,b]$ 上连续，则积分上限函数

$$\Phi(x) = \int_a^x f(t)\mathrm{d}t$$

就是 $f(x)$ 在 $[a,b]$ 上的一个原函数.

二、微积分基本公式

定理 4-11（微积分基本公式）　如果 $F(x)$ 是连续函数 $f(x)$ 在 $[a,b]$ 上的一个原函数，则

$$\int_a^b f(x)\mathrm{d}x = F(b) - F(a).$$

通常把 $F(b) - F(a)$ 记为 $F(x)\Big|_a^b$ 或 $[F(x)]_a^b$.

微积分基本公式揭示了定积分与不定积分之间的关系，把定积分的计算转化为求被积

函数的原函数,从而避免了直接用定义计算定积分所带来的繁琐运算,较好地解决了定积分的计算问题.

【例 4 - 46】 求下列定积分.

(1) $\int_0^1 \sqrt{x} dx$;

(2) $\int_0^\pi (2\sin x - x) dx$;

(3) $\int_{-1}^1 \frac{e^x}{1 + e^x} dx$;

(4) $\int_{-3}^1 |x| dx$.

解 (1) $\int_0^1 \sqrt{x} dx = \int_0^1 x^{\frac{1}{2}} dx = \frac{2}{3} x^{\frac{3}{2}} \Big|_0^1 = \frac{2}{3}$;

(2) $\int_0^\pi (2\sin x - x) dx = 2\int_0^\pi \sin x dx - \int_0^\pi x dx$

$$= -2\cos x \Big|_0^\pi - \frac{1}{2} x^2 \Big|_0^\pi$$

$$= 4 - \frac{1}{2} \pi^2;$$

(3) $\int_{-1}^1 \frac{e^x}{1 + e^x} dx = \int_{-1}^1 \frac{1}{1 + e^x} d(1 + e^x)$

$$= \ln(1 + e^x) \Big|_{-1}^1 = 1;$$

(4) $\int_{-3}^1 |x| dx = \int_{-3}^0 |x| dx + \int_0^1 |x| dx$

$$= -\int_{-3}^0 x dx + \int_0^1 x dx$$

$$= -\frac{1}{2} x^2 \Big|_{-3}^0 + \frac{1}{2} x^2 \Big|_0^1 = 5.$$

三、定积分的换元积分法

应用微积分基本公式计算定积分,首先要求被积函数的原函数,而求原函数常常要用换元积分法或分部部积分法,下面我们就来讨论如何将这两种方法直接用于定积分的计算.

定理 4 - 12 如果函数 $f(x)$ 在区间 $[a,b]$ 上连续,函数 $x = \varphi(t)$ 在区间 $[\alpha,\beta]$ 上有连续的导数,当 t 从 α 变到 β 时,$x = \varphi(t)$ 在区间 $[a,b]$ 上变化,且 $\varphi(\alpha) = a$,$\varphi(\beta) = b$. 则

$$\int_a^b f(x) dx = \int_\alpha^\beta f[\varphi(t)] \varphi'(t) dt.$$

【例 4 - 47】 求 $\int_0^{\sqrt{2}} x\sin x^2 dx$.

解 令 $u = x^2$,则 $du = 2x dx$. 当 $x = 0$ 时,$u = 0$;当 $x = \sqrt{2}$时,$u = 2$. 于是

$$\int_0^{\sqrt{2}} x\sin x^2 dx = \frac{1}{2} \int_0^2 \sin u du = -\frac{1}{2} \cos u \Big|_0^2 = \frac{1}{2} (1 - \cos 2).$$

【例 4 - 48】 求 $\int_{\frac{1}{2}}^{1} \dfrac{\mathrm{e}^{\frac{1}{x}}}{x^2}\mathrm{d}x$.

解 令 $u=\dfrac{1}{x}$，则 $\mathrm{d}u=-\dfrac{1}{x^2}\mathrm{d}x$. 当 $x=1$ 时，$u=1$；当 $x=\dfrac{1}{2}$ 时，$u=2$. 于是

$$\int_{\frac{1}{2}}^{1} \frac{\mathrm{e}^{\frac{1}{x}}}{x^2}\mathrm{d}x = -\int_{2}^{1}\mathrm{e}^u\mathrm{d}u = -\left.\mathrm{e}^u\right|_{2}^{1} = \mathrm{e}^2 - \mathrm{e}.$$

【例 4 - 49】 求 $\int_{0}^{4} \dfrac{1}{1+\sqrt{x}}\mathrm{d}x$.

解 令 $u=\sqrt{x}$，则 $x=u^2$，$\mathrm{d}x=2u\mathrm{d}u$. 当 $x=0$ 时，$u=0$；当 $x=4$ 时，$u=2$. 于是

$$\int_{0}^{4} \frac{1}{1+\sqrt{x}}\mathrm{d}x = \int_{0}^{2} \frac{2u}{1+u}\mathrm{d}u = 2\int_{0}^{2}\left(1-\frac{1}{1+u}\right)\mathrm{d}u$$

$$= 2\left[u-\ln(1+u)\right]_{0}^{2} = 4-2\ln3.$$

【例 4 - 50】 求 $\int_{0}^{a} \sqrt{a^2-x^2}\,\mathrm{d}x\,(a>0)$.

解 令 $x=a\sin t$，则 $\mathrm{d}x=a\cos t\mathrm{d}t$. 当 $x=0$ 时，$t=0$；当 $x=a$ 时，$t=\dfrac{\pi}{2}$. 于是

$$\int_{0}^{a} \sqrt{a^2-x^2}\,\mathrm{d}x = \int_{0}^{\frac{\pi}{2}} a\cos t \cdot a\cos t\mathrm{d}t$$

$$= \frac{a^2}{2}\int_{0}^{\frac{\pi}{2}}(1+\cos 2t)\mathrm{d}t$$

$$= \frac{a^2}{2}\left[t+\frac{1}{2}\sin 2t\right]_{0}^{\frac{\pi}{2}} = \frac{\pi}{4}a^2.$$

四、定积分的分部积分法

定理 4 - 13 设函数 $u(x)$，$v(x)$ 在区间 $[a,b]$ 上具有连续导数，则有

$$\int_{a}^{b} u(x)\mathrm{d}v(x) = \left[u(x)v(x)\right]_{a}^{b} - \int_{a}^{b} v(x)\mathrm{d}u(x),$$

或写成 $\int_{a}^{b} u(x)v'(x)\mathrm{d}x = \left[u(x)v(x)\right]_{a}^{b} - \int_{a}^{b} v(x)u'(x)\mathrm{d}x.$

【例 4 - 51】 求 $\int_{0}^{\frac{\pi}{2}} x\cos x\mathrm{d}x$.

解 $\int_{0}^{\frac{\pi}{2}} x\cos x\mathrm{d}x = \int_{0}^{\frac{\pi}{2}} x\mathrm{d}\sin x = \left.x\sin x\right|_{0}^{\frac{\pi}{2}} - \int_{0}^{\frac{\pi}{2}}\sin x\mathrm{d}x$

$$= \frac{\pi}{2} + \left.\cos x\right|_{0}^{\frac{\pi}{2}} = \frac{\pi}{2} - 1.$$

【例 4 - 52】 求 $\int_{1}^{e} x\ln x\mathrm{d}x$.

解 $\int_{1}^{e} x\ln x\mathrm{d}x = \int_{1}^{e}\ln x\mathrm{d}\left(\frac{1}{2}x^2\right) = \left.\frac{1}{2}x^2\ln x\right|_{1}^{e} - \frac{1}{2}\int_{1}^{e} x^2\mathrm{d}\ln x$

$$= \frac{1}{2}\mathrm{e}^2 - \frac{1}{2}\int_1^{\mathrm{e}} x^2 \cdot \frac{1}{x}\mathrm{d}x = \frac{1}{2}\mathrm{e}^2 - \frac{1}{4}x^2 \Big|_1^{\mathrm{e}}$$

$$= \frac{1}{4}(\mathrm{e}^2 + 1).$$

【例 4 - 53】 求 $\int_0^{\frac{1}{2}} \arcsin x \mathrm{d}x$.

解 $\int_0^{\frac{1}{2}} \arcsin x \mathrm{d}x = x\arcsin x \Big|_0^{\frac{1}{2}} - \int_0^{\frac{1}{2}} x \mathrm{d}\arcsin x$

$$= \frac{\pi}{12} - \int_0^{\frac{1}{2}} \frac{x}{\sqrt{1-x^2}}\mathrm{d}x$$

$$= \frac{\pi}{12} + \frac{1}{2}\int_0^{\frac{1}{2}} \frac{1}{\sqrt{1-x^2}}\mathrm{d}(1-x^2)$$

$$= \frac{\pi}{12} + \sqrt{1-x^2} \Big|_0^{\frac{1}{2}}$$

$$= \frac{\pi}{12} + \frac{\sqrt{3}}{2} - 1.$$

4.5.3 定积分的应用

一、定积分的微元法

在定积分的应用中,经常采用所谓微元法,为了说明这种方法,我们先回顾一下求曲边梯形的面积问题.

求由直线 $x = a, x = b, x$ 轴及连续函数 $y = f(x)(f(x) \geqslant 0)$ 所围成的曲边梯形的面积的步骤是:

(1) **分割** 用任意一组分点把区间 $[a,b]$ 分成长度为 $\Delta x_i (i=1,2,\cdots,n)$ 的若个小区间,相应地把曲边梯形分成 n 个窄曲边梯形,设第 i 个窄曲边梯形的面积为 ΔA_i,于是

$$A = \sum_{i=1}^n \Delta A_i.$$

(2) **近似** 在第 i 个小区间 $[x_{i-1}, x_i]$ 上任取一点 ξ_i,以 $f(\xi_i)\Delta x_i$ 作为 ΔA_i 的近似值,即

$$\Delta A_i \approx f(\xi_i)\Delta x_i \quad (x_{i-1} \leqslant \xi_i \leqslant x_i).$$

(3) **求和** 曲边梯形面积 A 的近似值

$$A \approx \sum_{i=1}^n f(\xi_i)\Delta x_i.$$

(4) **取极限** 当小区间长度的最大值 $\lambda = \max\{\Delta x_1, \Delta x_2, \cdots, \Delta x_n\} \to 0$ 时,曲边梯形面积为

$$A = \lim_{\lambda \to 0}\sum_{i=1}^n f(\xi_i)\Delta x_i.$$

在上述四个步骤中,第(2)步与第(4)步起着关键的作用. 因此,我们可以把四个步骤精

简为以下两个步骤.

(1) 在$[a,b]$上任取一小区间,省略下标,记作$[x,x+\mathrm{d}x]$,并取$\xi=x$,用ΔA表示任一小区间$[x,x+\mathrm{d}x]$上窄曲边梯形的面积,则

$$\Delta A \approx f(x)\mathrm{d}x,$$

其中把$f(x)\mathrm{d}x$叫做面积元素,记作$\mathrm{d}A=f(x)\mathrm{d}x$.

(2) 在$[a,b]$上以面积元素$f(x)\mathrm{d}x$为被积表达式进行积分,即可得到曲边梯形的面积,即

$$A = \int_a^b f(x)\mathrm{d}x.$$

这种简化的方法就是所谓的元素法,也称为微元法.

二、平面图形的面积

由定积分的几何意义,我们容易得到由直线$x=a$,$x=b$,x轴及连续函数$y=f(x)$所围成图形的面积是

$$A = \int_a^b |f(x)|\mathrm{d}x.$$

【例4-54】　求由正弦曲线$y=\sin x\left(0\leqslant x\leqslant\dfrac{3\pi}{2}\right)$,直线$x=\dfrac{3\pi}{2}$及$x$轴所围成图形的面积(如图4-8).

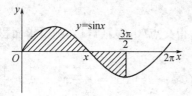

图 4-8

解　$A = \displaystyle\int_0^{\frac{3\pi}{2}} |\sin x|\mathrm{d}x = \int_0^{\pi}\sin x\mathrm{d}x - \int_{\pi}^{\frac{3\pi}{2}}\sin x\mathrm{d}x = (-\cos x)\Big|_0^{\pi} + \cos x\Big|_{\pi}^{\frac{3\pi}{2}} = 3.$

下面我们来进一步讨论由曲线$y=f(x)$,$y=g(x)(f(x)\geqslant g(x))$与两条直线$x=a$,$x=b$所围成图形(如图4-9)的面积.

利用定积分的元素法,在区间$[a,b]$上任取一小区间$[x,x+\mathrm{d}x]$,图中阴影部分的面积可用窄矩形的面积代替,从而可得面积元素

$$\mathrm{d}A = [f(x)-g(x)]\mathrm{d}x,$$

因此

$$A = \int_a^b [f(x)-g(x)]\mathrm{d}x.$$

类似地,可得由连续曲线$x=\varphi(y)$,$x=\psi(y)(\varphi(y)\geqslant\psi(y))$及直线$y=c$,$y=d(c\leqslant y\leqslant d)$所围成图形(如图4-10)的面积.

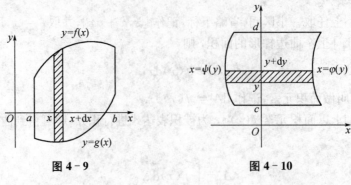

图 4-9　　　　　　　图 4-10

$$A = \int_c^d [\varphi(y) - \psi(y)] \mathrm{d}y.$$

【例 4-55】　求由两条抛物线 $y^2 = x, y = x^2$ 所围成图形(如图 4-11)的面积.

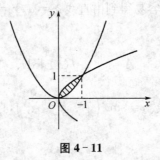

图 4-11

解　解方程组 $\begin{cases} y^2 = x \\ y = x^2 \end{cases}$，得交点 $(0,0),(1,1)$，则所求面积为

$$A = \int_0^1 (\sqrt{x} - x^2) \, \mathrm{d}x = \left[\frac{2}{3} x^{\frac{3}{2}} - \frac{1}{3} x^3 \right]_0^1 = \frac{1}{3}.$$

【例 4-56】　求由抛物线 $y^2 = 2x$ 与直线 $y = x - 4$ 所围成图形(如图 4-12)的面积.

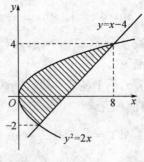

图 4-12

解法一　解方程组 $\begin{cases} y^2 = 2x \\ y = x - 4 \end{cases}$，得交点 $(8,4)$ ，$(2,-2)$，选 y 为积分变量，则所求面积为

$$A = \int_{-2}^{4} \left[(y+4) - \frac{1}{2}y^2 \right] \mathrm{d}y = \left[\frac{1}{2}y^2 + 4y - \frac{1}{6}y^3 \right]_{-2}^{4} = 18.$$

解法二　由解法一可知交点 $(8,4)$，$(2,-2)$，选 x 为积分变量，则所求面积 A 可看成由两部分 A_1 与 A_2 所组成.

$$A_1 = \int_0^2 \left[\sqrt{2x} - (-\sqrt{2x}) \right] \mathrm{d}x = \frac{4\sqrt{2}}{3} x^{\frac{3}{2}} \Big|_0^2 = \frac{16}{3}.$$

$$A_2 = \int_2^8 \left[\sqrt{2x} - (x-4) \right] \mathrm{d}x = \left[\frac{2\sqrt{2}}{3} x^{\frac{3}{2}} - \frac{1}{2}x^2 + 4x \right]_2^8 = \frac{38}{3}.$$

于是

$$A = A_1 + A_2 = \frac{16}{3} + \frac{38}{3} = 18.$$

此例说明选取恰当的积分变量，可使解题过程得到简化.

【例 4 - 57】　求由曲线 $y = \sin x$，$y = \cos x$ 与直线 $x = 0$，$x = \pi$ 所围成图形（如图 4 - 13）的面积.

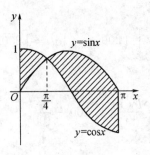

图 4 - 13

解　由正弦、余弦函数的性质知，当 $0 \leqslant x \leqslant \frac{\pi}{4}$ 时，$\sin x \leqslant \cos x$；当 $\frac{\pi}{4} \leqslant x \leqslant \pi$ 时，$\sin x \geqslant \cos x$，则所求面积

$$A = \int_0^{\frac{\pi}{4}} (\cos x - \sin x) \mathrm{d}x + \int_{\frac{\pi}{4}}^{\pi} (\sin x - \cos x) \mathrm{d}x$$

$$= \left[\sin x + \cos x \right]_0^{\frac{\pi}{4}} + \left[-\cos x - \sin x \right]_{\frac{\pi}{4}}^{\pi} = 2\sqrt{2}.$$

三、经济方面的应用

在第 2 章中我们知道，总函数（如总成本、总收益、总利润）的导数称为边际函数（如边际成本、边际收益、边际利润），由于求导和求不定积分互为逆运算，因此对边际函数求积分，就得到总函数.

【例 4 - 58】　设某产品的边际收益函数为

$$R'(Q) = 100 - \frac{2}{5}Q.$$

其中 Q 是产量,求总收益函数及需求函数.

解 总收益函数为

$$R(Q) = \int_0^Q R'(x)\mathrm{d}x = \int_0^Q \left(100 - \frac{2}{5}x\right)\mathrm{d}x$$
$$= \left[100x - \frac{1}{5}x^2\right]_0^Q = 100Q - \frac{1}{5}Q^2.$$

由于

$$R(Q) = p \cdot Q = 100Q - \frac{1}{5}Q^2,$$

于是

$$p = 100 - \frac{1}{5}Q,$$

所以需求函数为 $Q = 500 - 5p$.

【例 4 - 59】 已知生产某商品 x 单位时,边际收益函数为 $R(x) = 200 - \dfrac{x}{50}$(元/单位),试求生产 x 单位时的总收益和平均单位收益,并求出生产这种商品 1 000 单位时的总收益和平均单位收益.

解 生产单位时的总收益为

$$R(x) = \int_0^x \left(200 - \frac{t}{50}\right)\mathrm{d}t = \left[200t - \frac{t^2}{100}\right]_0^x = 200x - \frac{x^2}{100}.$$

平均单位收益为

$$\overline{R}(x) = \frac{R(x)}{x} = 200 - \frac{x}{100}.$$

当 $x = 1\,000$ 时,

$$R(1\,000) = 200 \times 1\,000 - \frac{1\,000^2}{100} = 190\,000(元),$$

$$\overline{R}(1\,000) = 200 - \frac{1\,000}{100} = 190(元).$$

【例 4 - 60】 设某种商品每天生产 x 单位时固定成本为 20 元,边际成本函数为 $C'(x) = 0.4x + 2$(元/单位),求总成本函数 $C(x)$. 如果这种商品规定的销售单价为 18 元,且产品可以全部售出,求总利润函数 $L(x)$,并问每天生产多少单位时才能获得最大利润.

解 每天生产 x 单位时总成本为

$$C(x) = \int_0^x (0.4t + 2)\mathrm{d}t + 20 = \left[0.2t^2 + 2t\right]_0^x + 20$$
$$= 0.2x^2 + 2x + 20.$$

设销售 x 单位得到的总收益为 $R(x)$,则 $R(x) = 18x$. 于是

$$L(x) = R(x) - C(x) = 18x - (0.2x^2 + 2x + 20)$$
$$= -0.2x^2 + 16x - 20.$$

由 $L'(x) = -0.4x + 16 = 0$,得 $x = 40$,又 $L''(40) = -0.4 < 0$,所以每天生产 40 单位时,

才能获得最大利润,最大利润为 $L(40) = -0.2 \times 40^2 + 16 \times 40 - 20 = 300$（元）.

4.5.4　广义积分

前面我们所讨论的定积分,都是以有限积分区间与有界被积函数为前提.然而,在实际应用中,时常会遇到无穷区间或无界函数的积分,因此有必要将定积分的概念加以推广,引进广义积分的概念.

一、无穷区间上的广义积分

定义 4-7　设函数 $f(x)$ 在区间 $[a, +\infty)$ 上连续,取 $b > a$,若极限 $\lim\limits_{b \to +\infty} \int_a^b f(x)\mathrm{d}x$ 存在,则称此极限为函数 $f(x)$ 在区间 $[a, +\infty)$ 上的广义积分,记作 $\int_a^{+\infty} f(x)\mathrm{d}x$,即

$$\int_a^{+\infty} f(x)\mathrm{d}x = \lim_{b \to +\infty} \int_a^b f(x)\mathrm{d}x.$$

这时称广义积分 $\int_a^{+\infty} f(x)\mathrm{d}x$ 收敛.若上述极限不存在,则称广义积分 $\int_a^{+\infty} f(x)\mathrm{d}x$ 发散.

类似地,可定义在区间 $(-\infty, b]$ 和 $(-\infty, +\infty)$ 上的广义积分:

设函数 $f(x)$ 在区间 $(-\infty, b]$ 上连续,取 $a < b$,若极限 $\lim\limits_{a \to -\infty} \int_a^b f(x)\mathrm{d}x$ 存在,则称此极限为函数 $f(x)$ 在区间 $(-\infty, b]$ 上的广义积分,记作 $\int_{-\infty}^b f(x)\mathrm{d}x$,即

$$\int_{-\infty}^b f(x)\mathrm{d}x = \lim_{a \to -\infty} \int_a^b f(x)\mathrm{d}x.$$

这时称广义积分 $\int_{-\infty}^b f(x)\mathrm{d}x$ 收敛.若上述极限不存在,则称广义积分 $\int_{-\infty}^b f(x)\mathrm{d}x$ 发散.

设函数 $f(x)$ 在区间 $(-\infty, +\infty)$ 上连续,c 为任意常数.如果广义积分 $\int_{-\infty}^c f(x)\mathrm{d}x$ 与 $\int_c^{+\infty} f(x)\mathrm{d}x$ 都收敛,这时称函数 $f(x)$ 在区间 $(-\infty, +\infty)$ 上的广义积分收敛,记作 $\int_{-\infty}^{+\infty} f(x)\mathrm{d}x$,且

$$\int_{-\infty}^{+\infty} f(x)\mathrm{d}x = \int_{-\infty}^c f(x)\mathrm{d}x + \int_c^{+\infty} f(x)\mathrm{d}x \text{（c 为任意常数）}.$$

若 $\int_{-\infty}^c f(x)\mathrm{d}x$ 与 $\int_c^{+\infty} f(x)\mathrm{d}x$ 中有一个发散,则称广义积分 $\int_{-\infty}^{+\infty} f(x)\mathrm{d}x$ 发散.

【例 4-61】　求 $\int_0^{+\infty} \dfrac{1}{1+x^2}\mathrm{d}x.$

解
$$\begin{aligned}
\int_0^{+\infty} \frac{1}{1+x^2}\mathrm{d}x &= \lim_{b \to +\infty} \int_0^b \frac{1}{1+x^2}\mathrm{d}x \\
&= \lim_{b \to +\infty} [\arctan x]_0^b \\
&= \lim_{b \to +\infty} \arctan b = \frac{\pi}{2}.
\end{aligned}$$

为了书写方便,常把 $\lim\limits_{b \to +\infty}[F(x)]_a^b$ 记作 $[F(x)]_a^{+\infty}$, $\lim\limits_{a \to -\infty}[F(x)]_a^b$ 记作 $[F(x)]_{-\infty}^b$.

【例 4-62】 求 $\int_{-\infty}^0 x\mathrm{e}^x\mathrm{d}x$.

解 $\int_{-\infty}^0 x\mathrm{e}^x\mathrm{d}x = [x\mathrm{e}^x]_{-\infty}^0 - \int_{-\infty}^0 \mathrm{e}^x\mathrm{d}x = [-\mathrm{e}^x]_{-\infty}^0 = -1$.

【例 4-63】 判断广义积分 $\int_{-\infty}^{+\infty} \dfrac{2x}{1+x^2}\mathrm{d}x$ 是否收敛.

解 由于 $\int_0^{+\infty} \dfrac{2x}{1+x^2}\mathrm{d}x = \int_0^{+\infty} \dfrac{1}{1+x^2}\mathrm{d}(1+x^2)$

$$= [\ln(1+x^2)]_0^{+\infty} = +\infty,$$

于是 $\int_0^{+\infty} \dfrac{2x}{1+x^2}\mathrm{d}x$ 发散,所以 $\int_{-\infty}^{+\infty} \dfrac{2x}{1+x^2}\mathrm{d}x$ 发散.

二、无界函数的广义积分

无穷区间上的广义积分的定义,是通过定积分和极限给出的.下面我们用类似的方法给出有限区间上的无界函数的广义积分的定义.

定义 4-8 设函数 $f(x)$ 在区间 $(a,b]$ 上连续, $\lim\limits_{x \to a^+} f(x) = \infty$, 取 $\varepsilon > 0$, 如果极限 $\lim\limits_{\varepsilon \to 0^+} \int_{a+\varepsilon}^b f(x)\mathrm{d}x$ 存在, 则称此极限为函数 $f(x)$ 在区间 $(a,b]$ 上的广义积分, 记作 $\int_a^b f(x)\mathrm{d}x$, 即

$$\int_a^b f(x)\mathrm{d}x = \lim_{\varepsilon \to 0^+} \int_{a+\varepsilon}^b f(x)\mathrm{d}x.$$

这时称广义积分 $\int_a^b f(x)\mathrm{d}x$ 收敛. 若上述极限不存在,则称广义积分 $\int_a^b f(x)\mathrm{d}x$ 发散.

类似地,可定义函数 $f(x)$ 在区间 $[a,b)$ 和 $[a,b]$ 上的广义积分.

设函数 $f(x)$ 在区间 $[a,b)$ 上连续,且 $\lim\limits_{x \to b^-} f(x) = \infty$, 取 $\varepsilon > 0$,如果极限 $\lim\limits_{\varepsilon \to 0^+} \int_a^{b-\varepsilon} f(x)\mathrm{d}x$ 存在,则称此极限为函数 $f(x)$ 在区间 $[a,b)$ 上的广义积分,记作 $\int_a^b f(x)\mathrm{d}x$, 即

$$\int_a^b f(x)\mathrm{d}x = \lim_{\varepsilon \to 0^+} \int_a^{b-\varepsilon} f(x)\mathrm{d}x.$$

这时称广义积分 $\int_a^b f(x)\mathrm{d}x$ 收敛. 若上述极限不存在,则称广义积分 $\int_a^b f(x)\mathrm{d}x$ 发散.

设函数 $f(x)$ 在区间 $[a,b]$ 上除点 $c\,(a < c < b)$ 外连续,且 $\lim\limits_{x \to c} f(x) = \infty$, 如果广义积分 $\int_a^c f(x)\mathrm{d}x$ 和 $\int_c^b f(x)\mathrm{d}x$ 都收敛,这时称函数 $f(x)$ 在区间 $[a,b]$ 上的广义积分收敛,记作 $\int_a^b f(x)\mathrm{d}x$, 且

$$\int_a^b f(x)\mathrm{d}x = \int_a^c f(x)\mathrm{d}x + \int_c^b f(x)\mathrm{d}x$$

$$= \lim_{\varepsilon \to 0^+} \int_a^{c-\varepsilon} f(x)\mathrm{d}x + \lim_{\varepsilon' \to 0^+} \int_{c+\varepsilon'}^b f(x)\mathrm{d}x.$$

否则,称广义积分 $\int_a^b f(x)\mathrm{d}x$ 发散.

由于无界函数的广义积分的记号与定积分相同,因此在计算时,要先判断 $\int_a^b f(x)\mathrm{d}x$ 是定积分还是广义积分,然后再计算.

【例 4 - 64】 求 $\int_0^1 \dfrac{1}{\sqrt{1-x^2}}\mathrm{d}x$.

解 由于 $\lim\limits_{x \to 1^-} \dfrac{1}{\sqrt{1-x^2}} = +\infty$,说明 $\int_0^1 \dfrac{1}{\sqrt{1-x^2}}\mathrm{d}x$ 是广义积分,于是

$$\begin{aligned}
\int_0^1 \frac{1}{\sqrt{1-x^2}}\mathrm{d}x &= \lim_{\varepsilon \to 0^+} \int_0^{1-\varepsilon} \frac{1}{\sqrt{1-x^2}}\mathrm{d}x \\
&= \lim_{\varepsilon \to 0^+} [\arcsin x]_0^{1-\varepsilon} \\
&= \lim_{\varepsilon \to 0^+} \arcsin(1-\varepsilon) = \frac{\pi}{2}.
\end{aligned}$$

【例 4 - 65】 讨论广义积分 $\int_{-1}^1 \dfrac{1}{x^2}\mathrm{d}x$ 的敛散性.

解 由于 $\lim\limits_{x \to 0} \dfrac{1}{x^2} = +\infty$,说明 $\int_{-1}^1 \dfrac{1}{x^2}\mathrm{d}x$ 是广义积分,于是

$$\int_{-1}^1 \frac{1}{x^2}\mathrm{d}x = \int_{-1}^0 \frac{1}{x^2}\mathrm{d}x + \int_0^1 \frac{1}{x^2}\mathrm{d}x.$$

而

$$\begin{aligned}
\int_0^1 \frac{1}{x^2}\mathrm{d}x &= \lim_{\varepsilon \to 0^+} \int_{0+\varepsilon}^1 \frac{1}{x^2}\mathrm{d}x = -\lim_{\varepsilon \to 0^+} \frac{1}{x}\Big|_\varepsilon^1 \\
&= -\lim_{\varepsilon \to 0^+} \left(1 - \frac{1}{\varepsilon}\right) = +\infty,
\end{aligned}$$

故 $\int_0^1 \dfrac{1}{x^2}\mathrm{d}x$ 发散. 因此,广义积分 $\int_{-1}^1 \dfrac{1}{x^2}\mathrm{d}x$ 发散.

习题 4.5

1. 利用定积分的性质,比较下列各组积分值的大小.

(1) $\int_3^4 \ln x\mathrm{d}x$ 与 $\int_3^4 (\ln x)^2\mathrm{d}x$;

(2) $\int_0^1 \mathrm{e}^x\mathrm{d}x$ 与 $\int_0^1 \mathrm{e}^{x^2}\mathrm{d}x$.

2. 求下列定积分.

(1) $\int_0^1 (3x^2 + x - 4)\mathrm{d}x$;

(2) $\int_1^3 \left(x^2 + \dfrac{1}{x^2}\right)\mathrm{d}x$;

(3) $\int_4^9 \sqrt{x}(1 + \sqrt{x})\mathrm{d}x$;

(4) $\int_0^\pi |\cos x|\mathrm{d}x$;

(5) $\int_0^{\frac{\pi}{2}} \sin^2 x \cos x\mathrm{d}x$;

(6) $\int_0^\pi \cos^2 \dfrac{x}{2}\mathrm{d}x$;

(7) $\int_0^1 x e^{x^2} dx$;

(8) $\int_0^1 e^x (e^x - 1)^4 dx$;

(9) $\int_{-1}^0 \dfrac{3x^4 + 3x^2 + 1}{x^2 + 1} dx$;

(10) $\int_1^2 \dfrac{1}{x\sqrt{1 + \ln x}} dx$.

3. 求下列定积分.

(1) $\int_0^3 \dfrac{x}{1 + \sqrt{1 + x}} dx$;

(2) $\int_0^4 \dfrac{x + 2}{\sqrt{2x + 1}} dx$;

(3) $\int_0^{\ln 2} \sqrt{e^x - 1} dx$;

(4) $\int_1^2 \dfrac{\sqrt{x^2 - 1}}{x^4} dx$;

(5) $\int_1^{\sqrt{3}} \dfrac{1}{x^2 \sqrt{1 + x^2}} dx$.

4. 求下列定积分.

(1) $\int_0^{2\pi} x \sin x \, dx$;

(2) $\int_0^1 x e^{-x} dx$;

(3) $\int_1^e x^2 \ln x \, dx$;

(4) $\int_0^{\frac{\sqrt{3}}{2}} \arccos x \, dx$;

(5) $\int_1^e (\ln x)^2 dx$;

(6) $\int_0^{\pi} x \sin^2 \dfrac{x}{2} dx$;

(7) $\int_0^1 \arcsin \sqrt{x} \, dx$;

(8) $\int_0^{\frac{\pi^2}{4}} \cos \sqrt{x} \, dx$.

5. 求由抛物线 $y = x^2 + 1$ 与直线 $y = -x + 3$ 所围成图形的面积.

6. 求由曲线 $y = e^x$, $y = e^{-x}$ 与直线 $x = 1$ 所围成图形的面积.

7. 求由曲线 $y = \ln x$ 与直线 $y = \ln a$, $y = \ln b (b > a > 0)$ 及 y 轴所围成图形的面积.

8. 求由曲线 $xy = 1$ 与直线 $y = x$, $y = 2$ 所围成图形的面积.

9. 已知生产某产品 x 个单位时的边际收益函数为 $R'(x) = 200 - \dfrac{x}{100}$, 求生产 50 个单位时的总收益.

10. 已知某商品每周生产 x 个单位时固定成本为 80 元, 边际成本函数 $C'(x) = 0.4x - 12$ (元/单位), 求总成本函数 $C(x)$. 如果这种商品销售单价为 20 元, 求总利润函数 $L(x)$, 并求每周生产多少单位时, 才能获得最大利润.

11. 设某产品的总成本 C(单位:万元)是产量 x(单位:百台)的函数, 边际成本函数 $C'(x) = 4 + \dfrac{x}{4}$, 边际收益函数 $R'(x) = 8 - x$.

(1) 求产量由 100 台增加到 500 台时总成本与总收益各增加多少?

(2) 求产量为多少时, 总利润 L 最大.

12. 讨论下列广义积分的敛散性, 如果收敛, 计算其值.

(1) $\int_1^{+\infty} \dfrac{1}{x^2} dx$;

(2) $\int_1^{+\infty} e^{-x} dx$;

(3) $\int_1^{+\infty} \dfrac{1}{\sqrt{x}} dx$;

(4) $\int_{-\infty}^{+\infty} \dfrac{1}{x^2 + 2x + 2} dx$;

(5) $\int_0^1 \ln x \, dx$;

(6) $\int_0^2 \dfrac{1}{(1 - x)^2} dx$.

$(7) \int_0^1 \dfrac{x}{\sqrt{1-x^2}} \mathrm{d}x;$　　　　　　　$(8) \int_0^1 \dfrac{\arcsin x}{\sqrt{1-x^2}} \mathrm{d}x.$

自测题 4

一、选择题

1. 如果 $F_1(x)$ 和 $F_2(x)$ 是 $f(x)$ 的两个不同的原函数,那么 $\int [F_1(x) - F_2(x)] \mathrm{d}x$ 是（　　）.

A. $f(x) + C$　　　　　　　　　　B. 0

C. 一次函数　　　　　　　　　　D. 常数

2. 方程 $\dfrac{\mathrm{d}^2 y}{\mathrm{d}x^2} + \omega^2 y = 0(\omega > 0)$ 的通解是（　　）.

A. $y = \cos\omega x$　　　　　　　　　B. $y = C_1 \sin\omega x$

C. $y = C_1 \cos\omega x$　　　　　　　　D. $y = C_1 \sin\omega x + C_2 \cos\omega x$

3. 设 $f(x) = \dfrac{1}{x}$,则 $\int f'(x) \mathrm{d}x = （　　）.$

A. $\dfrac{1}{x}$　　　　B. $\dfrac{1}{x} + C$　　　　C. $\ln x$　　　　D. $\ln x + C$

4. 若 $\int f(x) \mathrm{d}x = x^2 \mathrm{e}^{2x} + C$,则 $f(x) = （　　）.$

A. $2x\mathrm{e}^{2x}$　　　B. $2x^2 \mathrm{e}^{2x}$　　　C. $x\mathrm{e}^{2x}$　　　D. $2x\mathrm{e}^{2x}(1+x)$

5. $\int f'\left(\dfrac{1}{x}\right) \dfrac{1}{x^2} \mathrm{d}x = （　　）.$

A. $f\left(-\dfrac{1}{x}\right) + C$　　　　　　　B. $-f\left(-\dfrac{1}{x}\right) + C$

C. $f\left(\dfrac{1}{x}\right) + C$　　　　　　　D. $-f\left(\dfrac{1}{x}\right) + C$

6. 下列广义积分收敛的是（　　）.

A. $\int_1^{+\infty} x^{-\frac{4}{5}} \mathrm{d}x$　　　　　　　B. $\int_1^{+\infty} \dfrac{1}{1+x^2} \mathrm{d}x$

C. $\int_1^{+\infty} \dfrac{1}{x} \mathrm{d}x$　　　　　　　D. $\int_{-1}^1 \dfrac{1}{x^2} \mathrm{d}x$

7. 设函数 $f(x)$ 在区间 $[0,1]$ 上连续,令 $t = 2x$,则 $\int_0^1 f(2x) \mathrm{d}x = （　　）.$

A. $\int_0^2 f(t) \mathrm{d}t$　　　　　　　　B. $\dfrac{1}{2} \int_0^1 f(t) \mathrm{d}t$

C. $2\int_0^2 f(t) \mathrm{d}t$　　　　　　　D. $\dfrac{1}{2} \int_0^2 f(t) \mathrm{d}t$

8. 设 $\int_0^1 (2x + a) \mathrm{d}x = 2$,则常数 $a = （　　）.$

A. 1　　　　　B. 0　　　　　C. $\dfrac{1}{2}$　　　　　D. -1

9. 设生产某种产品的边际收入函数 $R'(q) = 10 - 0.02q$,则收入函数 $R(q) = （　　）.$

A. $10q - 0.1q^2 + C$ B. $10q - 0.02q^2$

C. $10q - 0.01q^2 + C$ D. $10q - 0.01q^2$

二、填空题

1. $\mathrm{d}\left(\int \mathrm{e}^{-x^2}\mathrm{d}x\right) = $ _____ .

2. 当 $f(x) > 0$ 时,定积分 $\int_a^b f(x)\mathrm{d}x$ 的几何意义是 _____ .

3. $\int \dfrac{1}{x(1+\ln^2 x)}\mathrm{d}x = $ _____ .

4. $\int f(x)\mathrm{d}x = \arctan\sqrt{x+1} + C$,则 $f(x) = $ _____ .

5. $\int_{-1}^{3} |2-x|\,\mathrm{d}x = $ _____ .

6. $\int_{-\infty}^{0} \dfrac{x}{1+x^4}\mathrm{d}x = $ _____ .

7. 若某产品的边际收益函数为 $R'(x) = 100 - \dfrac{x}{25}$ (元/单位),则生产 100 个单位时的总收入为 _____ .

8. 由图形 $y = x^2$ 与 $x = y^2$ 围成的面积为 _____ .

三、解答题

1. 求下列不定积分.

(1) $\int (2x^3 - x + 5)\mathrm{d}x$;   (2) $\int \dfrac{\mathrm{e}^x}{1+\mathrm{e}^x}\mathrm{d}x$;

(3) $\int \arctan x\,\mathrm{d}x$.

2. 求下列定积分.

(1) $\int_0^1 x\sqrt{2x^2+1}\,\mathrm{d}x$;   (2) $\int_1^4 \dfrac{\sqrt{x}}{1+\sqrt{x}}\mathrm{d}x$.

3. 求下列微分方程的通解或特解.

(1) $\mathrm{e}^y(1+x^2)\mathrm{d}y - 2x(1+\mathrm{e}^y)\mathrm{d}x = 0$;

(2) $y' + 2xy = 2x\mathrm{e}^{-x^2}$;

(3) $y'' - y = 3\mathrm{e}^{2x}$ 满足初始条件 $y\big|_{x=0} = 1$, $y'\big|_{x=0} = 1$ 的特解.

4. 求由抛物线 $y^2 = 2x$ 及直线 $y = x - 4$ 所围成图形的面积.

5. 某产品的边际成本 $C'(x) = 2 - x$,固定成本为 100 万元,边际收益 $R'(x) = 20 - 4x$ (万元/台). 求:(1) 总成本函数;(2) 收益函数;(3) 生产量为多少台时,总利润最大?

第 5 章　线性代数初步

线性代数是高等数学的一个重要内容,它在经济生活与科学技术中有着广泛的应用. 本章重点介绍行列式、矩阵、线性方程组的概念、性质及解题方法等.

§5.1　行　列　式

5.1.1　行列式的定义

一、二阶行列式与三阶行列式

中学阶段我们已经了解了简单的方程组. 设二元线性方程组

$$\begin{cases} a_{11}x_1 + a_{12}x_2 = b_1 \\ a_{21}x_1 + a_{22}x_2 = b_2 \end{cases}, \tag{5.1}$$

当 $a_{11}a_{22} - a_{12}a_{21} \neq 0$ 时,用消元法可以求得方程组(5.1)的解为:

$$x_1 = \frac{b_1 a_{22} - b_2 a_{12}}{a_{11}a_{22} - a_{12}a_{21}}, x_2 = \frac{b_2 a_{11} - b_1 a_{21}}{a_{11}a_{22} - a_{12}a_{21}}.$$

为更加简洁地表示上述方程组的解,我们引入二阶行列式的概念.

定义 5 - 1　由 2×2 个数组成的记号 $\begin{vmatrix} a_{11} & a_{12} \\ a_{21} & a_{22} \end{vmatrix}$ 称为二阶行列式,记为 D. 规定

$$D = \begin{vmatrix} a_{11} & a_{12} \\ a_{21} & a_{22} \end{vmatrix} = a_{11}a_{22} - a_{12}a_{21}. \tag{5.2}$$

如　　　　　　　$D = \begin{vmatrix} 2 & 5 \\ 1 & 3 \end{vmatrix} = 2 \times 3 - 5 \times 1 = 1.$

利用二阶行列式的定义,方程组(5.1)的解可表示为: $x_1 = \dfrac{D_1}{D}, x_2 = \dfrac{D_2}{D}$. 其中,

$$D_1 = \begin{vmatrix} b_1 & a_{12} \\ b_2 & a_{22} \end{vmatrix} = b_1 a_{22} - b_2 a_{12}, D_2 = \begin{vmatrix} a_{11} & b_1 \\ a_{21} & b_2 \end{vmatrix} = b_2 a_{11} - b_1 a_{21}.$$

同样,为更加简洁地表示三元一次线性方程组的解,我们也可以引入三阶行列式的概念.

定义 5 - 2　由 3×3 个数组成的记号 $\begin{vmatrix} a_{11} & a_{12} & a_{13} \\ a_{21} & a_{22} & a_{23} \\ a_{31} & a_{32} & a_{33} \end{vmatrix}$ 称为三阶行列式,记为 D. 规定

$$\begin{vmatrix} a_{11} & a_{12} & a_{13} \\ a_{21} & a_{22} & a_{23} \\ a_{31} & a_{32} & a_{33} \end{vmatrix} = \begin{aligned} & a_{11}a_{22}a_{33} + a_{12}a_{23}a_{31} + a_{13}a_{21}a_{32} - a_{11}a_{23}a_{32} - \\ & a_{12}a_{21}a_{33} - a_{13}a_{22}a_{31}. \end{aligned}$$

(5.3)

用图表示为

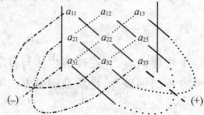

如 $D = \begin{vmatrix} 1 & 2 & 3 \\ 4 & 5 & 6 \\ 7 & 8 & 9 \end{vmatrix} = 1 \times 5 \times 9 + 2 \times 6 \times 7 + 3 \times 4 \times 8 - 3 \times 5 \times 7 - 2 \times 4 \times 9 - 1 \times$

$6 \times 8 = 45 + 84 + 96 - 105 - 72 - 48 = 0.$

式(5.2)、式(5.3)分别称为计算二阶、三阶行列式值的对角线法则.

类似于二阶、三阶行列式的定义,我们也可以给出一般 n 阶行列式的定义.

二、n 阶行列式

定义 5 - 3 由 $n \times n$ 个数组成的记号 $\begin{vmatrix} a_{11} & a_{12} & \cdots & a_{1n} \\ a_{21} & a_{22} & \cdots & a_{2n} \\ \vdots & \vdots & & \vdots \\ a_{n1} & a_{n2} & \cdots & a_{nn} \end{vmatrix}$ 称为 n 阶行列式,记为 D. 其

中 $a_{ij}(i,j=1,2,\cdots,n)$ 称为行列式的元素,下标 i(行标)表示元素 a_{ij} 所在的行,下标 j(列标)表示元素 a_{ij} 所在的列,在行列式中左上角到右下角的对角线称为主对角线,右上角到左下角的对角线称为次对角线.

如 $D = \begin{vmatrix} 1 & 2 & -3 & 4 \\ 0 & 6 & -2 & 3 \\ 2 & 3 & 11 & 8 \\ -1 & 7 & -4 & 16 \end{vmatrix}$ 为一个 4 阶行列式,由 16 个元素组成,排成 4 行 4 列,其中

主对角线上的元素为 $1,6,11,16$,次对角线上的元素为 $4,-2,3,-1$.

这里需要说明的是,二阶和三阶行列式有相应的对角线法则,而 $n(n>3)$ 阶行列式则没有. 至于 $n(n>3)$ 阶行列式到底表示什么数(式),如何去求,我们将在后面的内容中介绍.

三、余子式与代数余子式

定义 5 - 4 在 n 阶行列式 $D = \begin{vmatrix} a_{11} & a_{12} & \cdots & a_{1n} \\ a_{21} & a_{22} & \cdots & a_{2n} \\ \vdots & \vdots & & \vdots \\ a_{n1} & a_{n2} & \cdots & a_{nn} \end{vmatrix}$ 中,划去元素 $a_{ij}(i,j=1,2,\cdots,n)$

所在的第 i 行与第 j 列的元素后,剩下的元素按原来位置顺序所组成的 $n-1$ 阶行列式称为元素 a_{ij} 的余子式,记作 M_{ij};将 $(-1)^{i+j} M_{ij}$ 称为元素 a_{ij} 的代数余子式,记作 A_{ij},即

$$A_{ij} = (-1)^{i+j} M_{ij}.$$

例如,在 4 阶行列式 $D = \begin{vmatrix} 1 & -2 & 0 & 4 \\ -1 & 3 & 1 & 2 \\ 0 & 1 & 5 & -3 \\ 1 & -4 & 3 & 6 \end{vmatrix}$ 中,元素 $a_{14} = 4$ 的余子式、代数余子式

分别为

$$M_{14} = \begin{vmatrix} -1 & 3 & 1 \\ 0 & 1 & 5 \\ 1 & -4 & 3 \end{vmatrix}, A_{14} = (-1)^{1+4} M_{14} = -\begin{vmatrix} -1 & 3 & 1 \\ 0 & 1 & 5 \\ 1 & -4 & 3 \end{vmatrix}.$$

5.1.2 行列式的性质

性质 5 – 1 行列式的所有行与相应的列互换,其值不变.

如 $\begin{vmatrix} 1 & 2 & 3 \\ 4 & 5 & 6 \\ 7 & 8 & 9 \end{vmatrix} = \begin{vmatrix} 1 & 4 & 7 \\ 2 & 5 & 8 \\ 3 & 6 & 9 \end{vmatrix}.$

它表明行列式的行与列的地位相当. 凡对行有的性质,对列同样成立.

性质 5 – 2 行列式两行(列)对调,其值变号.

如 $\begin{vmatrix} 1 & 2 & 3 \\ 4 & 5 & 6 \\ 7 & 8 & 9 \end{vmatrix} = -\begin{vmatrix} 4 & 5 & 6 \\ 1 & 2 & 3 \\ 7 & 8 & 9 \end{vmatrix}.$

推论 5 – 1 行列式有两行(列)相同,其值为零.

如 $\begin{vmatrix} 1 & 2 & 3 \\ 4 & 5 & 6 \\ 4 & 5 & 6 \end{vmatrix} = 0.$

性质 5 – 3 行列式某一行(列)元素的公因子可以提到行列式符号的外面.

如 $\begin{vmatrix} 10 & 20 & 30 \\ 4 & 5 & 6 \\ 7 & 8 & 9 \end{vmatrix} = 10 \begin{vmatrix} 1 & 2 & 3 \\ 4 & 5 & 6 \\ 7 & 8 & 9 \end{vmatrix}.$

推论 5 – 2 行列式某一行(列)元素全为零,该行列式值为零.

性质 5 – 4 行列式两行(列)的元素对应成比例,其值为零.

如 $\begin{vmatrix} 1 & 2 & 3 \\ 2 & 4 & 6 \\ 7 & 8 & 9 \end{vmatrix} = 0.$

性质 5 – 5 行列式某一行(列)的元素是两项相加,则拆成两个行列式去加.

如 $\begin{vmatrix} a_1+b_1 & a_2+b_2 & a_3+b_3 \\ 4 & 5 & 6 \\ 7 & 8 & 9 \end{vmatrix} = \begin{vmatrix} a_1 & a_2 & a_3 \\ 4 & 5 & 6 \\ 7 & 8 & 9 \end{vmatrix} + \begin{vmatrix} b_1 & b_2 & b_3 \\ 4 & 5 & 6 \\ 7 & 8 & 9 \end{vmatrix}.$

性质 5 – 6 行列式某一行(列)的元素的 k 倍加到另一行(列)对应的元素上去,其值

不变.

如
$$
\begin{vmatrix} 1 & 2 & 3 \\ 4 & 5 & 6 \\ 7 & 8 & 9 \end{vmatrix} = \begin{vmatrix} 1 & 2 & 3 \\ 4 & 5 & 6 \\ 17 & 28 & 39 \end{vmatrix}.
$$

性质 5-7(按行(列)展开定理)　行列式等于它的任意一行(列)的各元素与对应的代数余子式乘积之和,即

$$D = a_{i1}A_{i1} + a_{i2}A_{i2} + \cdots + a_{in}A_{in} \quad (i = 1, 2, \cdots, n);$$

$$D = a_{1j}A_{1j} + a_{2j}A_{2j} + \cdots + a_{nj}A_{nj} \quad (j = 1, 2, \cdots, n).$$

例如,反复应用行(列)展开定理可以得到

$$
\begin{vmatrix} a_{11} & a_{12} & \cdots & a_{1n} \\ 0 & a_{22} & \cdots & a_{2n} \\ \vdots & \vdots & & \vdots \\ 0 & 0 & \cdots & a_{nn} \end{vmatrix} = a_{11} \begin{vmatrix} a_{22} & a_{23} & \cdots & a_{2n} \\ 0 & a_{33} & \cdots & a_{3n} \\ \vdots & \vdots & & \vdots \\ 0 & 0 & \cdots & a_{nn} \end{vmatrix}
$$

$$
= a_{11}a_{22} \begin{vmatrix} a_{33} & a_{34} & \cdots & a_{3n} \\ 0 & a_{44} & \cdots & a_{4n} \\ \vdots & \vdots & & \vdots \\ 0 & 0 & \cdots & a_{nn} \end{vmatrix}
$$

$$= \cdots = a_{11}a_{22}\cdots a_{nn}.$$

类似地,有

$$
\begin{vmatrix} a_{11} & 0 & \cdots & 0 \\ a_{21} & a_{22} & \cdots & 0 \\ \vdots & \vdots & & \vdots \\ a_{n1} & a_{n2} & \cdots & a_{nn} \end{vmatrix} = a_{11}a_{22}\cdots a_{nn}.
$$

像上述主对角线以下(上)的元素都为零的行列式称为上(下)三角形行列式.上述结果在以后的行列式计算中可作为已知结论用,务必熟记.

5.1.3　行列式的计算

为了方便行列式的计算,我们约定:

$r_i \leftrightarrow r_j (c_i \leftrightarrow c_j)$ 表示交换 i, j 两行(列);

$r_i \div k (c_i \div k)$ 表示第 i 行(列)提出公因子 k;

$r_i + kr_j (c_i + kc_j)$ 表示第 j 行(列)的 k 倍加到第 i 行(列)上;

$r(i)(c(i))$ 表示按第 i 行(列)展开.

一、化为三角形行列式

借助行列式的性质,先将原行列式化成上(下)三角形行列式,然后再计算主对角线上元素的乘积.

【**例 5-1**】　计算行列式 $D = \begin{vmatrix} 1 & 2 & 3 & 4 \\ 5 & 6 & 7 & 8 \\ 9 & 10 & 10 & 12 \\ 13 & 14 & 11 & 20 \end{vmatrix}$.

解　$D \xlongequal{c_4 \div 4} 4 \begin{vmatrix} 1 & 2 & 3 & 1 \\ 5 & 6 & 7 & 2 \\ 9 & 10 & 10 & 3 \\ 13 & 14 & 11 & 5 \end{vmatrix} \xlongequal[\substack{r_3 - 9r_1 \\ r_4 - 13r_1}]{r_2 - 5r_1} 4 \begin{vmatrix} 1 & 2 & 3 & 1 \\ 0 & -4 & -8 & -3 \\ 0 & -8 & -17 & -6 \\ 0 & -12 & -28 & -8 \end{vmatrix}$

$\xlongequal[\substack{r_3 \div (-1) \\ r_4 \div (-1)}]{r_2 \div (-1)} -4 \begin{vmatrix} 1 & 2 & 3 & 1 \\ 0 & 4 & 8 & 3 \\ 0 & 8 & 17 & 6 \\ 0 & 12 & 28 & 8 \end{vmatrix} \xlongequal[r_4 - 3r_2]{r_3 - 2r_2} -4 \begin{vmatrix} 1 & 2 & 3 & 1 \\ 0 & 4 & 8 & 3 \\ 0 & 0 & 1 & 0 \\ 0 & 0 & 4 & -1 \end{vmatrix}$

$\xlongequal{r_4 - 4r_3} -4 \begin{vmatrix} 1 & 2 & 3 & 1 \\ 0 & 4 & 8 & 3 \\ 0 & 0 & 1 & 0 \\ 0 & 0 & 0 & -1 \end{vmatrix} = -4 \times 1 \times 4 \times 1 \times (-1) = 16.$

【**例 5-2**】　计算四阶行列式 $D = \begin{vmatrix} a & b & b & b \\ b & a & b & b \\ b & b & a & b \\ b & b & b & a \end{vmatrix}$.

解　注意到此行列式的特点是各行(列)元素之和都是 $a+3b$,从而有

$D \xlongequal{c_1 + c_2 + c_3 + c_4} \begin{vmatrix} a+3b & b & b & b \\ a+3b & a & b & b \\ a+3b & b & a & b \\ a+3b & b & b & a \end{vmatrix} \xlongequal{c_1 \div (a+3b)} (a+3b) \begin{vmatrix} 1 & b & b & b \\ 1 & a & b & b \\ 1 & b & a & b \\ 1 & b & b & a \end{vmatrix}$

$\xlongequal[i=2,3,4]{r_i - r_1} (a+3b) \begin{vmatrix} 1 & b & b & b \\ 0 & a-b & 0 & 0 \\ 0 & 0 & a-b & 0 \\ 0 & 0 & 0 & a-b \end{vmatrix} = (a+3b)(a-b)^3.$

二、降阶法

借助行列式展开定理将原行列式不断降阶,最终降至二阶(或三阶)行列式.

【**例 5-3**】　计算行列式 $D = \begin{vmatrix} 2 & 0 & 0 & -3 \\ -4 & 1 & 0 & 2 \\ 6 & 5 & 7 & 0 \\ -3 & 4 & -2 & -1 \end{vmatrix}$.

解　将行列式按第 1 行展开,得

$$D = 2(-1)^{1+1} \begin{vmatrix} 1 & 0 & 2 \\ 5 & 7 & 0 \\ 4 & -2 & -1 \end{vmatrix} + (-3)(-1)^{1+4} \begin{vmatrix} -4 & 1 & 0 \\ 6 & 5 & 7 \\ -3 & 4 & -2 \end{vmatrix}$$

$$= 2\left(1 \cdot (-1)^{1+1} \begin{vmatrix} 7 & 0 \\ -2 & -1 \end{vmatrix} + 2 \cdot (-1)^{1+3} \begin{vmatrix} 5 & 7 \\ 4 & -2 \end{vmatrix} \right)$$

$$+ 3\left(-4 \cdot (-1)^{1+1} \begin{vmatrix} 5 & 7 \\ 4 & -2 \end{vmatrix} + 1 \cdot (-1)^{1+2} \begin{vmatrix} 6 & 7 \\ -3 & -2 \end{vmatrix} \right)$$

$$= 2(-7 - 2 \times 38) + 3(4 \times 38 - 9) = 263.$$

为了计算的简便,在利用行列式展开定理前,往往先将行列式中某行或列化出许多的零元素,然后再按该行或列展开.

【例 5 - 4】 计算行列式 $D = \begin{vmatrix} 1 & -2 & 1 & 4 \\ 2 & -5 & 1 & -3 \\ 4 & 1 & -2 & 6 \\ -3 & 2 & 7 & 1 \end{vmatrix}$.

解 $D \xlongequal[r_4+3r_1]{\substack{r_2-2r_1 \\ r_3-4r_1}} \begin{vmatrix} 1 & -2 & 1 & 4 \\ 0 & -1 & -1 & -11 \\ 0 & 9 & -6 & -10 \\ 0 & -4 & 10 & 13 \end{vmatrix} \xlongequal{c(1)} \begin{vmatrix} -1 & -1 & -11 \\ 9 & -6 & -10 \\ -4 & 10 & 13 \end{vmatrix}$

$$\xlongequal[c_3-11c_1]{c_2-c_1} \begin{vmatrix} -1 & 0 & 0 \\ 9 & -15 & -109 \\ -4 & 14 & 57 \end{vmatrix} \xlongequal{r(1)} (-1) \begin{vmatrix} -15 & -109 \\ 14 & 57 \end{vmatrix}$$

$$= -(109 \times 14 - 15 \times 57) = -671.$$

5.1.4 克莱姆法则

在引入了二阶和三阶行列式后,我们可以很简洁地表示二元一次和三元一次线性方程组的解. 一般地,我们有

定理 5 - 1(克莱姆法则) 设线性方程组

$$\begin{cases} a_{11}x_1 + a_{12}x_2 + \cdots + a_{1n}x_n = b_1 \\ a_{21}x_1 + a_{22}x_2 + \cdots + a_{2n}x_n = b_2 \\ \vdots \\ a_{n1}x_1 + a_{n2}x_2 + \cdots + a_{nn}x_n = b_n \end{cases} \tag{5.4}$$

的系数行列式

$$D = \begin{vmatrix} a_{11} & a_{12} & \cdots & a_{1n} \\ a_{21} & a_{22} & \cdots & a_{2n} \\ \vdots & \vdots & & \vdots \\ a_{n1} & a_{n2} & \cdots & a_{nn} \end{vmatrix} \neq 0,$$

则线性方程组(5.4)有唯一解,且唯一解为

$$x_1 = \frac{D_1}{D}, x_2 = \frac{D_2}{D}, \cdots, x_n = \frac{D_n}{D}.$$

其中,$D_j(j=1,2,\cdots,n)$是用常数项$b_1,b_2,\cdots,b_n$替换系数行列式 D 的第 j 列得到的行列式,即

$$D_j = \begin{vmatrix} a_{11} & \cdots & a_{1,j-1} & b_1 & a_{1,j+1} & \cdots & a_{1n} \\ a_{21} & \cdots & a_{2,j-1} & b_2 & a_{2,j+1} & \cdots & a_{2n} \\ \vdots & & \vdots & \vdots & \vdots & & \vdots \\ a_{n1} & \cdots & a_{n,j-1} & b_n & a_{n,j+1} & \cdots & a_{nn} \end{vmatrix}.$$

【例 5-5】　用克莱姆法则解线性方程组

$$\begin{cases} x_1 + x_2 + x_3 = 5 \\ 2x_1 + x_2 - x_3 + x_4 = 1 \\ x_1 + 2x_2 - x_3 + x_4 = 2 \\ x_2 + 2x_3 + 3x_4 = 3 \end{cases}.$$

解　因为方程组的系数行列式 $D = \begin{vmatrix} 1 & 1 & 1 & 0 \\ 2 & 1 & -1 & 1 \\ 1 & 2 & -1 & 1 \\ 0 & 1 & 2 & 3 \end{vmatrix} = 18 \neq 0$,由克莱姆法则可知,方

程组有唯一解. 又

$$D_1 = \begin{vmatrix} 5 & 1 & 1 & 0 \\ 1 & 1 & -1 & 1 \\ 2 & 2 & -1 & 1 \\ 3 & 1 & 2 & 3 \end{vmatrix} = 18, D_2 = \begin{vmatrix} 1 & 5 & 1 & 0 \\ 2 & 1 & -1 & 1 \\ 1 & 2 & -1 & 1 \\ 0 & 3 & 2 & 3 \end{vmatrix} = 36,$$

$$D_3 = \begin{vmatrix} 1 & 1 & 5 & 0 \\ 2 & 1 & 1 & 1 \\ 1 & 2 & 2 & 1 \\ 0 & 1 & 3 & 3 \end{vmatrix} = 36, D_4 = \begin{vmatrix} 1 & 1 & 1 & 5 \\ 2 & 1 & -1 & 1 \\ 1 & 2 & -1 & 2 \\ 0 & 1 & 2 & 3 \end{vmatrix} = -18,$$

所以方程组的解为

$$x_1 = \frac{18}{18} = 1, x_2 = \frac{36}{18} = 2, x_3 = \frac{36}{18} = 2, x_4 = -\frac{18}{18} = -1.$$

在线性方程组(5.4)中,右端的常数 $b_1,b_2,\cdots,b_n$ 不全为 0 时,称为非齐次线性方程组. 当 $b_1,b_2,\cdots,b_n$ 全为 0 时,

$$\begin{cases} a_{11}x_1 + a_{12}x_2 + \cdots + a_{1n}x_n = 0 \\ a_{21}x_1 + a_{22}x_2 + \cdots + a_{2n}x_n = 0 \\ \vdots \\ a_{n1}x_1 + a_{n2}x_2 + \cdots + a_{nn}x_n = 0 \end{cases} \tag{5.5}$$

称为齐次线性方程组. 显然, $x_1=x_2=\cdots=x_n=0$ 一定是齐次线性方程组的解,这个解叫做齐次线性方程组的零解. 如果有一组不全为零的数是它的解,则称齐次线性方程组有非零解. 由克莱姆法则容易得到,当齐次线性方程组的系数行列式 $D\neq0$ 时,它只有零解. 可以证明该条件还是必要的,即齐次线性方程组只有零解的充分必要条件为系数行列式 $D\neq0$.

【例 5-6】 问 λ 取何值时,齐次线性方程组 $\begin{cases} x_1-x_2+2x_3=0 \\ x_1+x_2+\lambda x_3=0 \\ -x_1+\lambda x_2+x_3=0 \end{cases}$ 有非零解?

解 当

$$\begin{vmatrix} 1 & -1 & 2 \\ 1 & 1 & \lambda \\ -1 & \lambda & 1 \end{vmatrix}=0,$$

即 $(4-\lambda)(\lambda+1)=0$, $\lambda=4$ 或 $\lambda=-1$ 时,方程组有非零解.

习题 5.1

1. 计算二阶行列式.

(1) $\begin{vmatrix} 3 & -5 \\ 2 & 2 \end{vmatrix}$; (2) $\begin{vmatrix} \cos\theta & -\sin\theta \\ \sin\theta & \cos\theta \end{vmatrix}$.

2. 计算三阶行列式.

(1) $\begin{vmatrix} 1 & 2 & 3 \\ 0 & 1 & 2 \\ 1 & 1 & 1 \end{vmatrix}$; (2) $\begin{vmatrix} 1 & -3 & 2 \\ -2 & 1 & -4 \\ 3 & -1 & 6 \end{vmatrix}$.

3. 计算四阶行列式.

(1) $\begin{vmatrix} 1 & -2 & 1 & 0 \\ 0 & 3 & -2 & -1 \\ 4 & -1 & 0 & -3 \\ 1 & 2 & 6 & 3 \end{vmatrix}$; (2) $\begin{vmatrix} 1 & 2 & 3 & 4 \\ 1 & 3 & 5 & 0 \\ 0 & 1 & 5 & 6 \\ 1 & 2 & 0 & 1 \end{vmatrix}$;

(3) $\begin{vmatrix} 3 & 1 & -1 & 2 \\ -5 & 1 & 3 & -4 \\ 2 & 0 & 1 & -1 \\ 1 & -5 & 3 & -3 \end{vmatrix}$; (4) $\begin{vmatrix} 3 & 1 & 1 & 1 \\ 1 & 3 & 1 & 1 \\ 1 & 1 & 3 & 1 \\ 1 & 1 & 1 & 3 \end{vmatrix}$.

4. 利用行列式的性质计算下列行列式.

(1) $\begin{vmatrix} 698 & 2 \\ 701 & 3 \end{vmatrix}$; (2) $\begin{vmatrix} 5 & -1 & 3 \\ 2 & 2 & 2 \\ 196 & 203 & 199 \end{vmatrix}$;

(3) $\begin{vmatrix} 2 & 1 & 4 & 1 \\ 3 & -1 & 2 & 1 \\ 1 & 2 & 3 & 2 \\ 5 & 0 & 6 & 2 \end{vmatrix}$; (4) $\begin{vmatrix} 1 & b & b & b \\ b & 1 & b & b \\ b & b & 1 & b \\ b & b & b & 1 \end{vmatrix}$;

(5) $\begin{vmatrix} a & b & c & d \\ b & c & d & a \\ c & d & a & b \\ d & a & b & c \end{vmatrix}$;

(6) $\begin{vmatrix} x & y & 0 & \cdots & 0 & 0 \\ 0 & x & y & \cdots & 0 & 0 \\ 0 & 0 & x & \cdots & 0 & 0 \\ \vdots & \vdots & \vdots & & \vdots & \vdots \\ 0 & 0 & 0 & \cdots & x & y \\ y & 0 & 0 & \cdots & 0 & x \end{vmatrix}$;

(7) $\begin{vmatrix} 1+a_1 & a_2 & a_3 & \cdots & a_n \\ a_1 & 1+a_2 & a_3 & \cdots & a_n \\ a_1 & a_2 & 1+a_3 & \cdots & a_n \\ \vdots & \vdots & \vdots & & \vdots \\ a_1 & a_2 & a_3 & \cdots & 1+a_n \end{vmatrix}$;

(8) $\begin{vmatrix} x & 1 & 2 & \cdots & n-1 & n \\ 1 & x & 2 & \cdots & n-1 & n \\ 1 & 2 & x & \cdots & n-1 & n \\ \vdots & \vdots & \vdots & & \vdots & \vdots \\ 1 & 2 & 3 & \cdots & x & n \\ 1 & 2 & 3 & \cdots & n & x \end{vmatrix}$.

5. 已知四阶行列式 $\begin{vmatrix} 1 & 1 & 1 & 1 \\ -2 & 4 & 0 & 3 \\ 3 & 2 & 1 & -5 \\ 0 & -1 & 0 & 2 \end{vmatrix}$,求 $A_{11}+A_{12}+A_{13}+A_{14}$.

6. 用克莱姆法则解线性方程组.

(1) $\begin{cases} 5x_1+2x_2-4x_3=-3 \\ 2x_1-x_2+2x_3=6 \\ x_1+x_2-x_3=0 \end{cases}$;

(2) $\begin{cases} -2x_1-5x_2+x_3+7x_4=-5 \\ 3x_1+2x_2-x_3-6x_4=-1 \\ x_1-3x_2+2x_3+5x_4=-4 \\ -x_1+8x_2-2x_3+3x_4=1 \end{cases}$.

7. λ 取何值时,齐次线性方程组 $\begin{cases} x_1-2x_2+4x_3=0 \\ 2x_1+2x_2-x_3=0 \\ 4x_1-2x_2+\lambda x_3=0 \end{cases}$ 有非零解?

8. 解下列方程.

(1) $\begin{vmatrix} x & 2 & 1 \\ 2 & x & 0 \\ 1 & -1 & 1 \end{vmatrix}=0$;

(2) $\begin{vmatrix} 1 & 1 & 1 & 1 \\ 2 & 1-x & 2 & 2 \\ 3 & 3 & x-2 & 3 \\ 4 & 4 & 4 & x-3 \end{vmatrix}=0$.

§5.2 矩 阵

5.2.1 矩阵的定义

在经济活动和企业管理中,许多实际问题的描述和计算都常常用到一些数的矩形表,如商品的价格表、从产地到销地的商品运输方案、投入产出表等.

【例 5-7】 一股票投资者购买了招商银行、万科 A、西山煤电、中国石化四家公司的股票分别为 4 000 股、3 000 股、2 000 股、1 000 股.四家公司连续三年的收益(元/股)情况见表 5-1 所示.

表 5 - 1

年度 收益 公司	第一年	第二年	第三年
招商银行	0.37	0.48	1.04
万科 A	0.36	0.49	0.73
西山煤电	0.80	0.80	0.86
中国石化	0.45	0.58	0.63

把表 5 - 1 中的数据取出来并且不改变数据的相对位置可得一个数表

$$\begin{bmatrix} 0.37 & 0.48 & 1.04 \\ 0.36 & 0.49 & 0.73 \\ 0.80 & 0.80 & 0.86 \\ 0.45 & 0.58 & 0.63 \end{bmatrix}.$$

【例 5 - 8】 某运输公司把商品从产地 A、B 运送到销地甲、乙、丙、丁、戊的运输量见表 5 - 2 所示.

表 5 - 2

销地 产地	甲	乙	丙	丁	戊
A	1	2	5	4	3
B	2	3	2	0	4

把表 5 - 2 中的数据取出来并且不改变数据的相对位置也可得一个数表

$$\begin{bmatrix} 1 & 2 & 5 & 4 & 3 \\ 2 & 3 & 2 & 0 & 4 \end{bmatrix}.$$

数学上把这些矩形数表称为矩阵.

定义 5 - 5 由 $m \times n$ 个数 $a_{ij}(i = 1, 2, \cdots, m; j = 1, 2, \cdots, n)$ 排成 m 行 n 列的矩形数表称为 $m \times n$ 矩阵, 其中 a_{ij} 称为矩阵的第 i 行第 j 列元素. 矩阵通常用大写英文字母表示, 记作

$$A = \begin{bmatrix} a_{11} & a_{12} & \cdots & a_{1n} \\ a_{21} & a_{22} & \cdots & a_{2n} \\ \vdots & \vdots & & \vdots \\ a_{m1} & a_{m1} & \cdots & a_{mn} \end{bmatrix},$$

也记作 $A_{m \times n}$ 或 $A = [a_{ij}]_{m \times n}$.

矩阵和行列式是两个不同的概念, 矩阵是一数表, 而行列式表示一个数或式.

元素全为零的矩阵称为零矩阵, 记为 $0_{m \times n}$ 或 0.

只有一行的矩阵 $A = [a_{11}, a_{12}, \cdots, a_{1n}]$ 称为行矩阵, 即 $1 \times n$ 矩阵.

只有一列的矩阵 $\boldsymbol{A} = \begin{bmatrix} a_{11} \\ a_{21} \\ \vdots \\ a_{m1} \end{bmatrix}$ 称为列矩阵,即 $m \times 1$ 矩阵.

当一个矩阵的行数 m 与列数 n 相等时,该矩阵称为一个 n 阶方阵.

对于方阵,从左上角元素到右下角元素的连线,称为主对角线. 位于主对角线上的元素称为主对角元.

若一个 n 阶方阵的主对角线上的元素都是 1,而其余元素都是零,则称为单位矩阵,记为 $\boldsymbol{E}_n$ 或 $\boldsymbol{E}$,即

$$\boldsymbol{E}_n = \begin{bmatrix} 1 & 0 & \cdots & 0 \\ 0 & 1 & \cdots & 0 \\ \vdots & \vdots & & \vdots \\ 0 & 0 & \cdots & 1 \end{bmatrix}.$$

若一个 n 阶方阵的主对角线上(下)方的元素都是零,则称为下(上)三角矩阵. 例如,

$$\boldsymbol{A} = \begin{bmatrix} a_{11} & 0 & \cdots & 0 \\ a_{21} & a_{22} & \cdots & 0 \\ \vdots & \vdots & & \vdots \\ a_{n1} & a_{n2} & \cdots & a_{nn} \end{bmatrix} \text{和} \boldsymbol{B} = \begin{bmatrix} b_{11} & b_{12} & \cdots & b_{1n} \\ 0 & b_{22} & \cdots & b_{2n} \\ \vdots & \vdots & & \vdots \\ 0 & 0 & \cdots & b_{nn} \end{bmatrix}$$

分别是 n 阶下三角矩阵和上三角矩阵.

定义 5 - 6　若 $\boldsymbol{A} = [a_{ij}]_{m \times n}$,$\boldsymbol{B} = [b_{ij}]_{m \times n}$ 都是 $m \times n$ 矩阵,且对应元素都相等,即

$$a_{ij} = b_{ij}(i = 1, 2, \cdots, m; j = 1, 2, \cdots, n),$$

则称 $\boldsymbol{A}$ 与 $\boldsymbol{B}$ 相等,记为 $\boldsymbol{A} = \boldsymbol{B}$.

一般地,若 $\boldsymbol{A} = [a_{ij}]_{m \times n}$ 与 $\boldsymbol{B} = [b_{ij}]_{m \times n}$ 都是 $m \times n$ 矩阵,则称 $\boldsymbol{A}$ 与 $\boldsymbol{B}$ 为同型矩阵.

5.2.2　矩阵的运算

一、矩阵的加法

定义 5 - 7　若两个 $m \times n$ 矩阵

$$\boldsymbol{A} = \begin{bmatrix} a_{11} & a_{12} & \cdots & a_{1n} \\ a_{21} & a_{22} & \cdots & a_{2n} \\ \vdots & \vdots & & \vdots \\ a_{m1} & a_{m2} & \cdots & a_{mn} \end{bmatrix}, \boldsymbol{B} = \begin{bmatrix} b_{11} & b_{12} & \cdots & b_{1n} \\ b_{21} & b_{22} & \cdots & a_{2n} \\ \vdots & \vdots & & \vdots \\ b_{m1} & b_{m2} & \cdots & b_{mn} \end{bmatrix},$$

则

$$\boldsymbol{A} + \boldsymbol{B} = \begin{bmatrix} a_{11} + b_{11} & a_{12} + b_{12} & \cdots & a_{1n} + b_{1n} \\ a_{21} + b_{21} & a_{22} + b_{22} & \cdots & a_{2n} + b_{2n} \\ \vdots & \vdots & & \vdots \\ a_{m1} + b_{m1} & a_{m2} + b_{m2} & \cdots & a_{mn} + b_{mn} \end{bmatrix}.$$

给定矩阵 $A = [a_{ij}]_{m \times n}$，定义其负矩阵为 $-A = [-a_{ij}]_{m \times n}$. 若 A, B 是两个同型的矩阵，则

$$A - B = A + (-B).$$

【例 5-9】 设 $A = \begin{bmatrix} 3 & -2 & 7 & 5 \\ 1 & 0 & 4 & -3 \\ 6 & 8 & 0 & 2 \end{bmatrix}, B = \begin{bmatrix} -2 & 0 & 1 & 4 \\ 5 & -1 & 7 & 6 \\ 4 & -2 & 1 & -9 \end{bmatrix}$. 求 $A + B, A - B$.

解　$A + B = \begin{bmatrix} 1 & -2 & 8 & 9 \\ 6 & -1 & 11 & 3 \\ 10 & 6 & 1 & -7 \end{bmatrix}$,

$A - B = \begin{bmatrix} 5 & -2 & 6 & 1 \\ -4 & 1 & -3 & -9 \\ 2 & 10 & -1 & 11 \end{bmatrix}$.

由于矩阵的加法运算归结为其元素的加法运算，容易验证，矩阵的加法满足下列性质：
(1) 交换律：$A + B = B + A$；
(2) 结合律：$A + (B + C) = (A + B) + C$；
(3) 有零元：$A + 0 = 0 + A = A$；
(4) 有负元：$A + (-A) = (-A) + A = 0$.

二、矩阵的数乘

定义 5-8　若 $A = [a_{ij}]_{m \times n}$ 是 $m \times n$ 矩阵，k 是任意数，则

$$kA = k\begin{bmatrix} a_{11} & a_{12} & \cdots & a_{1n} \\ a_{21} & a_{22} & \cdots & a_{2n} \\ \vdots & \vdots & & \vdots \\ a_{m1} & a_{m2} & \cdots & a_{mn} \end{bmatrix} = \begin{bmatrix} ka_{11} & ka_{12} & \cdots & ka_{1n} \\ ka_{21} & ka_{22} & \cdots & ka_{2n} \\ \vdots & \vdots & & \vdots \\ ka_{m1} & ka_{m2} & \cdots & ka_{mn} \end{bmatrix}.$$

容易验证，矩阵的数乘满足下列性质：
(1) $1A = A, (-1)A = -A$；
(2) 分配律：$\lambda(A + B) = \lambda A + \lambda B$；
(3) 分配律：$(\lambda + \mu)A = \lambda A + \mu A$；
(4) 结合律：$(\lambda \mu)A = \lambda(\mu A) = \mu(\lambda A)$.

【例 5-10】 设 $A = \begin{bmatrix} 1 & 5 & 7 \\ 1 & 4 & 5 \end{bmatrix}, B = \begin{bmatrix} 5 & 1 & 9 \\ 3 & 2 & -1 \end{bmatrix}$，求满足关系式 $A + 2X = B$ 的矩阵 X.

解　由 $A + 2X = B$，得

$$X = \frac{1}{2}(B - A) = \frac{1}{2}\begin{bmatrix} 4 & -4 & 2 \\ 2 & -2 & -6 \end{bmatrix} = \begin{bmatrix} 2 & -2 & 1 \\ 1 & -1 & -3 \end{bmatrix}.$$

三、矩阵的乘法

定义 5-9　给定一个 $m \times n$ 矩阵和一个 $n \times l$ 矩阵

$$A = \begin{bmatrix} a_{11} & a_{12} & \cdots & a_{1n} \\ a_{21} & a_{22} & \cdots & a_{2n} \\ \vdots & \vdots & & \vdots \\ a_{m1} & a_{m2} & \cdots & a_{mn} \end{bmatrix}, B = \begin{bmatrix} b_{11} & b_{12} & \cdots & b_{1l} \\ b_{21} & b_{22} & \cdots & a_{2l} \\ \vdots & \vdots & & \vdots \\ b_{n1} & b_{n2} & \cdots & b_{nl} \end{bmatrix},$$

则 $AB = [c_{ij}]$ 是一个 $m \times l$ 矩阵. 其中

$$c_{ij} = a_{i1}b_{1j} + a_{i2}b_{2j} + \cdots + a_{in}b_{nj} = \sum_{k=1}^{n} a_{ik}b_{kj} \, (i = 1,2,\cdots,m; j = 1,2,\cdots,l).$$

在矩阵的乘法中,要求左边矩阵的列数等于右边矩阵的行数.

【例 5 - 11】 设 $A = \begin{bmatrix} 1 & 0 & 3 & -1 \\ 2 & 1 & 0 & 2 \end{bmatrix}, B = \begin{bmatrix} 4 & 1 & 0 \\ -1 & 1 & 3 \\ 2 & 0 & 1 \\ 1 & 3 & 4 \end{bmatrix}$,求 AB.

解 $AB = \begin{bmatrix} 1 & 0 & 3 & -1 \\ 2 & 1 & 0 & 2 \end{bmatrix} \begin{bmatrix} 4 & 1 & 0 \\ -1 & 1 & 3 \\ 2 & 0 & 1 \\ 1 & 3 & 4 \end{bmatrix}$

$= \begin{bmatrix} 1\times4+0\times(-1)+3\times2+(-1)\times1 & 1\times1+0\times1+3\times0+(-1)\times3 \\ 2\times4+1\times(-1)+0\times2+2\times1 & 2\times1+1\times1+0\times0+2\times3 \end{bmatrix}$

$\begin{matrix} 1\times0+0\times3+3\times1+(-1)\times4 \\ 2\times0+1\times3+0\times1+2\times4 \end{matrix} \Big]$

$= \begin{bmatrix} 9 & -2 & -1 \\ 9 & 9 & 11 \end{bmatrix}.$

矩阵的乘法满足下列性质(假定下面的运算均有意义):
(1) 结合律:$(AB)C = A(BC)$;
(2) 左分配律:$A(B+C) = AB + AC$;
(3) 右分配律:$(A+B)C = AC + BC$;
(4) 数与矩阵乘法的结合律:$(\lambda A)B = \lambda(AB) = A(\lambda B)$;
(5) 单位元的存在性:$E_m A_{m\times n} = A_{m\times n}, A_{m\times n} E_n = A_{m\times n}$.

【例 5 - 12】 设矩阵 $A = \begin{bmatrix} 1 & 1 \\ -1 & -1 \end{bmatrix}, B = \begin{bmatrix} 1 & -1 \\ -1 & 1 \end{bmatrix}$,求 AB 与 BA.

解 $AB = \begin{bmatrix} 1 & 1 \\ -1 & -1 \end{bmatrix} \begin{bmatrix} 1 & -1 \\ -1 & 1 \end{bmatrix} = \begin{bmatrix} 0 & 0 \\ 0 & 0 \end{bmatrix};$

$BA = \begin{bmatrix} 1 & -1 \\ -1 & 1 \end{bmatrix} \begin{bmatrix} 1 & 1 \\ -1 & -1 \end{bmatrix} = \begin{bmatrix} 2 & 2 \\ -2 & -2 \end{bmatrix}.$

从该例可以看到,虽然 $A \neq 0, B \neq 0$,但是 $AB = 0$.

【例 5 - 13】 设 $A = \begin{bmatrix} 3 & 1 \\ 4 & -1 \end{bmatrix}, B = \begin{bmatrix} 5 & 1 \\ 2 & -1 \end{bmatrix}, C = \begin{bmatrix} 0 & 0 \\ -1 & -1 \end{bmatrix}$. 求 AC, BC.

解 $AC = \begin{bmatrix} 3 & 1 \\ 4 & -1 \end{bmatrix}\begin{bmatrix} 0 & 0 \\ -1 & -1 \end{bmatrix} = \begin{bmatrix} -1 & -1 \\ 1 & 1 \end{bmatrix}$;

$BC = \begin{bmatrix} 5 & 1 \\ 2 & -1 \end{bmatrix}\begin{bmatrix} 0 & 0 \\ -1 & -1 \end{bmatrix} = \begin{bmatrix} -1 & -1 \\ 1 & 1 \end{bmatrix}$.

从该例可以看到,由 $AC = BC, C \neq 0$ 不能推出 $A = B$.

【例 5 - 14】 一股票投资者购买了招商银行、万科 A、西山煤电、中国石化四家公司的股票分别为 4 000 股、3 000 股、2 000 股、1 000 股,四家公司连续三年的每股收益(元/股)数据矩阵为

$$\begin{bmatrix} 0.37 & 0.48 & 1.04 \\ 0.36 & 0.49 & 0.73 \\ 0.80 & 0.80 & 0.86 \\ 0.45 & 0.58 & 0.63 \end{bmatrix}.$$

试问:股票投资者这三年的股票总收益是多少?

解 设矩阵 $A = \begin{bmatrix} 4\,000 & 3\,000 & 2\,000 & 1\,000 \end{bmatrix}$,

$$B = \begin{bmatrix} 0.37 & 0.48 & 1.04 \\ 0.36 & 0.49 & 0.73 \\ 0.80 & 0.80 & 0.86 \\ 0.45 & 0.58 & 0.63 \end{bmatrix},$$

则矩阵

$$AB = \begin{bmatrix} 4\,000 & 3\,000 & 2\,000 & 1\,000 \end{bmatrix}\begin{bmatrix} 0.37 & 0.48 & 1.04 \\ 0.36 & 0.49 & 0.73 \\ 0.80 & 0.80 & 0.86 \\ 0.45 & 0.58 & 0.63 \end{bmatrix}$$

$$= \begin{bmatrix} 4\,610 & 5\,570 & 8\,700 \end{bmatrix}.$$

它的列元素分别表示投资者各年的股票收益,所以股票投资者这三年的股票总收益是

$$4\,610 + 5\,570 + 8\,700 = 18\,880(元).$$

四、矩阵的转置

定义 5 - 10 设 $A = [a_{ij}]$ 为 $m \times n$ 矩阵,则 A 的转置 A^{T} 为一个 $n \times m$ 矩阵,且

$$A^{\mathrm{T}} = [a_{ji}] = \begin{bmatrix} a_{11} & a_{21} & \cdots & a_{m1} \\ a_{12} & a_{22} & \cdots & a_{m2} \\ \vdots & \vdots & & \vdots \\ a_{1n} & a_{2n} & \cdots & a_{mn} \end{bmatrix}.$$

【例 5 - 15】 设 $A = \begin{bmatrix} 2 & 0 & 1 \\ 1 & 3 & 1 \end{bmatrix}, B = \begin{bmatrix} 3 & 0 \\ 1 & 2 \\ 0 & 1 \end{bmatrix}$,求 $(AB)^{\mathrm{T}}$.

解　因为 $AB = \begin{bmatrix} 2 & 0 & 1 \\ 1 & 3 & 1 \end{bmatrix} \begin{bmatrix} 3 & 0 \\ 1 & 2 \\ 0 & 1 \end{bmatrix} = \begin{bmatrix} 6 & 1 \\ 6 & 7 \end{bmatrix}$,

所以　$\qquad\qquad\qquad (AB)^{\mathrm{T}} = \begin{bmatrix} 6 & 6 \\ 1 & 7 \end{bmatrix}$.

矩阵的转置满足下列性质:

(1) $(A^{\mathrm{T}})^{\mathrm{T}} = A$;

(2) $(A + B)^{\mathrm{T}} = A^{\mathrm{T}} + B^{\mathrm{T}}$;

(3) $(\lambda A)^{\mathrm{T}} = \lambda A^{\mathrm{T}}$;

(4) $(AB)^{\mathrm{T}} = B^{\mathrm{T}} A^{\mathrm{T}}$.

五、方阵的行列式

定义 5-11　设 A 是一个 n 阶方阵,由 A 的元素按原相对位置构成的行列式称为 A 的行列式,记作 $|A|$ 或 $\det A$.

只有方阵才有相应的行列式. 方阵的行列式有如下性质:

(1) $|\lambda A| = \lambda^n |A|$;

(2) 设 A, B 是同阶方阵,则 $|AB| = |A||B|$.

【例 5-16】　设 $A = \begin{bmatrix} 3 & -1 \\ 4 & 2 \end{bmatrix}, B = \begin{bmatrix} 3 & -2 \\ 7 & 5 \end{bmatrix}$. 求 $|AB|$.

解　因为 $|A| = \begin{vmatrix} 3 & -1 \\ 4 & 2 \end{vmatrix} = 10, |B| = \begin{vmatrix} 3 & -2 \\ 7 & 5 \end{vmatrix} = 29$,

所以 $|AB| = |A||B| = 10 \times 29 = 290$.

5.2.3　矩阵的初等变换

定义 5-12　下列矩阵的变换称为矩阵的初等变换:

(1) 互换矩阵中 i, j 两行(列)的位置,记为 $r_i \leftrightarrow r_j (c_i \leftrightarrow c_j)$;

(2) 用非零常数 k 乘矩阵的第 i 行(列),记为 $kr_i (kc_i)$;

(3) 把矩阵第 j 行(列)的 k 倍加到第 i 行(列)上去,记为 $r_i + kr_j (c_i + kc_j)$.

行(列)之间施行的初等变换称为初等行(列)变换.

定义 5-13　一矩阵中每个非零行的第一个非零元出现在上一行的第一个非零元的右边,同时,没有一个非零行出现在零行的下方,这样的矩阵称为阶梯形矩阵.

定理 5-2　任何一个矩阵 A 都可以经过初等行变换化为阶梯形矩阵.

【例 5-17】　用初等行变换将矩阵

$$A = \begin{bmatrix} 1 & -2 & -1 & 2 \\ 3 & -4 & 1 & 4 \\ -2 & 4 & 2 & 3 \end{bmatrix}$$

化为阶梯形矩阵.

解　$A = \begin{bmatrix} 1 & -2 & -1 & 2 \\ 3 & -4 & 1 & 4 \\ -2 & 4 & 2 & 3 \end{bmatrix} \xrightarrow[r_3 + 2r_1]{r_2 - 3r_1} \begin{bmatrix} 1 & -2 & -1 & 2 \\ 0 & 2 & 4 & -2 \\ 0 & 0 & 0 & 7 \end{bmatrix}$

$$\xrightarrow{\substack{\frac{1}{2}r_2 \\ \frac{1}{7}r_3}} \begin{bmatrix} 1 & -2 & -1 & 2 \\ 0 & 1 & 2 & -1 \\ 0 & 0 & 0 & 1 \end{bmatrix}.$$

定义 5 - 14　一个阶梯形矩阵,如果它的每一非零行的第一个非零元是 1,且第一个非零元所在列的其余元素全是零,那么称这样的阶梯形矩阵为行最简阶梯形矩阵.

定理 5 - 3　任何一个矩阵都可以经过初等行变换化为行最简阶梯形矩阵.

【例 5 - 18】　用初等行变换将矩阵

$$A = \begin{bmatrix} 1 & -2 & -1 & 2 \\ 0 & 1 & 2 & -1 \\ 0 & 0 & 0 & 1 \end{bmatrix}$$

化为行最简阶梯形矩阵.

解　$A = \begin{bmatrix} 1 & -2 & -1 & 2 \\ 0 & 1 & 2 & -1 \\ 0 & 0 & 0 & 1 \end{bmatrix} \xrightarrow{\substack{r_1-2r_3 \\ r_2+r_3}} \begin{bmatrix} 1 & -2 & -1 & 0 \\ 0 & 1 & 2 & 0 \\ 0 & 0 & 0 & 1 \end{bmatrix} \xrightarrow{r_1+2r_2} \begin{bmatrix} 1 & 0 & 3 & 0 \\ 0 & 1 & 2 & 0 \\ 0 & 0 & 0 & 1 \end{bmatrix}.$

5.2.4　逆矩阵

一、矩阵可逆的定义和性质

定义 5 - 15　设 A 为 n 阶方阵,若存在 n 阶方阵 B,使得

$$AB = BA = E,$$

则称 A 为可逆矩阵,称 B 为 A 的逆矩阵,简称 B 为 A 的逆,记作 $B = A^{-1}$.

由可逆矩阵的定义,容易得到如下可逆矩阵的性质:

(1) 如果 A 可逆,那么 A 的逆 A^{-1} 唯一;

(2) $(A^{-1})^{-1} = A$;

(3) 如果 A 可逆,数 $\lambda \neq 0$,那么 λA 也可逆,且 $(\lambda A)^{-1} = \frac{1}{\lambda}A^{-1}$;

(4) 如果 A 可逆,那么 A^{T} 也可逆,且 $(A^{\mathrm{T}})^{-1} = (A^{-1})^{\mathrm{T}}$;

(5) 如果 A, B 均为 n 阶可逆矩阵,那么 AB 也可逆,且 $(AB)^{-1} = B^{-1}A^{-1}$.

二、逆矩阵的求法

1. 公式法

定义 5 - 16　设 n 阶方阵

$$A = \begin{bmatrix} a_{11} & a_{12} & \cdots & a_{1n} \\ a_{21} & a_{22} & \cdots & a_{2n} \\ \vdots & \vdots & & \vdots \\ a_{n1} & a_{n2} & \cdots & a_{nn} \end{bmatrix},$$

则称

$$\boldsymbol{A}^* = \begin{bmatrix} A_{11} & A_{21} & \cdots & A_{n1} \\ A_{12} & A_{22} & \cdots & A_{n2} \\ \vdots & \vdots & & \vdots \\ A_{1n} & A_{2n} & \cdots & A_{nn} \end{bmatrix}$$

为 $\boldsymbol{A}$ 的伴随矩阵,其中 A_{ij} 是 $|\boldsymbol{A}|$ 中元素 a_{ij} 的代数余子式.

定理 5 - 4　$\boldsymbol{A}$ 是一个 n 阶矩阵,则 $\boldsymbol{A}$ 可逆的充分必要条件是 $|\boldsymbol{A}| \neq 0$,且当 $\boldsymbol{A}$ 可逆时,

$$\boldsymbol{A}^{-1} = \frac{1}{|\boldsymbol{A}|}\boldsymbol{A}^*.$$

【例 5 - 19】　已知矩阵

$$\boldsymbol{A} = \begin{bmatrix} 1 & 2 & 3 \\ 2 & 2 & 1 \\ 3 & 4 & 3 \end{bmatrix},$$

判断 $\boldsymbol{A}$ 是否可逆? 若可逆求 $\boldsymbol{A}^{-1}$.

解　因为 $|\boldsymbol{A}| = \begin{vmatrix} 1 & 2 & 3 \\ 2 & 2 & 1 \\ 3 & 4 & 3 \end{vmatrix} = 2 \neq 0$,所以 $\boldsymbol{A}$ 可逆.

$$A_{11} = \begin{vmatrix} 2 & 1 \\ 4 & 3 \end{vmatrix} = 2, A_{21} = -\begin{vmatrix} 2 & 3 \\ 4 & 3 \end{vmatrix} = 6, A_{31} = \begin{vmatrix} 2 & 3 \\ 2 & 1 \end{vmatrix} = -4,$$

$$A_{12} = -\begin{vmatrix} 2 & 1 \\ 3 & 3 \end{vmatrix} = -3, A_{22} = \begin{vmatrix} 1 & 3 \\ 3 & 3 \end{vmatrix} = -6, A_{32} = -\begin{vmatrix} 1 & 3 \\ 2 & 1 \end{vmatrix} = 5,$$

$$A_{13} = \begin{vmatrix} 2 & 2 \\ 3 & 4 \end{vmatrix} = 2, A_{23} = -\begin{vmatrix} 1 & 2 \\ 3 & 4 \end{vmatrix} = 2, A_{33} = \begin{vmatrix} 1 & 2 \\ 2 & 2 \end{vmatrix} = -2.$$

$$\boldsymbol{A}^{-1} = \frac{1}{|\boldsymbol{A}|}\boldsymbol{A}^* = \frac{1}{|\boldsymbol{A}|}\begin{bmatrix} A_{11} & A_{21} & A_{31} \\ A_{12} & A_{22} & A_{32} \\ A_{13} & A_{23} & A_{33} \end{bmatrix}$$

$$= \begin{bmatrix} 1 & 3 & -2 \\ -\dfrac{3}{2} & -3 & \dfrac{5}{2} \\ 1 & 1 & -1 \end{bmatrix}.$$

【例 5 - 20】　解矩阵方程 $\begin{bmatrix} 1 & 2 & 3 \\ 2 & 2 & 1 \\ 3 & 4 & 3 \end{bmatrix}\begin{bmatrix} x_1 \\ x_2 \\ x_3 \end{bmatrix} = \begin{bmatrix} 2 \\ 1 \\ 4 \end{bmatrix}.$

解　设 $\boldsymbol{A} = \begin{bmatrix} 1 & 2 & 3 \\ 2 & 2 & 1 \\ 3 & 4 & 3 \end{bmatrix}, \boldsymbol{X} = \begin{bmatrix} x_1 \\ x_2 \\ x_3 \end{bmatrix}, \boldsymbol{B} = \begin{bmatrix} 2 \\ 1 \\ 4 \end{bmatrix}.$

因为 $|\boldsymbol{A}| = 2 \neq 0$,所以 $\boldsymbol{A}$ 可逆,且

$$A^{-1} = \begin{bmatrix} 1 & 3 & -2 \\ -\dfrac{3}{2} & -3 & \dfrac{5}{2} \\ 1 & 1 & -1 \end{bmatrix}.$$

将矩阵方程 $AX = B$ 两端左乘 A^{-1},得

$$X = A^{-1}B = \begin{bmatrix} 1 & 3 & -2 \\ -\dfrac{3}{2} & -3 & \dfrac{5}{2} \\ 1 & 1 & -1 \end{bmatrix} \begin{bmatrix} 2 \\ 1 \\ 4 \end{bmatrix} = \begin{bmatrix} -3 \\ 4 \\ -1 \end{bmatrix}.$$

2. 初等变换法

定理 5 - 5 设 A 为 n 阶可逆矩阵,E 为 n 阶单位阵,若对 $n \times 2n$ 阶矩阵 $[A \mid E]$ 作一系列初等行变换,使它变为 $[E \mid B]$,则 $B = A^{-1}$.

【例 5 - 21】 用初等行变换求矩阵 $A = \begin{bmatrix} 1 & -4 & -3 \\ 1 & -5 & -3 \\ -1 & 6 & 4 \end{bmatrix}$ 的逆矩阵.

解 因为 $[A \mid E] = \begin{bmatrix} 1 & -4 & -3 & 1 & 0 & 0 \\ 1 & -5 & -3 & 0 & 1 & 0 \\ -1 & 6 & 4 & 0 & 0 & 1 \end{bmatrix} \xrightarrow[r_3 + r_1]{r_2 - r_1} \begin{bmatrix} 1 & -4 & -3 & 1 & 0 & 0 \\ 0 & -1 & 0 & -1 & 1 & 0 \\ 0 & 2 & 1 & 1 & 0 & 1 \end{bmatrix}$

$\xrightarrow{r_3 + 2r_2} \begin{bmatrix} 1 & -4 & -3 & 1 & 0 & 0 \\ 0 & -1 & 0 & -1 & 1 & 0 \\ 0 & 0 & 1 & -1 & 2 & 1 \end{bmatrix} \xrightarrow[-r_2]{r_1 + 3r_3} \begin{bmatrix} 1 & -4 & 0 & -2 & 6 & 3 \\ 0 & 1 & 0 & 1 & -1 & 0 \\ 0 & 0 & 1 & -1 & 2 & 1 \end{bmatrix}$

$\xrightarrow{r_1 + 4r_2} \begin{bmatrix} 1 & 0 & 0 & 2 & 2 & 3 \\ 0 & 1 & 0 & 1 & -1 & 0 \\ 0 & 0 & 1 & -1 & 2 & 1 \end{bmatrix} = [E \mid A^{-1}],$

所以

$$A^{-1} = \begin{bmatrix} 2 & 2 & 3 \\ 1 & -1 & 0 \\ -1 & 2 & 1 \end{bmatrix}.$$

同样,可用初等变换解矩阵方程 $AX = B$,其解法为,对矩阵 $[A \mid B]$ 作一系列初等行变换,使它变为 $[E \mid A^{-1}B]$,则 $X = A^{-1}B$.

【例 5 - 22】 用初等变换法解矩阵方程

$$\begin{bmatrix} 1 & -4 & -3 \\ 1 & -5 & -3 \\ -1 & 6 & 4 \end{bmatrix} X = \begin{bmatrix} 1 & -1 \\ 0 & 3 \\ 2 & 1 \end{bmatrix}.$$

解 因为 $[A \mid B] = \begin{bmatrix} 1 & -4 & -3 & 1 & -1 \\ 1 & -5 & -3 & 0 & 3 \\ -1 & 6 & 4 & 2 & 1 \end{bmatrix} \xrightarrow[r_3 + r_1]{r_2 - r_1} \begin{bmatrix} 1 & -4 & -3 & 1 & -1 \\ 0 & -1 & 0 & -1 & 4 \\ 0 & 2 & 1 & 3 & 0 \end{bmatrix}$

$$\xrightarrow{r_3+2r_2} \begin{bmatrix} 1 & -4 & -3 & \vdots & 1 & -1 \\ 0 & -1 & 0 & \vdots & -1 & 4 \\ 0 & 0 & 1 & \vdots & 1 & 8 \end{bmatrix} \xrightarrow[-r_2]{r_1+3r_3} \begin{bmatrix} 1 & -4 & 0 & \vdots & 4 & 23 \\ 0 & 1 & 0 & \vdots & 1 & -4 \\ 0 & 0 & 1 & \vdots & 1 & 8 \end{bmatrix}$$

$$\xrightarrow{r_1+4r_2} \begin{bmatrix} 1 & 0 & 0 & \vdots & 8 & 7 \\ 0 & 1 & 0 & \vdots & 1 & -4 \\ 0 & 0 & 1 & \vdots & 1 & 8 \end{bmatrix} = [\boldsymbol{E} \vdots \boldsymbol{X}],$$

所以
$$\boldsymbol{X} = \begin{bmatrix} 8 & 7 \\ 1 & -4 \\ 1 & 8 \end{bmatrix}.$$

5.2.5　矩阵的秩

定义 5-17　在 $m \times n$ 矩阵 $\boldsymbol{A}$ 中,任取 k 行 k 列$(1 \leqslant k \leqslant \min\{m, n\})$,将位于这些行列交叉处的元素,按原来的相对位置构成的一个 k 阶行列式,称为矩阵 $\boldsymbol{A}$ 的 k 阶子式.

例如,矩阵 $\boldsymbol{A} = \begin{bmatrix} 1 & -2 & -1 & 2 \\ 3 & -4 & 1 & 4 \\ -2 & 4 & 2 & 3 \end{bmatrix}$ 中,第 1、2 行和第 2、4 列交叉处的元素构成的 2 阶

子式是 $\begin{vmatrix} -2 & 2 \\ -4 & 4 \end{vmatrix}$,第 1、2、3 行和第 1、2、4 列交叉处的元素构成的 3 阶子式

是 $\begin{vmatrix} 1 & -2 & 2 \\ 3 & -4 & 4 \\ -2 & 4 & 3 \end{vmatrix}$.

定义 5-18　矩阵 $\boldsymbol{A}$ 中不为零的子式的最高阶数称为矩阵的秩,记作 $R(\boldsymbol{A})$.

当矩阵的行(列)数较大时,按定义求秩比较麻烦,但对阶梯形矩阵就比较简单了.

【例 5-23】　求矩阵 $\boldsymbol{A} = \begin{bmatrix} 1 & -1 & 2 & 3 & 4 \\ 0 & 2 & 3 & 4 & 5 \\ 0 & 0 & 0 & 1 & 3 \\ 0 & 0 & 0 & 0 & 0 \end{bmatrix}$ 的秩.

解　因为 $\boldsymbol{A}$ 的第 4 行是零行,所以 $\boldsymbol{A}$ 的所有的 4 阶子式全为零,但有一个 3 阶子式

$$\begin{vmatrix} 1 & -1 & 3 \\ 0 & 2 & 4 \\ 0 & 0 & 1 \end{vmatrix} = 2 \neq 0.$$

因此,$R(\boldsymbol{A}) = 3$.

从该例可以看到,矩阵 $\boldsymbol{A}$ 是阶梯形矩阵时,它的秩刚好是矩阵 $\boldsymbol{A}$ 的非零行的个数. 一般地,我们有

定理 5-6　阶梯形矩阵的秩等于它的非零行的个数.

定理 5-7　初等行(列)变换不改变矩阵的秩.

由定理 5-6 和定理 5-7 可知,欲求一般矩阵的秩,只要用矩阵的初等行(列)变换将其化为阶梯形矩阵即可.

【例 5-24】　求矩阵 $A = \begin{bmatrix} 1 & 1 & 2 & 2 & 1 \\ 0 & 2 & 1 & 5 & -1 \\ 2 & 0 & 3 & -1 & 3 \\ 1 & 1 & 0 & 4 & -1 \end{bmatrix}$ 的秩.

解　对 A 施行初等行变换,将它化为阶梯形矩阵

$$A = \begin{bmatrix} 1 & 1 & 2 & 2 & 1 \\ 0 & 2 & 1 & 5 & -1 \\ 2 & 0 & 3 & -1 & 3 \\ 1 & 1 & 0 & 4 & -1 \end{bmatrix} \longrightarrow \begin{bmatrix} 1 & 1 & 2 & 2 & 1 \\ 0 & 2 & 1 & 5 & -1 \\ 0 & 0 & 1 & -1 & 1 \\ 0 & 0 & 0 & 0 & 0 \end{bmatrix}.$$

由于阶梯形矩阵中非零行的个数为 3,故 $R(A)=3$.

习题 5.2

1. 设 $A = \begin{bmatrix} 1 & 4 & 1 \\ 3 & -1 & 1 \end{bmatrix}, B = \begin{bmatrix} -3 & 0 & 1 \\ 3 & -5 & 3 \end{bmatrix}$,且 $A+2X=B$.求矩阵 X.

2. 设 $A = \begin{bmatrix} 3 & 1 & 1 \\ 2 & 1 & 2 \\ 1 & 2 & 3 \end{bmatrix}, B = \begin{bmatrix} 1 & 1 & -1 \\ 2 & -1 & 0 \\ 1 & 0 & 1 \end{bmatrix}$.求 $AB-BA$,$A^{\mathrm{T}}B^{\mathrm{T}}$,$|2A|$.

3. 设某房产公司承包甲型楼房 10 幢,乙型楼房 15 幢,丙型楼房 5 幢,按楼房的类型其四种主要建材钢铁、水泥、木材、玻璃的计划使用量为矩阵

$$A = \begin{bmatrix} 5 & 25 & 15 & 9 \\ 7 & 20 & 12 & 8 \\ 6 & 18 & 9 & 4 \end{bmatrix}.$$

(1) 试用矩阵的乘法计算各种建材总量;

(2) 若每单位建材钢铁为 3 000 元,水泥为 800 元,木材为 2 000 元,玻璃为 600 元,试用矩阵的乘法计算建材总费用.

4. 求下列方阵的逆矩阵.

(1) $\begin{bmatrix} 2 & 1 \\ 5 & 3 \end{bmatrix}$;　　　　　　　(2) $\begin{bmatrix} 2 & -1 & -3 \\ 1 & -1 & -1 \\ -3 & 4 & 4 \end{bmatrix}$.

5. 用初等行变换化下列矩阵为行最简阶梯形矩阵.

(1) $\begin{bmatrix} 1 & -1 & 2 \\ 4 & -4 & 1 \end{bmatrix}$;　　　　(2) $\begin{bmatrix} -1 & 2 & 1 \\ 1 & -1 & 0 \\ 2 & 1 & 1 \end{bmatrix}$.

6. 用初等行变换求下列方阵的逆矩阵.

(1) $\begin{bmatrix} -3 & 2 \\ -2 & 2 \end{bmatrix}$;　　　　　(2) $\begin{bmatrix} 1 & 1 & -1 \\ 2 & 1 & 0 \\ 1 & -1 & 0 \end{bmatrix}$.

7. 用初等行变换解下列矩阵方程.

(1) $\begin{bmatrix} 2 & 5 \\ 1 & 3 \end{bmatrix} \boldsymbol{X} = \begin{bmatrix} 4 & -6 \\ 2 & 1 \end{bmatrix}$;

(2) $\begin{bmatrix} 1 & 0 & 1 \\ 2 & 1 & 0 \\ -3 & 2 & -5 \end{bmatrix} \boldsymbol{X} = \begin{bmatrix} 1 & -1 \\ -2 & 0 \\ 0 & 1 \end{bmatrix}$.

8. 用初等行变换求下列矩阵的秩.

(1) $\begin{bmatrix} 3 & -4 & 5 \\ 2 & -3 & 1 \\ 3 & -5 & -1 \end{bmatrix}$;　　　　(2) $\begin{bmatrix} 1 & -2 & -1 & 3 \\ 3 & -6 & -3 & 9 \\ -2 & 4 & 2 & 5 \end{bmatrix}$.

9. 若矩阵 $\begin{bmatrix} 1 & a & -1 & 2 \\ 1 & -1 & a & 2 \\ 1 & 0 & -1 & 2 \end{bmatrix}$ 的秩为 2，求 a.

10. 若 $\boldsymbol{A}^2 - \boldsymbol{A} - 2\boldsymbol{E} = 0$，证明：$\boldsymbol{A}$ 可逆，并求 $\boldsymbol{A}^{-1}$.

§5.3　线性方程组

我们知道用克莱姆法则解线性方程组的条件是方程的个数与未知量个数相等，且系数行列式不为零. 但对于方程的个数与未知量个数不等的线性方程组而言，它是否有解？有解时怎么求？解的情况如何？本节就要解决这些问题.

5.3.1　非齐次线性方程组

一、解的情形

已知非齐次线性方程组

$$\begin{cases} a_{11}x_1 + a_{12}x_2 + \cdots + a_{1n}x_n = b_1 \\ a_{21}x_1 + a_{22}x_2 + \cdots + a_{2n}x_n = b_2 \\ \qquad\qquad\vdots \\ a_{m1}x_1 + a_{m2}x_2 + \cdots + a_{mn}x_n = b_m \end{cases} \quad (b_1, b_2, \cdots, b_m \text{ 不全为零}), \tag{5.6}$$

矩阵

$$\boldsymbol{A} = \begin{bmatrix} a_{11} & a_{12} & \cdots & a_{1n} \\ a_{21} & a_{22} & \cdots & a_{2n} \\ \vdots & \vdots & & \vdots \\ a_{m1} & a_{m2} & \cdots & a_{mn} \end{bmatrix}$$

称为方程组(5.6)的系数矩阵，矩阵

$$\overline{\boldsymbol{A}} = \begin{bmatrix} a_{11} & a_{12} & \cdots & a_{1n} & b_1 \\ a_{21} & a_{22} & \cdots & a_{2n} & b_2 \\ \vdots & \vdots & & \vdots & \vdots \\ a_{m1} & a_{m2} & \cdots & a_{mn} & b_m \end{bmatrix}$$

称为方程组(5.6)的增广矩阵.

关于非齐次线性方程组(5.6)解的情形,我们有

定理 5 – 8 方程组(5.6)有解的充分必要条件为 $R(\overline{A})=R(A)$.且

(1) 当 $R(\overline{A})=R(A)=n$ 时,方程组(5.6)有唯一解;

(2) 当 $R(\overline{A})=R(A)=r<n$ 时,方程组(5.6)有无穷多解.

【例 5 – 25】 判别方程组 $\begin{cases} x_1+x_2+x_3+x_4=1 \\ 3x_1+2x_2+x_3-3x_4=2 \\ x_2+2x_3+6x_4=3 \end{cases}$ 的解的情形.

解 因为 $\overline{A}=[A \vdots B]=\begin{bmatrix} 1 & 1 & 1 & 1 & 1 \\ 3 & 2 & 1 & -3 & 2 \\ 0 & 1 & 2 & 6 & 3 \end{bmatrix} \rightarrow \begin{bmatrix} 1 & 1 & 1 & 1 & 1 \\ 0 & -1 & -2 & -6 & -1 \\ 0 & 1 & 2 & 6 & 3 \end{bmatrix}$

$\rightarrow \begin{bmatrix} 1 & 1 & 1 & 1 & 1 \\ 0 & 1 & 2 & 6 & 1 \\ 0 & 0 & 0 & 0 & 2 \end{bmatrix},$

$R(\overline{A})=3, R(A)=2, R(\overline{A}) \neq R(A)$,所以原方程组无解.

【例 5 – 26】 λ 取何值时,线性方程组

$$\begin{cases} x_1+x_2+x_3+x_4=1 \\ 3x_1+2x_2+x_3+x_4=0 \\ 5x_1+4x_2+3x_3+3x_4=\lambda \end{cases}$$

有解?

解 因为 $\overline{A}=[A \vdots B]=\begin{bmatrix} 1 & 1 & 1 & 1 & 1 \\ 3 & 2 & 1 & 1 & 0 \\ 5 & 4 & 3 & 3 & \lambda \end{bmatrix} \rightarrow \begin{bmatrix} 1 & 1 & 1 & 1 & 1 \\ 0 & -1 & -2 & -2 & -3 \\ 0 & -1 & -2 & -2 & \lambda-5 \end{bmatrix}$

$\rightarrow \begin{bmatrix} 1 & 1 & 1 & 1 & 1 \\ 0 & -1 & -2 & -2 & -3 \\ 0 & 0 & 0 & 0 & \lambda-2 \end{bmatrix},$

所以,当 $\lambda=2$ 时,$R(\overline{A})=R(A)=2<4$,原方程组有解且有无穷多解.

二、一般解的求法

由于非齐次线性方程组(5.6)和它的增广矩阵 $\overline{A}$ 之间可以建立一一对应的关系,所以对非齐次线性方程组作同解变形相当于对增广矩阵施行初等行变换.求非齐次线性方程组一般解的步骤为:

(1) 对增广矩阵 $\overline{A}$ 施行初等行变换,把 $\overline{A}$ 化为阶梯形矩阵,进而化成行最简阶梯形矩阵;

(2) 以行最简阶梯形矩阵为增广矩阵写出对应的同解方程组;

(3) 选取自由未知量;

(4) 将所有的主未知量用自由未知量表示,从而求出一般解.

【例 5 – 27】 解线性方程组 $\begin{cases} x_1+x_2+x_3+x_4=1 \\ 3x_1+2x_2+x_3-3x_4=0. \\ x_2+2x_3+6x_4=3 \end{cases}$

解 对增广矩阵施行初等行变换,得

$$\overline{A} = [A \vdots B] = \begin{bmatrix} 1 & 1 & 1 & 1 & 1 \\ 3 & 2 & 1 & -3 & 0 \\ 0 & 1 & 2 & 6 & 3 \end{bmatrix} \rightarrow \begin{bmatrix} 1 & 1 & 1 & 1 & 1 \\ 0 & -1 & -2 & -6 & -3 \\ 0 & 1 & 2 & 6 & 3 \end{bmatrix}$$

$$\rightarrow \begin{bmatrix} 1 & 1 & 1 & 1 & 1 \\ 0 & 1 & 2 & 6 & 3 \\ 0 & 0 & 0 & 0 & 0 \end{bmatrix} \rightarrow \begin{bmatrix} 1 & 0 & -1 & -5 & -2 \\ 0 & 1 & 2 & 6 & 3 \\ 0 & 0 & 0 & 0 & 0 \end{bmatrix}.$$

由行最简阶梯形矩阵得到对应的同解方程组为

$$\begin{cases} x_1 - x_3 - 5x_4 = -2 \\ x_2 + 2x_3 + 6x_4 = 3 \end{cases}.$$

选自由未知量 x_3, x_4,则原方程组的一般解为

$$\begin{cases} x_1 = x_3 + 5x_4 - 2 \\ x_2 = -2x_3 - 6x_4 + 3 \end{cases} (x_3, x_4 \text{ 取任意常数}).$$

若令 $x_3 = c_1, x_4 = c_2 (c_1, c_2$ 为任意常数),则原方程组的一般解可表示成向量形式

$$\begin{bmatrix} x_1 \\ x_2 \\ x_3 \\ x_4 \end{bmatrix} = \begin{bmatrix} c_1 + 5c_2 - 2 \\ -2c_1 - 6c_2 + 3 \\ c_1 \\ c_2 \end{bmatrix} (c_1, c_2 \text{ 为任意常数}).$$

【例 5-28】 解线性方程组 $\begin{cases} x_1 - x_2 + x_3 + 4x_4 = -4 \\ 2x_1 - x_2 + 3x_3 - 2x_4 = 7 \\ 3x_2 - x_3 + x_4 = 6 \\ x_1 + 2x_2 - x_3 + 3x_4 = 2 \end{cases}.$

解 对增广矩阵施行初等行变换,得

$$\overline{A} = [A \vdots B] = \begin{bmatrix} 1 & -1 & 1 & 4 & -4 \\ 2 & -1 & 3 & -2 & 7 \\ 0 & 3 & -1 & 1 & 6 \\ 1 & 2 & -1 & 3 & 2 \end{bmatrix} \rightarrow \begin{bmatrix} 1 & -1 & 1 & 4 & -4 \\ 0 & 1 & 1 & -10 & 15 \\ 0 & 3 & -1 & 1 & 6 \\ 0 & 3 & -2 & -1 & 6 \end{bmatrix}$$

$$\rightarrow \begin{bmatrix} 1 & -1 & 1 & 4 & -4 \\ 0 & 1 & 1 & -10 & 15 \\ 0 & 0 & -4 & 31 & -39 \\ 0 & 0 & -1 & -2 & 0 \end{bmatrix} \rightarrow \begin{bmatrix} 1 & -1 & 1 & 4 & -4 \\ 0 & 1 & 1 & -10 & 15 \\ 0 & 0 & 1 & 2 & 0 \\ 0 & 0 & 0 & 39 & -39 \end{bmatrix}$$

$$\rightarrow \begin{bmatrix} 1 & 0 & 0 & 0 & 1 \\ 0 & 1 & 0 & 0 & 3 \\ 0 & 0 & 1 & 0 & 2 \\ 0 & 0 & 0 & 1 & -1 \end{bmatrix}.$$

由行最简阶梯形矩阵得到对应的同解方程组为

$$\begin{cases} x_1 = 1 \\ x_2 = 3 \\ x_3 = 2 \\ x_4 = -1 \end{cases},$$

所以原方程组有唯一解 $x_1 = 1, x_2 = 3, x_3 = 2, x_4 = -1$.

【例 5-29】 解线性方程组 $\begin{cases} x_1 + x_2 + x_3 + x_4 = 1 \\ 3x_1 + 2x_2 + x_3 - 3x_4 = 2 \\ x_2 + 2x_3 + 6x_4 = 3 \end{cases}$.

解 $\overline{A} = [A \vdots B] = \begin{bmatrix} 1 & 1 & 1 & 1 & 1 \\ 3 & 2 & 1 & -3 & 2 \\ 0 & 1 & 2 & 6 & 3 \end{bmatrix} \rightarrow \begin{bmatrix} 1 & 1 & 1 & 1 & 1 \\ 0 & -1 & -2 & -6 & -1 \\ 0 & 1 & 2 & 6 & 3 \end{bmatrix}$

$\rightarrow \begin{bmatrix} 1 & 1 & 1 & 1 & 1 \\ 0 & 1 & 2 & 6 & 1 \\ 0 & 0 & 0 & 0 & 2 \end{bmatrix}$.

由于 $R(\overline{A}) \neq R(A)$,所以方程组无解.事实上,此时行最简形阶梯矩阵的第 3 行代表的方程为:$0x_1 + 0x_2 + 0x_3 + 0x_4 = 2$ 是矛盾方程,从而方程组无解.

5.3.2 齐次线性方程组

一、解的情形

已知齐次线性方程组

$$\begin{cases} a_{11}x_1 + a_{12}x_2 + \cdots + a_{1n}x_n = 0 \\ a_{21}x_1 + a_{22}x_2 + \cdots + a_{2n}x_n = 0 \\ \vdots \\ a_{m1}x_1 + a_{m2}x_2 + \cdots + a_{mn}x_n = 0 \end{cases}, \tag{5.7}$$

矩阵

$$A = \begin{bmatrix} a_{11} & a_{12} & \cdots & a_{1n} \\ a_{21} & a_{22} & \cdots & a_{2n} \\ \vdots & \vdots & & \vdots \\ a_{m1} & a_{m2} & \cdots & a_{mn} \end{bmatrix}$$

称为方程组(5.7)的系数矩阵.

关于齐次线性方程组(5.7),我们有

定理 5-9 齐次线性方程组(5.7)有非零解的充分必要条件为$R(A) < n$,其中 n 是未知量的个数.

二、一般解的求法

由于齐次线性方程组(5.7)和它的系数矩阵 A 之间可以建立一一对应的关系,所以对齐次线性方程组作同解变形相当于对系数矩阵 A 施行初等行变换.求齐次线性方程组一般解的步骤为：

（1）对系数矩阵 A 施行初等行变换，把 A 化为阶梯形矩阵，进而化成行最简阶梯形矩阵；

（2）以行最简阶梯形矩阵为系数矩阵写出对应的同解方程组；

（3）选取自由未知量；

（4）将所有的主未知量用自由未知量表示，从而求出一般解.

【例 5 - 30】 解方程组 $\begin{cases} x_1 + x_2 + 2x_3 + 2x_4 = 0 \\ 2x_1 - x_2 + x_3 - 2x_4 = 0. \\ x_1 - 2x_2 - x_3 - 4x_4 = 0 \end{cases}$

解 对系数矩阵 A 施行初等行变换，得

$$A = \begin{bmatrix} 1 & 1 & 2 & 2 \\ 2 & -1 & 1 & -2 \\ 1 & -2 & -1 & -4 \end{bmatrix} \rightarrow \begin{bmatrix} 1 & 1 & 2 & 2 \\ 0 & -3 & -3 & -6 \\ 0 & -3 & -3 & -6 \end{bmatrix}$$

$$\rightarrow \begin{bmatrix} 1 & 1 & 2 & 2 \\ 0 & 1 & 1 & 2 \\ 0 & 0 & 0 & 0 \end{bmatrix} \rightarrow \begin{bmatrix} 1 & 0 & 1 & 0 \\ 0 & 1 & 1 & 2 \\ 0 & 0 & 0 & 0 \end{bmatrix}.$$

由行最简阶梯形矩阵得到对应的同解方程组为

$$\begin{cases} x_1 + x_3 = 0 \\ x_2 + x_3 + 2x_4 = 0 \end{cases}.$$

选自由未知量 x_3, x_4，则原方程组的一般解为

$$\begin{cases} x_1 = -x_3 \\ x_2 = -x_3 - 2x_4 \end{cases} (x_3, x_4 \text{ 取任意常数}).$$

若令 $x_3 = c_1, x_4 = c_2 (c_1, c_2$ 为任意常数），则原方程组的一般解可表示成向量形式

$$\begin{bmatrix} x_1 \\ x_2 \\ x_3 \\ x_4 \end{bmatrix} = \begin{bmatrix} -c_1 \\ -c_1 - 2c_2 \\ c_1 \\ c_2 \end{bmatrix} (c_1, c_2 \text{ 为任意常数}).$$

习题 5.3

1. 判断下列线性方程组是否有解，若有解，是唯一解还是无穷多解？

（1）$\begin{cases} x_1 - 2x_2 - x_3 = 1 \\ 2x_1 + x_3 = 5 \\ -x_1 + 3x_2 + 2x_3 = 1 \end{cases}$；

（2）$\begin{cases} x_1 - x_2 - x_3 + x_4 = 0 \\ x_1 - x_2 + x_3 - 3x_4 = 1 \\ x_1 - x_2 - 2x_3 + 3x_4 = -\dfrac{1}{2} \end{cases}$；

(3) $\begin{cases} x_1 + x_4 = 0 \\ x_1 + 2x_2 - x_4 = 1 \\ 3x_1 - x_2 + 4x_4 = 1 \\ x_1 + 4x_2 + 5x_3 + x_4 = 2 \end{cases}$

2. 用初等行变换解下列线性方程组：

(1) $\begin{cases} x_1 - 2x_2 + 2x_3 = 0 \\ x_1 + 2x_2 - x_3 = 0 \\ 8x_1 - 4x_2 + 7x_3 = 0 \end{cases}$;

(2) $\begin{cases} x_1 + 2x_2 + 2x_3 + x_4 = 0 \\ 2x_1 + x_2 - 2x_3 - 2x_4 = 0 \\ x_1 - x_2 - 4x_3 - 3x_4 = 0 \end{cases}$;

(3) $\begin{cases} x_1 + 2x_2 - x_3 + 2x_4 = 1 \\ 2x_1 + 4x_2 + x_3 + x_4 = 5 \\ x_1 + 2x_2 + 2x_3 - x_4 = 4 \end{cases}$;

(4) $\begin{cases} x_1 + x_2 - 2x_3 + 3x_4 = 0 \\ 2x_1 + x_2 - 6x_3 + 4x_4 = -1 \\ 3x_1 + 2x_2 - x_3 + 7x_4 = -1 \\ x_1 - x_2 - 6x_3 - x_4 = -2 \end{cases}$.

3. 设有线性方程组 $\begin{cases} x_1 + 2x_2 + 3x_3 = 8 \\ 2x_1 + 2x_2 + 3x_3 = 10, \text{求} \lambda \text{为何值时,方程组有无穷多组解,并求} \\ x_1 + x_2 + \lambda x_3 = 5 \end{cases}$

出其通解.

4. 设线性方程组

$$\begin{cases} (1+\lambda)x_1 + x_2 + x_3 = 0 \\ x_1 + (1+\lambda)x_2 + x_3 = 3, \\ x_1 + x_2 + (1+\lambda)x_3 = \lambda \end{cases}$$

问 λ 取何值时,此方程组(1) 有唯一解;(2) 无解;(3) 有无穷多解,并在有无穷多解时求其一般解.

5. 一专卖店出售四种型号分别为小号、中号、大号和加大号的名牌 T 恤衫,四种型号的 T 恤衫售价分别为 220 元、240 元、260 元、300 元. 若专卖店某日共售出了 13 件 T 恤衫,毛收入为 3 200 元. 并已知大号的销售量为小号和加大号销售量的总和,大号的销售收入(毛收入)也为小号和加大号销售收入(毛收入)的总和. 问各种型号的 T 恤衫各售出多少件?

自测题 5

一、选择题

1. 若 $D = \begin{vmatrix} a_{11} & a_{12} & a_{13} \\ a_{21} & a_{22} & a_{23} \\ a_{31} & a_{32} & a_{33} \end{vmatrix} = 1$,则 $D_1 = \begin{vmatrix} a_{11} & 2a_{12} & 3a_{13} \\ a_{21} & 2a_{22} & 3a_{23} \\ a_{31} & 2a_{32} & 3a_{33} \end{vmatrix} = ($ $).$

A. 2   B. 3   C. 5   D. 6

2. 设 a,b 为实数,若 $\begin{vmatrix} a & b & 0 \\ -b & a & 0 \\ -1 & 0 & -1 \end{vmatrix} = 0$,则(   ).

A. $a = 0, b = -1$ B. $a = 0, b = 0$

C. $a = 1, b = 0$ $\qquad\qquad\qquad\qquad$ D. $a = 1, b = -1$

3. 若 A 为三阶矩阵, 则 $|3A| = ($).

A. $3|A|$ $\qquad$ B. $3^2|A|$ $\qquad$ C. $3^3|A|$ $\qquad$ D. $|A|$

4. 设 $A, \overline{A}$ 分别是非齐次线性方程组 $AX = B$ 的系数矩阵和增广矩阵, 则 $R(A) = R(\overline{A})$ 是 $AX = B$ 有唯一解的( ).

A. 必要条件 $\qquad\qquad\qquad\qquad$ B. 充分条件

C. 充要条件 $\qquad\qquad\qquad\qquad$ D. 既不充分也不必要条件

5. 若有矩阵 $A_{3\times2}, B_{2\times3}, C_{3\times3}$, 下列可运算的式子为( ).

A. AC $\qquad$ B. ABC $\qquad$ C. CB $\qquad$ D. $AB - AC$

6. 若 A, B, C 都是 n 阶方阵, 且 $ABC = E$, 那么( ).

A. $ACB = E$ $\qquad$ B. $BCA = E$ $\qquad$ C. $BAC = E$ $\qquad$ D. $CBA = E$

二、填空题

1. 已知行列式 $\begin{vmatrix} 1 & a & y & 0 \\ 0 & 3 & 2 & -1 \\ b & 0 & 1 & 0 \\ x & 3 & 0 & 0 \end{vmatrix}$ 中 a, b 的代数余子式分别为 $3, 9$, 则 $x + y =$ _____.

2. 若行列式 $\begin{vmatrix} 1 & 2 & 5 \\ 1 & 3 & -2 \\ 2 & 5 & a \end{vmatrix} = 0$, 则 $a =$ _____.

3. 设 A 是 3 阶方阵, $|A| = 3$, 则 $|AA^{\mathrm{T}}| =$ _____.

4. 设 $A = \begin{bmatrix} 1 & 2 \\ -1 & x+y \end{bmatrix}$, $B = \begin{bmatrix} 1 & 2 \\ x-y & 3 \end{bmatrix}$, 且 $A = B$, 则 x, y 分别是 _____.

5. $\begin{bmatrix} 2 & 1 \\ -1 & 3 \end{bmatrix}^4 =$ _____.

6. 如果非齐次线性方程组 $AX = B$ 无解, 则当 $R(A) = r$ 时, 必有 $R(\overline{A}) =$ _____.

三、解答题

1. 计算下列行列式.

(1) $\begin{vmatrix} 2 & 3 & -4 & 7 \\ 1 & 2 & -3 & 4 \\ -1 & -2 & 5 & 8 \\ 1 & 3 & -5 & 10 \end{vmatrix}$;
$\qquad\qquad$
(2) $\begin{vmatrix} a & 1 & 1 & 1 \\ 1 & a & 1 & 1 \\ 1 & 1 & a & 1 \\ 1 & 1 & 1 & a \end{vmatrix}$.

2. 判断下列矩阵是否可逆, 若可逆, 求其逆矩阵.

(1) $\begin{bmatrix} 1 & 2 & 1 \\ 1 & 0 & 2 \\ -1 & 3 & 0 \end{bmatrix}$;
$\qquad\qquad$
(2) $\begin{bmatrix} 1 & 1 & 1 & 1 \\ 1 & -1 & 1 & -1 \\ 1 & 1 & -1 & -1 \\ 1 & -1 & -1 & 1 \end{bmatrix}$.

3. 已知 $A = \begin{bmatrix} 1 & 1 & -1 \\ 2 & 1 & 0 \\ 1 & -1 & 1 \end{bmatrix}$, 矩阵 X 满足关系式 $X + A = AX$, 求矩阵 X.

4. 求下列矩阵的秩.

(1) $\begin{bmatrix} 1 & 1 \\ 2 & 2 \end{bmatrix}$；

(2) $\begin{bmatrix} 1 & 2 & 4 & 1 \\ 2 & 4 & 8 & 2 \\ 3 & 6 & 0 & 2 \end{bmatrix}$.

5. 解下列线性方程组.

(1) $\begin{cases} x_1 + 2x_2 + x_3 - x_4 = 0 \\ 3x_1 + 6x_2 - x_3 - 3x_4 = 0 \\ 5x_1 + 10x_2 + x_3 - 5x_4 = 0 \end{cases}$；

(2) $\begin{cases} x_1 - 2x_2 + x_3 + 3x_4 = 5 \\ 2x_1 + x_2 - x_3 + x_4 = 2 \\ 3x_1 + 4x_2 - 3x_3 - x_4 = -1 \\ x_1 + 3x_2 - 2x_4 = -1 \end{cases}$.

6. λ 取何值时,线性方程组 $\begin{cases} \lambda x_1 + x_2 + x_3 = 1 \\ x_1 + \lambda x_2 + x_3 = 1 \\ x_1 + x_2 + \lambda x_3 = 1 \end{cases}$

(1) 有唯一解；　(2) 无解；　(3) 有无穷多解,并在有无穷多解时,写出解的一般式.

第6章 概率论与数理统计

概率论与数理统计是研究随机现象统计规律的数学分支,其中,概率论从数量上研究随机现象的统计规律性,而数理统计则从应用角度研究处理随机性数据,通过有效的统计方法进行统计推断.数理统计在许多领域,尤其在经济管理领域中得到了广泛的应用.

§6.1 随机事件与概率

先看一个例子:

【引例 6-1】 甲、乙、丙三门高射炮同时打飞机,它们各自的命中率分别为 $0.4,0.5$ 和 0.7,又已知飞机中一炮、两炮、三炮而被击落的概率分别为 $0.2,0.6$ 和 1,求三门炮同时发射一炮飞机被击落的概率.

这个问题的解决涉及到概率的加法公式、乘法公式及条件概率等多方面的知识,下面我们一一介绍.

6.1.1 随机试验与随机事件

我们知道,在自然界和人类社会中存在许多随机现象,它们的特点是结果事前不可预知.例如,掷一枚均匀的骰子,朝上一面的点数可能是 $1,2,3,4,5,6$ 中的任一个数;又比如股票某一天的收盘价,与前一天相比,既可能上涨,也可能下跌,还可能持平.

我们把为研究随机现象而进行的观测、调查或试验,统称为随机试验.它一般应满足以下三个条件:

(1) 试验可以在相同的条件下重复进行;

(2) 试验的所有可能的结果预先是可知的;

(3) 每次试验后只出现所有可能结果中的某一个,但是试验之前不能确定哪一个结果会出现.

随机试验中发生的最简单而不能再分解的结果称为基本事件或样本点,一般用 ω 表示.所有基本事件组成的集合称为样本空间,用 Ω 表示.例如,上述所讲掷一枚均匀的骰子就是一个随机试验,"朝上一面的点数是 1"是一个基本事件,该随机试验的样本空间可简单表示为 $\Omega = \{1,2,3,4,5,6\}$.另外像"掷出点数不超过 3"也是此试验的可能结果,显然它与样本空间中的三个基本事件有关.这种由两个或两个以上的基本事件组合而成的结果称为复合事件.随机试验的各种可能结果,即基本事件与复合事件,称为随机事件,一般用大写英文字母表示,如 A,B,C 等.随机事件是样本空间的子集.在每次试验中,一定发生的事件称为必然事件,显然它是全部基本事件的集合,用 Ω 表示;在每次试验中,一定不发生的事件称为不可能事件,用 $\varnothing$ 表示.如在掷骰子这样的随机试验中,"掷出的点数为 7"是不可能事件,"掷出的点数小于 7"是必然事件.

随机事件之间有包含与相等的关系,也可进行运算. 由于采用集合的表示方法,因而随机事件的关系及运算也使用集合的有关符号表示,见表 6 - 1 所示:

表 6 - 1 随机事件的关系

关系或运算	符　号	含　义
包　含	$A \subset B$	事件 A 发生导致事件 B 一定发生
相　等	$A = B$	$A \subset B$ 且 $B \subset A$
事件的和或并	$A + B$	事件 A 与 B 中至少一个发生
事件的积或交	AB	事件 A 与 B 同时发生
互不相容事件	$AB = \varnothing$	事件 A 与 B 不能同时发生
差	$A - B$	事件 A 发生而事件 B 不发生
对立事件	$\overline{A}$	事件 A 不发生

上表中的互不相容事件也称为互斥事件,它与对立事件有这样的关系:若两个事件对立,则它们一定互斥;但反过来,两个互斥事件不一定是对立关系,这是因为两个对立事件 A 与 B 之间还必须满足 $A + B = \Omega$ 的条件.

【例 6 - 1】 某人对一目标连续射击三次,设 A_i 表示第 i 次击中目标, $i = 1, 2, 3$. 试用已知事件的运算表示下列事件.

(1) 至少一次击中目标;(2) 只有一次击中目标;(3) 一次都没有击中目标;(4) 至多一次击中目标.

解 (1) $A_1 + A_2 + A_3$;

(2) $\overline{A_2} A_1 \overline{A_3} + \overline{A_1} A_2 \overline{A_3} + \overline{A_1} A_3 \overline{A_2}$;

(3) $\overline{A_1}\ \overline{A_2}\ \overline{A_3}$;

(4) $\overline{A_2} A_1 \overline{A_3} + \overline{A_1} A_2 \overline{A_3} + \overline{A_1} A_3 \overline{A_2} + \overline{A_1}\ \overline{A_2}\ \overline{A_3}$.

6.1.2 概率及其计算

一、古典概型

所谓古典概型是指具有以下两个特征的随机试验:

(1) 有限性:随机试验的基本事件总数是有限的;

(2) 等可能性:各基本事件出现的可能性相等.

设随机试验的样本空间中所含样本点总数为 n 个,而随机事件 A 含其中 m 个样本点,则随机事件 A 发生的概率为

$$P(A) = \frac{m}{n}. \tag{6.1}$$

【例 6 - 2】 从 0, 1, 2, 3, 4 五个数字中,任取三个排成一个三位数. 求:(1) 所得三位数为偶数的概率;(2) 所得三位数大于 300 的概率.

解 从 0, 1, 2, 3, 4 五个数字中任取三个,排成的三位数总数为 $n = A_4^1 A_4^2 = 48$ 个,设 A 表示事件"所得三位数为偶数", B 表示事件"所得三位数大于 300",则 A 中所含样本点个数

为 $m = A_2^1 A_3^1 A_3^1 + A_4^2 = 30$ 个，B 中包含的样本点个数为 $k = 2A_4^2 = 24$ 个，所以有

(1) $P(A) = \dfrac{m}{n} = \dfrac{30}{48} = \dfrac{5}{8}$；

(2) $P(B) = \dfrac{k}{n} = \dfrac{24}{48} = \dfrac{1}{2}$.

二、加法公式

对任意两个事件 A,B，有

$$P(A+B) = P(A) + P(B) - P(AB). \tag{6.2}$$

若事件 A 与 B 互不相容，则

$$P(A+B) = P(A) + P(B). \tag{6.3}$$

特别地，

$$P(\overline{A}) = 1 - P(A). \tag{6.4}$$

【**例 6-3**】　设口袋中共有 10 只球，其中有 4 只黄球和 6 只红球. 从中任取 3 只球，求至少取出 1 只黄球的概率.

解　设事件 A 表示"至少取出 1 只黄球"，则 A 中包含三个互不相容的事件："恰好取出 1 只黄球"，"恰好取出 2 只黄球"以及"取出 3 只均为黄球"，而 $\overline{A}$ 表示"没有取出黄球"，通过 $\overline{A}$ 间接计算 A 的概率比较方便. 于是有

$$P(A) = 1 - P(\overline{A}) = 1 - \frac{C_6^3}{C_{10}^3} = \frac{5}{6}.$$

三、事件的独立性、条件概率以及乘法公式

1. 事件的独立性

定义 6-1　如果事件 A 与 B 的发生互不影响，则称这两个事件互相独立.

必然事件 Ω 及不可能事件 $\varnothing$ 与任意随机事件互相独立. 在实际应用中，一般不是根据定义，而是凭借经验或试验结果来判定事件之间的独立性. 如连续射击中的各次射击结果之间互相独立，产品生产中的各道工序之间互相独立，有放回取样中的各次取样结果之间互相独立，等等.

定理 6-1　事件 A 与 B 互相独立的充要条件是

$$P(AB) = P(A)P(B). \tag{6.5}$$

2. 条件概率及乘法公式

定义 6-2　设 $P(B) > 0$，则在事件 B 发生的前提下，事件 A 发生的概率称为条件概率，记作 $P(A|B)$.

容易得出，条件概率的计算公式为

$$P(A \mid B) = \frac{P(AB)}{P(B)}, \qquad P(B \mid A) = \frac{P(AB)}{P(A)}. \tag{6.6}$$

由公式(6.6)立即得到概率计算中的乘法公式

$$P(AB) = P(A)P(B \mid A) = P(B)P(A \mid B). \tag{6.7}$$

【例6-4】 设甲、乙两家工厂生产的同种产品若干件中,甲厂产品占40%,而甲厂产品的合格率为95%,乙厂产品的合格率为90%. 现从这批产品中任取一件,求此产品是甲厂合格品的概率.

解 设 A 表示"任取一件产品来自甲厂",B 表示"任取一件产品是合格品". 根据题设有

$$P(A) = 0.4, \qquad P(B \mid A) = 0.95.$$

于是所求概率为

$$P(AB) = P(A)P(B \mid A) = 0.4 \times 0.95 = 0.38.$$

【例6-5】 发报台分别以概率0.6与0.4发出信号"+"及"-". 由于干扰原因,发出"+"时,收报台分别以概率0.9与0.1收到"+"及"-";而发出"-"时,分别以概率0.8与0.2收到"-"及"+". 求收报台收到"+"的概率.

解 设 A 表示"收报台收到+",B 表示"发报台发出+",则 $\overline{B}$ 表示"发报台发出-". 显然 A 的发生与 B 及 $\overline{B}$ 的发生有关,且只与它们有关. 因而,可借助于 B 及 $\overline{B}$ 将 A 拆分为不相容的两部分之和 $A = AB + A\overline{B}$. 根据题设有

$$P(B) = 0.6, P(\overline{B}) = 0.4, P(A \mid B) = 0.9, P(A \mid \overline{B}) = 0.2.$$

所以
$$\begin{aligned}
P(A) &= P(AB + A\overline{B}) = P(AB) + P(A\overline{B}) \\
&= P(B)P(A \mid B) + P(\overline{B})P(A \mid \overline{B}) \\
&= 0.6 \times 0.9 + 0.4 \times 0.2 = 0.62.
\end{aligned}$$

本例题的计算过程中,既用到加法公式,又用到乘法公式. 一般地,若

$$P(A_k) > 0(k = 1, 2, \cdots, n), A_1 + A_2 + \cdots + A_n = \Omega,$$

$$A_i A_j = \varnothing(i \neq j; i, j = 1, 2, \cdots, n), B \subset \Omega,$$

则
$$\begin{aligned}
P(B) &= P(BA_1 + BA_2 + \cdots + BA_n) \\
&= P(A_1)P(B \mid A_1) + P(A_2)P(B \mid A_2) + \cdots + \\
&\quad P(A_n)P(B \mid A_n).
\end{aligned} \tag{6.8}$$

公式(6.8)称为全概率公式,其中的事件组 $A_1, A_2, \cdots, A_n$ 称为 Ω 的一个完备事件组.

下面我们简单说说本节开始的引例的解法:

设 B:飞机被击落,A_k:飞机中 k 炮,$k = 1, 2, 3$,先计算 A_k 的概率:

$$P(A_1) = 0.4 \times 0.5 \times 0.3 + 0.6 \times 0.5 \times 0.3 + 0.6 \times 0.5 \times 0.7 = 0.36,$$
$$P(A_2) = 0.4 \times 0.5 \times 0.3 + 0.7 \times 0.5 \times 0.4 + 0.6 \times 0.5 \times 0.7 = 0.41,$$
$$P(A_3) = 0.4 \times 0.5 \times 0.7 = 0.14.$$

而 $B = BA_1 + BA_2 + BA_3$,

所以
$$\begin{aligned}
P(B) &= P(BA_1 + BA_2 + BA_3) \\
&= P(BA_1) + P(BA_2) + P(BA_3) \\
&= P(A_1) \times P(B \mid A_1) + P(A_2) \times P(B \mid A_2) + P(A_3) \times P(B \mid A_3).
\end{aligned}$$

将有关数值代入上式计算即可.

习题 6.1

1. 下列事件哪些是必然事件? 哪些是不可能事件? 哪些是随机事件?

(1) 没有水分,但种子仍发芽;

(2) 电话交换台下午 1~2 点接受至少 20 次呼唤;

(3) 上抛一物体,经过一段时间,该物体落在地面上;

(4) 从一副扑克牌中任取一张得"A";

(5) 股市明天会涨.

2. 设 A,B,C 表示三个事件,试用事件 A,B,C 的运算表示下列事件:

(1) A 发生,B,C 不发生;

(2) A,B 都发生,而 C 不发生;

(3) 三个事件都发生;

(4) 三个事件中至少有一个发生;

(5) 三个事件都不发生;

(6) 三个事件中至少有两个发生.

3. 从一副扑克牌(52 张)中任取 2 张,求都是红桃的概率.

4. 在 20 件产品中有 18 件合格品和 2 件次品,从中任取 3 件,求下列事件的概率:

(1) 恰有 1 件次品;

(2) 至少有一件次品.

5. 口袋中有 18 个白球和 2 个红球,从中随机地连续取 3 个球,取后不放回,求第三个是红球的概率.

6. 甲、乙两人独立对同一目标进行射击,甲击中目标的概率为 0.8,乙击中目标的概率为 0.85,两人同时击中目标的概率为 0.68,求至少一人击中目标的概率以及两人都没有击中目标的概率.

7. 将由 3 件合格品与 6 件次品组成的一批产品随机分成三组,每组各 3 件,求每组恰好有一件合格品的概率.

8. 某产品可能有两种缺陷 A 和 B 中的一种或两种. 这两种缺陷的发生是独立的,又 $P(A) = 0.05$,$P(B) = 0.03$. 求产品有下列各种情况的概率:(1) 两种缺陷都有;(2) 有 A 没有 B;(3) 两种缺陷中至少有一种.

9. 两台车床加工同样的零件,第一台加工零件的废品率为 0.03,第二台加工零件的废品率为 0.02. 现把两台车床加工出来的零件放在一起,并且已知第一台车床加工的零件数是第二台的 2 倍. 求从全部零件中任取 1 件是合格品的概率.

10. 成年人中吸烟的人占 25%,吸烟的人得肺癌的概率为 0.18,而不吸烟的人得肺癌的概率为 0.01,求成年人得肺癌的概率.

§6.2　随机变量及其分布

先看一个例子:

【引例 6-2】　现有 10 000 人参加某保险公司的人寿保险,每人每年缴纳 12 元保险费.

假设一年内一个人死亡的概率为 6‰,死亡后,保险公司须赔偿 1 000 元,则保险公司年利润不少于 60 000 元的概率有多大?

这个问题就是要计算 10 000 人中在一年内意外死亡的人数不能超过 60 人的概率,涉及到离散型随机变量中的二项分布问题.

6.2.1 随机变量

一、随机变量的概念

从前面知识的学习中我们发现,随机试验的结果许多是数量化的. 例如,从一批产品中抽取若干件,所抽出的产品中含有的合格品的数量;再比如,掷骰子的试验中,朝上一面的点数;等等. 但也有少数的随机试验,其结果与数量无关. 例如,抛硬币的试验中,观察朝上的一面;再比如,观察第二天某股票的收盘情况,结果可能是涨、跌或平;等等. 此时我们也可以人为地将随机试验的结果数量化. 例如,我们用大写字母 X 表示股票的收盘情况,约定:

若股票的收盘情况是上涨,则令 $X = 1$;

若股票的收盘情况是下跌,则令 $X = 2$;

若股票的收盘情况是持平,则令 $X = 3$.

由此可见,我们总能在随机试验的结果与实数之间建立一定的对应关系,这与函数的概念大同小异. 于是我们得到随机变量的概念:

定义 6 - 3 在随机试验中,若变量 X 的取值都与随机试验的结果相对应,从而 X 的取值具有一定的概率,则称这样的变量为随机变量.

引入随机变量之后,随机试验中的各种结果,也就是各种随机事件均可以通过随机变量的取值表示出来. 例如,在掷骰子的试验中,设 X 表示朝上一面的点数,则事件{出现的点数为 3}可用 $\{X = 3\}$ 表示,事件{出现点数是 1,2 或 3}可用 $\{X < 4\}$ 表示.

本节主要介绍离散型随机变量和连续型随机变量两个基本类型.

二、离散型随机变量

定义 6 - 4 若随机变量 X 只能取有限个或无穷可列个数值,即随机变量的取值可以一一列举出来,则称 X 为离散型随机变量.

离散型随机变量 X 的所有取值及其对应的概率之间的关系,称为离散型随机变量的概率分布或分布律. 设 $x_k(k = 1, 2, \cdots)$ 为 X 的所有可能的取值,而 $p_k(k = 1, 2, \cdots)$ 为 X 取值为 x_k 时相应的概率,即

$$P\{X = x_k\} = p_k, \quad k = 1, 2, \cdots \tag{6.9}$$

或

X	x_1	x_2	$\cdots$	x_k	$\cdots$
P	p_1	p_2	$\cdots$	p_k	$\cdots$

称之为离散型随机变量 X 的分布律.

由概率的性质可知,离散型随机变量 X 的分布具有下面的基本性质:

(1) $p_k \geqslant 0(k = 1, 2, \cdots)$;

(2) $\sum\limits_{k} p_k = 1$.

【例 6-6】 某人对某一目标连续射击,直到命中目标为止.若其每次命中目标的概率均为 p,设 X 为他所需的射击次数,求 X 的分布律.

解 首先,X 的所有可能的取值为一切正整数 $1, 2, 3, \cdots$;其次,他的各次射击之间互相独立,因此容易计算 X 的分布律为

$$P\{X = k\} = (1 - p)^{k-1} p, \quad k = 1, 2, 3, \cdots.$$

三、连续型随机变量

上述所研究的离散型随机变量,它们的取值要么是有限个,要么是无穷可列个.而有相当多的随机变量,它们的取值并非如此,而是一切实数,或者是实数的某些子区间.连续型随机变量就是这样的一个类型.

定义 6-5 若随机变量 X 的所有可能取值为某一区间,则称 X 为连续型随机变量.

对于连续型随机变量 X,若存在非负可积函数 $f(x)$,使得对任意的实数 a 与 $b(a \leqslant b)$,都有

$$P\{a < X \leqslant b\} = \int_a^b f(x)\mathrm{d}x,$$

则称 $f(x)$ 为 X 的概率密度函数,简称为密度函数.

概率密度 $f(x)$ 具有下面的性质:

(1) 非负性,即 $f(x) \geqslant 0$;

(2) 完备性,即 $\int_{-\infty}^{+\infty} f(x)\mathrm{d}x = 1$.

另外由定义可知,连续型随机变量取个别值时的概率为零,即对任意实数 a,$P\{X = a\} = 0$. 因此,$P\{a < x \leqslant b\} = P\{a \leqslant x \leqslant b\} = P\{a \leqslant x < b\} = P\{a < x < b\}$.

【例 6-7】 设随机变量 X 的密度函数为

$$f(x) = \begin{cases} Ax^2 & 0 < x < 1 \\ 0 & x \leqslant 0 \text{ 或 } x \geqslant 1 \end{cases}.$$

(1) 试确定系数 A;(2) 求 $P\{-1 < X < 0.5\}$.

解 (1) 由密度函数的性质,得

$$\int_{-\infty}^{+\infty} f(x)\mathrm{d}x = \int_0^1 Ax^2 \mathrm{d}x = 1.$$

解得 $A = 3$.

(2) $P\{-1 < X < 0.5\} = \int_{-1}^{0.5} f(x)\mathrm{d}x = \int_0^{0.5} 3x^2 \mathrm{d}x = 0.125$.

6.2.2 分布函数

一、分布函数

分布函数是从另外一个角度刻画随机变量的概率分布.

定义 6 - 6 设 X 为随机变量，x 为任意实数，函数

$$F(x) = P\{X \leqslant x\}$$

称为随机变量 X 的分布函数.

由上述定义可以看出，X 是随机变量，但 $F(x)$ 是普通的变量，它的函数值就是概率值，它不是 X 取值为 x 时的概率值，而是 X 在整个区间 $(-\infty, x)$ 上取值时的"累积概率"的值.

分布函数有下列性质：

(1) $F(x)$ 的定义域为一切实数，值域为闭区间 $[0,1]$；

(2) $F(x)$ 为 x 的单调不减函数，即对任意 $x_1 < x_2$，有 $F(x_1) \leqslant F(x_2)$；

(3) $\lim\limits_{x \to -\infty} F(x) = 0$，$\lim\limits_{x \to +\infty} F(x) = 1$；

(4) $P\{a < X \leqslant b\} = P\{X \leqslant b\} - P\{X \leqslant a\} = F(b) - F(a)$，$P\{X > a\} = 1 - P\{X \leqslant a\} = 1 - F(a)$.

二、离散型随机变量的分布函数

设 X 为离散型随机变量，其概率分布为 $P\{X = x_k\} = p_k (k = 1, 2, \cdots)$，则 X 的分布函数为

$$F(x) = P\{X \leqslant x\} = \sum_{x_k \leqslant x} p_k.$$

【**例 6 - 8**】 已知离散型随机变量 X 的概率分布为

X	0	1	2
P	0.3	0.5	0.2

求 X 的分布函数 $F(x)$.

解 由分布函数的定义，当 $x < 0$ 时，$F(x) = 0$；当 $0 \leqslant x < 1$ 时，$F(x) = 0.3$；当 $1 \leqslant x < 2$ 时，$F(x) = 0.8$；当 $x \geqslant 2$ 时，$F(x) = 1$. 所以，X 的分布函数为

$$F(x) = \begin{cases} 0 & x < 0 \\ 0.3 & 0 \leqslant x < 1 \\ 0.8 & 1 \leqslant x < 2 \\ 1 & x \geqslant 2 \end{cases}.$$

可见，离散型随机变量的分布函数一定是分段函数. 必须注意的是，上述分段函数中的有限区间一定是左闭右开区间.

三、连续型随机变量的分布函数

设 X 为连续型随机变量，其概率密度函数为 $f(x)$，则 X 的分布函数为

$$F(x) = P\{X \leqslant x\} = \int_{-\infty}^{x} f(t) \mathrm{d}t.$$

【**例 6 - 9**】 设随机变量 X 的概率密度函数为

$$f(t) = \begin{cases} e^{-t} & t \geqslant 0 \\ 0 & t < 0 \end{cases}.$$

求 X 的分布函数.

解 当 $x < 0$ 时, $F(x) = P\{X \leqslant x\}$

$$= \int_{-\infty}^{x} f(t)dt = \int_{-\infty}^{x} 0dt = 0;$$

当 $x \geqslant 0$ 时, $\qquad\qquad F(x) = P\{X \leqslant x\}$

$$= \int_{-\infty}^{x} f(t)dt = \int_{0}^{x} e^{-t}dt = 1 - e^{-x}.$$

所以, X 的分布函数为

$$F(x) = \begin{cases} 1 - e^{-x} & x \geqslant 0 \\ 0 & x < 0 \end{cases}.$$

6.2.3 常见的随机变量分布

一、常见的离散型随机变量分布

常见的离散型随机变量有三种.

1. **两点分布**

定义 6-7 若随机变量 X 只可能取 0 或 1 两个值,它的分布律为

$$P\{X = 1\} = p, P\{X = 0\} = 1 - p, 0 < p < 1,$$

则称 X 服从两点分布. 它适用于一次试验仅有两个结果的随机现象,如抛一枚均匀硬币的试验、只有输赢两种结果的比赛等.

2. **二项分布**

定义 6-8 某一试验只有两种可能的结果 A 和 $\overline{A}$,将该试验在相同条件下重复进行 n 次,若每次试验的结果之间互相独立,每次试验中事件 A 的概率不变,则称这一系列试验为 n 重贝努里试验概型.

定义 6-9 在 n 重贝努里试验概型中,设 $P(A) = p (0 < p < 1)$, X 表示 n 次试验中事件 A 发生的次数,则 X 的分布律为

$$P\{X = k\} = C_n^k p^k (1-p)^{n-k} (0 \leqslant k \leqslant n).$$

称 X 服从参数为 n, p 的二项分布,记作 $X \sim B(n, p)$.

【例 6-10】 商店收到了 1 000 瓶矿泉水,每个瓶子在运输过程中破碎的概率为 0.003. 求商店收到的 1 000 瓶矿泉水中:(1) 恰有两瓶破碎的概率;(2) 超过两瓶破碎的概率.

解 设 X 为 1 000 瓶矿泉水中破碎的数量,则 $X \sim B(1\,000, 0.003)$. 故

(1) $P\{X = 2\} = C_{1000}^2 0.003^2 (1 - 0.003)^{998} \approx 0.224.$

(2) $P\{X > 2\} = 1 - P\{X = 0\} - P\{X = 1\} - P\{X = 2\}$

$$= 1 - (1 - 0.003)^{1000} - C_{1000}^1 0.003(1-0.003)^{999} - C_{1000}^2 0.003^2 (1-0.003)^{998}$$

$$\approx 0.577.$$

下面我们来解决本节开始的引例:

设参加保险的 10 000 人中死亡的人数为 X,则 $X \sim B(10^4, 0.006)$,则所求概率为

$$P = P\{12 \times 10^4 - 1\,000X \geqslant 6 \times 10^4\}$$
$$= P\{X \leqslant 60\}$$
$$= \sum_{k=1}^{60} C_n^k p^k (1-p)^{n-k}.$$

将 $n = 10\,000, p = 0.006$ 代入上式计算即可.

3. 泊松分布

定义 6 - 10 若随机变量 X 的分布律为

$$P\{X = k\} = \frac{\lambda^k e^{-\lambda}}{k!} \quad (k = 0, 1, 2, \cdots).$$

其中 $\lambda > 0$,则称 X 服从参数为 λ 的泊松分布,记作 $X \sim P(\lambda)$.

泊松分布是一种应用比较广泛的数学模型,许多随机现象中的随机变量都服从该分布. 例如,一段时间内电话交换台收到的呼叫次数,书的某页上印刷错误的个数,某段时间内放射性物质放射出的粒子数,等等. 泊松分布的概率函数值可在附表 1 中查到.

【例 6 - 11】 设某城市一周内发生交通事故的次数服从参数为 0.3 的泊松分布,求一周内恰好发生 2 次交通事故的概率.

解 所求概率为

$$P\{X = 2\} = \frac{0.3^2 e^{-0.3}}{2!} = 0.033\,3.$$

二、常见的连续型随机变量分布

对连续型随机变量来说,其分布函数与概率密度函数之间有下列关系:

(1) $F(x) = P\{X \leqslant x\} = \int_{-\infty}^{x} f(t)\mathrm{d}t$;

(2) 在 $f(x)$ 的连续点 x 处,有 $F'(x) = f(x)$.

常用的连续型随机变量有以下三种.

1. 均匀分布

定义 6 - 11 若随机变量 X 的概率密度为

$$f(x) = \begin{cases} \dfrac{1}{b-a} & a \leqslant x \leqslant b, \\ 0 & \text{其他} \end{cases}$$

则称 X 在区间 $[a, b]$ 上服从均匀分布,记作 $X \sim U[a, b]$.

均匀分布的均匀性是指随机变量 X 落在区间 $[a, b]$ 内长度相等的子区间上的概率是相同的. 均匀分布在实际问题中较为常见,如乘客的候车时间、任意实数取整后产生的误差等都服从均匀分布.

【例 6 - 12】 设公共汽车站每隔 10 分钟有一辆汽车通过,乘客随机到达车站,求他候车时间不超过 3 分钟的概率.

解 设 X 为乘客的候车时间,则 $X \sim U[0, 10]$,故所求概率为

$$P\{X \leqslant 3\} = \int_0^3 \frac{1}{10}\mathrm{d}x = \frac{3}{10}.$$

2. 指数分布

定义 6-12　若随机变量 X 的概率密度为

$$f(x) = \begin{cases} \lambda \mathrm{e}^{-\lambda x} & x \geqslant 0 \\ 0 & x < 0 \end{cases},$$

则称 X 服从参数为 $\lambda(\lambda > 0)$ 的指数分布,记作 $X \sim E(\lambda)$.

许多优质电子产品的寿命以及随机服务系统中的服务时间等都服从指数分布.

【例 6-13】　设修理某机器所用的时间 X 服从参数为 0.5(小时)的指数分布,求在机器出现故障时,在一小时内可以修好的概率.

解　根据题意,X 的概率密度为

$$f(x) = \begin{cases} 0.5\mathrm{e}^{-0.5x} & x \geqslant 0 \\ 0 & x < 0 \end{cases},$$

故所求概率为

$$P\{0 < X < 1\} = \int_0^1 0.5\mathrm{e}^{-0.5x}\mathrm{d}x = 1 - \mathrm{e}^{-0.5}.$$

3. 正态分布

正态分布是概率论中最重要的一种分布,它的应用也最为广泛.在自然和社会现象中,大量的随机变量都服从或近似服从正态分布.例如,各种测量误差、各种产品的质量指标、人的身高或体重、正常情况下学生的考试成绩等都服从正态分布.另外,经验表明,如果一个变量由大量独立、微小且均匀的随机因素叠加而成,那么它就近似服从正态分布.

定义 6-13　若随机变量 X 的概率密度为

$$f(x) = \frac{1}{\sqrt{2\pi}\sigma}\mathrm{e}^{-\frac{(x-\mu)^2}{2\sigma^2}},$$

其中 μ, σ 为参数,$\sigma > 0$,$-\infty < x < +\infty$,则称 X 服从参数为 μ, σ 的正态分布,记为 $X \sim N(\mu, \sigma^2)$. 若参数 $\mu = 0, \sigma = 1$,即 $X \sim N(0,1)$,则称其为标准正态分布,其概率密度为

$$f(x) = \frac{1}{\sqrt{2\pi}}\mathrm{e}^{-\frac{x^2}{2}} \quad (-\infty < x < +\infty).$$

正态分布的概率密度函数 $f(x)$ 的图像如图 6-1 所示.它是一个钟形曲线,$x = \mu$ 为其对称轴,且 $x = \mu$ 时函数取得最大值.另外,x 轴是它往左右两个方向的渐近线.标准正态分布的概率密度函数 $f(x)$ 的图像如图 6-2 所示.

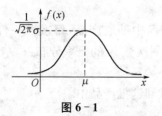

图 6-1

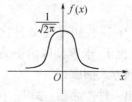

图 6-2

标准正态分布的分布函数一般用专用记号,记作 $\Phi(x)$. 根据其概率密度的图像可知,$\Phi(0) = P\{X \leqslant 0\} = 0.5.\ x > 0$ 时,$\Phi(x)$ 的值可通过查附表2求得,而 $x < 0$ 时,$\Phi(x)$ 的值可由 $\Phi(-x) = 1 - \Phi(x)$ 求得.

若随机变量 $X \sim N(0,1)$,对任意实数 a,b,当 $a < b$ 时,$P\{a < X \leqslant b\} = \Phi(b) - \Phi(a)$.

对一般的正态分布 $X \sim N(\mu, \sigma^2)$,设 $Y = \dfrac{X - \mu}{\sigma}$,可以证明 $Y \sim N(0,1)$,Y 称为 X 的标准化随机变量,即任何正态分布均可标准化为标准正态分布 $N(0,1)$.

【例 6-14】 已知随机变量 $X \sim N(6,1)$,查表计算下列概率:

(1) $P\{X \leqslant 7\}$;(2) $P\{5 < X < 8\}$.

解 首先将 X 标准化为 $Y = \dfrac{X - \mu}{\sigma} = \dfrac{X - 6}{1} = X - 6$,则 $Y \sim N(0,1)$,所以

(1) $P\{X \leqslant 7\} = P\{Y \leqslant 1\} = \Phi(1) = 0.841\,3$;

(2) $P\{5 < X < 8\} = P\{-1 < Y < 2\} = \Phi(2) - \Phi(-1)$
$$= \Phi(2) - [1 - \Phi(1)]$$
$$= 0.977\,2 - (1 - 0.841\,3) = 0.818\,5.$$

【例 6-15】 设成年男子的身高 $X(\mathrm{cm}) \sim N(170,36)$,某种公共汽车的车门的高度是按成年男子碰头的概率在 1% 以下设计的,问车门的高度至少是多少?

解 先将随机变量 X 标准化得

$$Y = \frac{X - \mu}{\sigma} = \frac{X - 170}{6} \sim N(0,1).$$

设车门高度至少为 $k\ \mathrm{cm}$,根据题意,有

$$P\{X \geqslant k\} \leqslant 1\% = 0.01.$$

而
$$P\{X \geqslant k\} = P\left\{Y \geqslant \frac{k - 170}{6}\right\} = 1 - P\left\{Y < \frac{k - 170}{6}\right\}$$
$$= 1 - \Phi\left(\frac{k - 170}{6}\right),$$

所以
$$1 - \Phi\left(\frac{k - 170}{6}\right) \leqslant 0.01.$$

查表计算得
$$k \geqslant 183.98 \approx 184,$$

即车门高度至少为 184 cm 才能符合要求.

习题 6.2

1. 某次考试出了 10 道判断正误题,某考生随意作出了判断,求其答对的题数 X 的分布律.

2. 从一批含有 10 件正品与 3 件次品的产品中抽取产品,每次取一件,连续抽取若干次. 在下列两种情况下,求直到取出正品为止所需次数 X 的概率分布:

(1) 按不放回方式抽取;

(2) 每次取出一件产品后,总以一件正品放回这批产品中.

3. 口袋中有 5 张卡片,分别编号 1,2,3,4,5. 从中任取 3 张,以 X 表示取出的最大号码,求 X 的概率分布.

4. 已知某疾病的发病率为 1‰,某医院要找到这种病的患者,他们必须检查多少人才能使"至少找到一名这种病的患者"的概率不小于 0.5?

5. 电话交换台每分钟接到的呼唤次数 X 为随机变量,且 $X \sim P(3)$. 求在一分钟内呼唤次数不超过一次的概率.

6. 某网吧有一批计算机,假设机器间的工作状况是相互独立的,且发生故障的概率都是 0.01. 若(1) 由一人负责维修 40 台机器;(2) 由三人负责维修 140 台机器. 试分别计算计算机发生故障而需要等待维修的概率,假定一台计算机的故障可由一人独自修理,比较两种方案的优劣.

7. 设某台 VCD 机在发生故障前正常使用的时间 X 服从参数为 $\dfrac{1}{1\,500}$ 的指数分布,试求这台机器至少正常使用 1 000 小时的概率.

8. 设随机变量 $X \sim U[2,5]$. 求:(1) X 的分布函数;(2) $P\{2 \leqslant X \leqslant 4\}$.

9. 已知随机变量 X 的概率分布为

X	0	$\dfrac{\pi}{2}$	π
P	$\dfrac{1}{4}$	$\dfrac{1}{2}$	$\dfrac{1}{4}$

求 X 的分布函数并作图.

10. 随机变量 X 的概率密度函数为

$$f(x) = \begin{cases} \dfrac{\cos x}{2} & |x| \leqslant \dfrac{\pi}{2}, \\ 0 & \text{其他} \end{cases}$$

求:(1) X 的分布函数;(2) X 落在 $\left(0, \dfrac{\pi}{4}\right)$ 内的概率.

11. 某车间生产一种零件,其长度 $X \sim N(10.05, 0.06^2)$,按图纸规定,长度在 10.05 ± 0.12 范围内为合格品,求该车间所生产的零件的合格率.

12. 某种电池的寿命是一个随机变量 X,$X \sim N(300, 1\,225)$. 求这种电池寿命在 250 小时以上的概率,并求一允许限 $(\mu - x, \mu + x)$,使电池寿命落在该区间内的概率不小于 90%.

13. 某工厂生产的电子元件使用寿命 $X \sim N(160, \sigma^2)$,若要求 $P\{120 < x \leqslant 200\} = 0.80$,则 σ 最大是多少?

§6.3　随机变量的数字特征

随机变量的分布函数或概率密度完整地描述了随机变量取值的分布规律,但在实际问题中,分布函数与概率密度并不容易求得,而有时候也不需要求出它们来,只要知道随机变量的某些数字特征就可以了. 数学期望与方差是其中最基本,也是最重要的两个.

先看一个例子:

【引例 6-3】 A,B 二人赌博,各出注金 a 元.每局各人获胜概率都是 $\frac{1}{2}$,约定:谁先胜 S 局,即赢得全部注金 $2a$ 元.现进行到 A 胜 S_1 局,B 胜 S_2 局(S_1 和 S_2 都小于 S)时赌博因故停止,问此时注金应如何分配给 A 和 B 才算公平?

由于对"公平分配"一词的意义没有一个公认的正确理解,所以在早期文献中出现过此问题的种种不同的解法,如今看来都不正确.例如,有人提出按 $S_1:S_2$ 的比例分配,又有人提出按 $(2S-1+S_1-S_2):(2S-1+S_2-S_1)$ 的比例分配.

这个问题的症结在于:它关乎各人在当时状况下的期望值.而此处有关的是:假定赌博继续进行下去,各人最终取胜的概率.循着这个想法问题就很容易解决:设 $r_i=S-S_i,i=1,2$,则至多再赌 $r=r_1+r_2-1$ 局,即能分出胜负.若是 A 获胜,则他在这 r 局中至少须胜 r_1 局.因此按二项分布,A 取胜的概率 $P_A=\sum_{i=r_1}^{r}C_r^i\left(\frac{1}{2}\right)^r$,而 B 取胜的概率为 $P_B=1-P_A$.故注金 $2a$ 应按 $P_A:P_B$ 之比分配给 A 和 B,这个解是帕斯卡在 1654 年提出的.

6.3.1 数学期望

一、离散型随机变量的数学期望

在股份制公司召开股东大会时,若就某些事项进行表决,则大小股东所拥有的表决权是不一样的,常常根据他们所拥有的股份的多少,或者说根据他们的股份在总股本中所占有的比例来决定.这里的比例就是所谓的"权重",在某种意义上就是概率.若干个数与它们对应的"权重"的乘积之和就是这些数的平均值,也就是数学期望.

定义 6-14 设 X 为离散型随机变量,其分布律为 $P\{X=x_k\}=p_k(k=1,2,\cdots)$,若级数 $\sum_{k=1}^{+\infty}x_kp_k$ 绝对收敛,则称和数 $\sum_{k=1}^{+\infty}x_kp_k$ 为 X 的数学期望,记作 $E(X)$.

【例 6-16】 甲乙两人打靶比赛,所得环数分别记为 X 与 Y,它们的分布律如下:

X	4	7	9		Y	4	7	9
P	0.2	0.3	0.5		P	0.2	0.5	0.3

试从平均值的角度比较二人的成绩.

解 分别计算二人的数学期望为

$$E(X)=4\times0.2+7\times0.3+9\times0.5=7.4,$$
$$E(Y)=4\times0.2+7\times0.5+9\times0.3=7.$$

从数学期望来看,甲的成绩比较好.

二、连续型随机变量的数学期望

定义 6-15 设连续型随机变量 X 的概率密度为 $f(x)$.若广义积分 $\int_{-\infty}^{+\infty}xf(x)dx$ 绝对收敛,则称 $\int_{-\infty}^{+\infty}xf(x)dx$ 为 X 的数学期望,记作 $E(X)$,即 $E(X)=\int_{-\infty}^{+\infty}xf(x)dx$.

【例 6 - 17】 设随机变量 X 的概率密度为

$$f(x) = \begin{cases} kx^2 & 0 < x < 1 \\ 0 & \text{其他} \end{cases}.$$

求：(1) 常数 k 的值；(2) $E(X)$.

解 (1) 由 $\int_{-\infty}^{+\infty} f(x)\mathrm{d}x = 1$ 得

$$\int_{-\infty}^{+\infty} f(x)\mathrm{d}x = \int_0^1 kx^2 \mathrm{d}x = \frac{kx^3}{3}\bigg|_0^1 = \frac{k}{3} = 1, k = 3.$$

于是

$$f(x) = \begin{cases} 3x^2 & 0 < x < 1 \\ 0 & \text{其他} \end{cases}.$$

(2) $E(X) = \int_{-\infty}^{+\infty} xf(x)\mathrm{d}x = \int_0^1 3x^3 \mathrm{d}x = \frac{3x^4}{4}\bigg|_0^1 = \frac{3}{4}$.

三、数学期望的性质

设 X, Y 为随机变量，则数学期望有下列性质：

(1) 设 C 为常数，则 $E(C) = C$；

(2) 设 k 为常数，则 $E(kX) = kE(X)$；

(3) $E(X + Y) = E(X) + E(Y)$；

(4) 若 X, Y 互相独立，则 $E(XY) = E(X)E(Y)$.

【例 6 - 18】 设随机变量 X, Y 的数学期望分别为 $E(X) = 2, E(Y) = 3$. 求 $E(2X - 3Y)$.

解 根据数学期望的性质，

$$E(2X - 3Y) = 2E(X) - 3E(Y) = -5.$$

常见随机变量的数学期望见表 6 - 2：

表 6 - 2　常见随机变量的数学期望

分布	两点分布	$B(n,p)$	$P(\lambda)$	$U[a,b]$	$E(\lambda)$	$N(\mu,\sigma^2)$
$E(X)$	p	np	λ	$\dfrac{b-a}{2}$	$\dfrac{1}{\lambda}$	μ

6.3.2　方差

方差是用来描述随机变量的取值对其期望的偏离程度的量.

定义 6 - 16 设 X 为随机变量，若 X 的二次函数 $[X - E(X)]^2$ 的期望 $E[X - E(X)]^2$ 存在，则称其为随机变量 X 的方差，记作 $D(X)$，即

$$D(X) = E[X - E(X)]^2.$$

$D(X)$ 的二次算术根称为 X 的标准差或均方差.

可以验证

$$D(X) = E(X^2) - [E(X)]^2.$$

【例 6-19】 计算例 6-17 中随机变量的方差.

解 $E(X^2) = \int_{-\infty}^{+\infty} x^2 f(x) \mathrm{d}x = \int_0^1 3x^4 \mathrm{d}x = \frac{3}{5} x^5 \Big|_0^1 = \frac{3}{5}$,

$$D(X) = E(X^2) - [E(X)]^2 = \frac{3}{5} - \left(\frac{3}{4}\right)^2 = \frac{3}{80}.$$

常见随机变量的方差见表 6-3:

表 6-3 常见随机变量的方差

分布	两点分布	$B(n,p)$	$P(\lambda)$	$U[a,b]$	$E(\lambda)$	$N(\mu,\sigma^2)$
方差	$p(1-p)$	$np(1-p)$	λ	$\frac{1}{12}(b-a)^2$	$\frac{1}{\lambda^2}$	σ^2

方差有下列性质:

(1) 设 C 为常数,则 $D(C) = 0$;

(2) 设 k 为常数,则 $D(kX) = k^2 D(X)$;

(3) 若随机变量 X,Y 互相独立,则 $D(X+Y) = D(X) + D(Y)$.

【例 6-20】 设随机变量 X 与 Y 相互独立,它们的方差分别为 3 和 5,求 $D(X - 2Y + 3)$.

解 根据方差的性质,有

$$D(X - 2Y + 3) = D(X) + 4D(Y) = 3 + 4 \times 5 = 23.$$

【例 6-21】 两台生产同一种产品的车床,某天所生产的产品中次品数的概率分布为

X	0	1	2	3
P	0.4	0.2	0.3	0.1

Y	0	1	2	3
P	0.4	0.3	0.1	0.2

假设两台车床的产量相同,试比较二者的性能.

解 先比较两台车床所生产次品数的数学期望:

$$E(X) = 0 \times 0.4 + 1 \times 0.2 + 2 \times 0.3 + 3 \times 0.1 = 1.1,$$
$$E(Y) = 0 \times 0.4 + 1 \times 0.3 + 2 \times 0.1 + 3 \times 0.2 = 1.1.$$

二者所生产的平均次品数相同,分不出性能高低. 因此,再计算次品数的方差.

$$E(X^2) = 0^2 \times 0.4 + 1^2 \times 0.2 + 2^2 \times 0.3 + 3^2 \times 0.1 = 2.3,$$

$$E(Y^2) = 0^2 \times 0.4 + 1^2 \times 0.3 + 2^2 \times 0.1 + 3^2 \times 0.2 = 2.5.$$

$$D(X) = E(X^2) - E^2(X) = 2.3 - 1.1^2 = 1.09,$$

$$D(Y) = E(Y^2) - E^2(Y) = 2.5 - 1.1^2 = 1.29.$$

由于第一台车床的方差较小,所以它的性能比较好.

习题 6.3

1. 设连续型随机变量 X 的概率密度为

$$f(x) = \begin{cases} ax^2 + bx + c & 0 < x < 1 \\ 0 & \text{其他} \end{cases},$$

已知 $E(X) = 0.5, D(X) = 0.15$，求系数 a, b, c.

2. 一批零件中有 9 个合格品与 3 个次品，安装机器时，从这批零件中任取一个，如果取出的废品不再放回，求在取得合格品以前已取出的废品数的均值和方差.

3. 在射击比赛中，规定每人射击四次，每次射一发子弹. 若四发都不中则得 0 分，只中一发得 15 分，中两发得 30 分，中三发得 55 分，四发全中得 100 分. 假设某人每发命中率为 0.6，问他的期望得分是多少？

4. 设随机变量 X 的概率分布为

X	-1	0	0.5	1	2
P	$\dfrac{1}{3}$	$\dfrac{1}{6}$	$\dfrac{1}{6}$	$\dfrac{1}{12}$	$\dfrac{1}{4}$

求 $E(-X+1)$ 和 $E(X^2)$.

5. 某公共汽车站每隔 5 分钟有一辆汽车通过，乘客在任意时刻到达车站，求等车时间的数学期望（设汽车到站后乘客都能上车）.

6. 已知随机变量 X 的概率密度为 $f(x) = \dfrac{1}{2} e^{-|x|}$ $(-\infty < x < +\infty)$，求它的数学期望和方差.

7. 已知 $X \sim N(1,2)$，$Y \sim N(2,1)$，且 X 与 Y 相互独立，求 $E(3X-Y+4)$，$D(X-Y)$.

§6.4　统计量及其抽样分布

先看这样的问题：若随机变量 X 服从正态分布，那么 X^2 服从何种分布？再比如说，已知总体 $X \sim N(0,4)$，样本 $(X_1, X_2, \cdots, X_4)$ 来自总体 X，那么 $Y = \dfrac{1}{8}(X_1 + X_2)^2 + \dfrac{1}{12}(X_2 + X_3 + X_4)^2$ 又服从怎样的分布？这些问题都涉及到样本的函数的分布，有一些分布常见而且很重要，这就是下面要讲到的抽样分布.

6.4.1　总体与样本

在概率论的许多问题中，概率分布通常被假定是已知的. 但在实际问题中，这恰恰是我们需要搞清楚的. 从本节开始，我们向大家介绍数理统计的知识. 数理统计是以概率论为基础，根据抽样所得到的数据，对研究对象的客观规律性作出合理的估计与推断.

我们把所研究的对象的全体称为总体，而把组成总体的每个元素称为个体. 例如，我们要研究某城市成年男子身高的分布规律，则该城市所有成年男子的身高即为总体，而其中每个成年男子的身高是个体. 总体的情况多种多样，有的数量很大，对所有个体进行检验，或者时间太长，或者成本较高，比如说我国的人口普查；而有的总体客观上就不可能——检验，比如说海水中的各种微生物的情况；还有一些总体，若——检验，势必造成对所有研究对象的破坏，比如说对灯泡寿命的检验. 正因为这些原因，我们经常采用随机抽样的方法，即从总体中抽取少部分个体,通过对这部分个体的有关数据指标进行分析,得出总体的一些分布规律. 我们把从总体中抽取的每一个个体称为样品,所有样品的全体称为一个样本.

我们用 X 表示总体中所要研究的任一个体的某个指标,则 X 为随机变量. 以后就用随机变量 X 代表所要研究的总体,用 X_1 表示抽取的第一个样品的指标,则 X_1 也是一个随机变量,而且与总体 X 具有相同的分布. 假定样本中样品的数量为 n,则样本就是一个 n 维的随机变量,可表示成 $(X_1, X_2, \cdots, X_n)$,实际的观测值或检验值用 $(x_1, x_2, \cdots, x_n)$ 表示,n 称为样本容量.

6.4.2 统计量及其分布

一、统计量

从总体中抽出样本的观测值后,只是得到了一组静态的数据. 对这些数据要进行处理,才能解决我们所关心的问题. 有时候我们可能只想估计出总体的期望或者方差,有时候我们可能想了解总体的分布. 对不同的问题,必须对数据进行不同的处理,这就需要构造样本的不同函数.

定义 6-17 设 $(X_1, X_2, \cdots, X_n)$ 为来自总体 X 的一个样本,不含未知参数的样本的函数 $f(X_1, X_2, \cdots, X_n)$ 称为统计量.

常用的统计量有

样本均值 $\overline{X} = \dfrac{1}{n} \sum\limits_{i=1}^{n} X_i$;

样本方差 $S^2 = \dfrac{1}{n-1} \sum\limits_{i=1}^{n} (X_i - \overline{X})^2$;

样本标准差 $S = \sqrt{\dfrac{1}{n-1} \sum\limits_{i=1}^{n} (X_i - \overline{X})^2}$.

若样本的观察值为 $x_1, x_2, \cdots, x_n$,则

样本均值 $\overline{x} = \dfrac{1}{n} \sum\limits_{i=1}^{n} x_i$;

样本方差 $s^2 = \dfrac{1}{n-1} \sum\limits_{i=1}^{n} (x_i - \overline{x})^2$;

样本标准差 $s = \sqrt{\dfrac{1}{n-1} \sum\limits_{i=1}^{n} (x_i - \overline{x})^2}$.

【例 6-22】 设 $(X_1, X_2, \cdots, X_6)$ 为来自总体 X 的一个样本,它的一组观测值为 22,18,23,20,23,20. 计算其样本均值和样本方差.

解 样本均值

$$\overline{x} = \frac{1}{6} \sum_{i=1}^{6} x_i = \frac{1}{6}(22 + 18 + 23 + 20 + 23 + 20) = 21;$$

样本方差

$$s^2 = \frac{1}{5} \sum_{i=1}^{6} (x_i - \overline{x})^2 = \frac{1}{5}[(22-21)^2 + (18-21)^2 + 2 \times (23-21)^2 + 2 \times (20-21)^2]$$
$$= 4.$$

二、抽样分布

统计量的概率分布规律称为统计量的分布,又称为抽样分布.本节主要介绍在参数估计、假设检验中常用的统计量及分布.

设总体 $X \sim N(\mu, \sigma^2)$,$(X_1, X_2, \cdots, X_n)$ 为来自总体的一个样本,则

$$\overline{X} = \frac{1}{n} \sum_{i=1}^{n} X_i \sim N\left(\mu, \frac{\sigma^2}{n}\right);$$

$$U = \frac{\overline{X} - \mu}{\sigma/\sqrt{n}} \sim N(0,1);$$

$$\chi^2 = \frac{(n-1)S^2}{\sigma^2} \sim \chi^2(n-1);$$

$$T = \frac{\overline{X} - \mu}{S/\sqrt{n}} \sim t(n-1).$$

设两个正态总体 X, Y,$X \sim N(\mu_1, \sigma_1^2)$,$Y \sim N(\mu_2, \sigma_2^2)$,且 X, Y 相互独立,$(X_1, X_2, \cdots, X_n)$ 和 $(Y_1, Y_2, \cdots, Y_m)$ 为来自总体 X, Y 的一个样本,则

$$U = \frac{\overline{X} - \overline{Y} - (\mu_1 - \mu_2)}{\sqrt{\frac{\sigma_1^2}{n} + \frac{\sigma_2^2}{m}}} \sim N(0,1).$$

上述结论中涉及到两个重要的分布 χ^2 分布及 t 分布,下面作简单的介绍:

1. χ^2 分布

定义 6-18　设 $X_1, X_2, \cdots, X_n$ 独立同分布于标准正态分布 $N(0,1)$,则 $\chi^2 = X_1^2 + \cdots + X_n^2$ 的分布称为自由度为 n 的 χ^2 分布,记作 $\chi^2 \sim \chi^2(n)$.鉴于其概论密度函数的表达式比较复杂,这里就不介绍了,而其分布函数的值可查阅附表 3.

2. t 分布

定义 6-19　设随机变量 X_1 与 X_2 独立,且 $X_1 \sim N(0,1)$,$X_2 \sim \chi^2(n)$,则称 $t = \dfrac{X_1}{\sqrt{X_2/n}}$ 的分布为自由度为 n 的 t 分布,记为 $t \sim t(n)$.其概论密度函数的表达式同样比较复杂,这里就不介绍了,但图像与标准正态分布很相像,而其分布函数的值可查阅附表 4.

习题 6.4

1. 从某厂生产的一批灯泡中随机抽取 10 个进行寿命测试,得到的数据如下(单位:小时):1 458,1 395,1 562,1 614,1 351,1 490,1 478,1 382,1 536,1 496.求样本均值和样本方差.

2. 设总体 $X \sim N(52, 6.3^2)$,随机抽取容量为 36 的样本,求样本均值落在 $50.8 \sim 53.8$ 之间的概率.

3. 查表求下列各题中 C 的值.

(1) 设 $X \sim \chi^2(30)$,$P\{X < C\} = 0.95$;(2) 设 $X \sim t(25)$,$P\{X > C\} = 0.05$.

§6.5 参数估计

参数估计是统计推断的基本类型之一.人们在实际工作中碰到的总体,往往分布类型大致已知,但具体形式并不知道,也就是总体的一些参数未知.参数估计就是根据样本观测值来估计总体分布中的未知参数或数字特征值.

先看一个例子:

【引例 6-4】 假设某种果树单株年产量 X 服从正态分布,方差为 64.现随机抽取 6 株统计当年的产量,这 6 株产量为:120,161,182,208,176,234,要求以 90% 的可靠度来估计该种果树的年平均产量.

这个问题显然不能简单地以样本的平均值作估计.问题的关键是如何保证 90% 的可靠度,这是我们下面要介绍的区间估计问题.

6.5.1 参数的点估计

假设总体的分布已知,但其中的一个或几个参数未知,如何根据抽取的样本来估计未知参数的值,这就是参数的点估计问题.

定义 6-20 设 θ 是总体 X 的一个待估参数,$(X_1, X_2, \cdots, X_n)$ 是总体的一个样本,$(x_1, x_2, \cdots, x_n)$ 为样本的一组观测值.用样本的一个不含未知参数的函数 $\hat{\theta} = \hat{\theta}(X_1, X_2, \cdots, X_n)$ 来估计 θ,称 $\hat{\theta}$ 为参数 θ 的点估计量.将样本的一组观测值 $(x_1, x_2, \cdots, x_n)$ 代入估计量所得的相应的值 $\hat{\theta}(x_1, x_2, \cdots, x_n)$,称为参数 θ 的点估计值,也简记为 $\hat{\theta}$.点估计量或点估计值统称为点估计.

由总体均值 μ 的点估计量

$$\hat{\mu} = \overline{X} = \frac{1}{n}\sum_{k=1}^{n} X_k$$

可得,总体均值 μ 的点估计值为

$$\hat{\mu} = \overline{x} = \frac{1}{n}\sum_{k=1}^{n} x_k.$$

由总体方差 σ^2 的点估计量

$$\hat{\sigma}^2 = S^2 = \frac{1}{n-1}\sum_{k=1}^{n}(X_k - \overline{X})^2$$

可得,总体方差 σ^2 的点估计值为

$$\hat{\sigma}^2 = s^2 = \frac{1}{n-1}\sum_{k=1}^{n}(x_k - \overline{x})^2.$$

这种用样本的数字特征去估计总体的数字特征的方法,称为参数估计的数字特征法.

【例 6-23】 从一批产品中随机抽取 8 个,测得它们的长度(单位:cm)为 85,84,86,84,85,87,86,85.试用数字特征法估计这批产品的总体均值和方差.

解 $\hat{\mu} = \bar{x} = \frac{1}{n}\sum_{k=1}^{n}x_k = \frac{1}{8}(85+84+86+84+85+87+86+85) = 85.25;$

$\hat{\sigma}^2 = s^2 = \frac{1}{n-1}\sum_{k=1}^{n}(x_k-\bar{x})^2 = \frac{1}{7}\big[(85-85.25)^2+(84-85.25)^2+(86-85.25)^2$

$+(84-85.25)^2+(85-85.25)^2+(87-85.25)^2+(86-85.25)^2+$

$(85-85.25)^2\big] \approx 1.07.$

【例 6-24】 已知某种电子产品的寿命服从指数分布 $E(\lambda)$. 现从这种产品中任意抽取 6 只,测得寿命(小时)为 45,46,43,47,44,46.试用数字特征法估计参数 λ 的值.

解 总体 X 的概率密度和总体的均值分别为

$$f(x) = \begin{cases} \lambda e^{-\lambda x} & x > 0 \\ 0 & \text{其他} \end{cases}, \mu = \frac{1}{\lambda}.$$

根据数字特征法,$\hat{\mu} = \bar{x}$,所以 $\frac{1}{\lambda} = \bar{x}$,即

$$\hat{\lambda} = \frac{1}{\bar{x}} = \frac{6}{45+46+43+47+44+46} \approx 0.022.$$

6.5.2 参数的区间估计

参数的点估计给出了一个具体的数值作为参数的估计值,即使它无偏有效,但仍然是一个近似值,我们无法知道它的可靠性与精确度,而区间估计则可控制真实值落在某区间内的概率,可靠性明显增强.

一、置信区间

定义 6-21 设 θ 是总体 X 的一个待估参数,$(X_1,X_2,\cdots,X_n)$ 是总体 X 的一个样本.对给定的常数 $\alpha(0<\alpha<1)$,由样本确定出两个统计量 $\hat{\theta}_1 = \hat{\theta}_1(X_1,X_2,\cdots,X_n)$ 和 $\hat{\theta}_2 = \hat{\theta}_2(X_1,X_2,\cdots,X_n)$(设 $\hat{\theta}_1<\hat{\theta}_2$),使得 $P\{\hat{\theta}_1 \leqslant \theta \leqslant \hat{\theta}_2\} = 1-\alpha$,则称随机区间 $[\hat{\theta}_1,\hat{\theta}_2]$ 为参数 θ 的 $1-\alpha$ 置信区间,$1-\alpha$ 称为置信度或置信水平,$\hat{\theta}_1$ 与 $\hat{\theta}_2$ 分别称为置信下限与置信上限.

置信水平反映了区间估计的可靠性,若 α 越小,则 $1-\alpha$ 越大,从而求出的置信区间中包含参数 θ 的可能性越大.例如,$\alpha = 0.05$ 时,$1-\alpha = 0.95$,则在 100 次抽样中,大致有 95 次 θ 包含在置信区间中,其余 5 次可能不在该区间中.

置信区间的长度可视为区间估计的精度,显然,该长度越小,则精度越高.当样本容量固定时,若置信水平增大,则置信区间的长度增大,从而精度降低;反之,则精度提高.

二、正态分布总体参数的区间估计

1. 方差 σ^2 已知的情形

设 $(X_1,X_2,\cdots,X_n)$ 是总体 $X \sim N(\mu,\sigma^2)$ 的一个样本,其中 σ^2 已知.参数 μ 的置信度为 $1-\alpha$ 的置信区间为

$$\left[\bar{x} - \frac{\sigma}{\sqrt{n}}U_{\frac{\alpha}{2}}, \bar{x} + \frac{\sigma}{\sqrt{n}}U_{\frac{\alpha}{2}}\right].$$

其中 $U_{\frac{\alpha}{2}}$ 根据 $\Phi(U_{\frac{\alpha}{2}})=1-\dfrac{\alpha}{2}$ 查标准正态分布表求得.

【例 6-25】 某工厂生产的滚珠,从长期经验知道,滚珠的直径 X 服从正态分布 $N(\mu,$ $0.04^2)$,从某天的产品中随机抽取 6 个,测得它们的直径如下(单位:mm):14.5,14.7, 15.0,15.2,14.9, 14.6.求滚珠直径的 0.95 置信区间.

解 6 个滚珠的直径的平均值为 $\bar{x}=14.82$,又 $1-\alpha=0.95$ 时,$\alpha=0.05$. 查表得 $U_{\frac{\alpha}{2}}$ $=1.96$. 于是所求置信区间为 $[14.788,14.852]$.

现在我们回头看看本节开始的引例,它也属于这种情况,请读者尝试解决一下这个问题.

2. 方差 σ^2 未知的情形

设 $(X_1,X_2,\cdots,X_n)$ 是总体 $X\sim N(\mu,\sigma^2)$ 的一个样本,其中 σ^2 未知. 参数 μ 的置信度为 $1-\alpha$ 的置信区间为

$$\left[\bar{x}-\frac{s}{\sqrt{n}}t_{\frac{\alpha}{2}}(n-1),\bar{x}+\frac{s}{\sqrt{n}}t_{\frac{\alpha}{2}}(n-1)\right].$$

其中 $t_{\frac{\alpha}{2}}(n-1)$ 可查表求得.

【例 6-26】 假设轮胎的寿命服从正态分布. 为估计某种轮胎的平均寿命,随机抽取 9 只轮胎试用,测得它们的寿命如下(单位:10^4 km):4.75,4.60,4.82,5.10,5.24,4.55,5.03, 4.92,4.85.求这种轮胎平均寿命的 0.95 置信区间.

解 计算可得,样本均值为 $\bar{x}=4.873$,样本标准差为 $s=0.2265$. 又 $1-\alpha=0.95$,$\alpha=$ $0.05,n=9$,查表得 $t_{\frac{\alpha}{2}}(8)=2.306$. 于是可得这种轮胎的平均寿命的 0.95 置信区间为 $[4.699,$ $5.047]$.

3. 方差 σ^2 的 $1-\alpha$ 置信区间

设 $(X_1,X_2,\cdots,X_n)$ 是总体 $X\sim N(\mu,\sigma^2)$ 的一个样本,其中 μ 未知. 参数 σ^2 的置信度为 $1-\alpha$ 的置信区间为

$$\left[\frac{(n-1)s^2}{\chi^2_{\frac{\alpha}{2}}(n-1)},\frac{(n-1)s^2}{\chi^2_{1-\frac{\alpha}{2}}(n-1)}\right].$$

其中 $\chi^2_{\frac{\alpha}{2}}(n-1),\chi^2_{1-\frac{\alpha}{2}}(n-1)$ 可查表求得.

【例 6-27】 假设自动车床生产的某种零件的长度服从正态分布. 现随机抽取 10 件, 测得长度如下(单位:mm):12.1,12.7,12.2,12.1,12.0,12.0,12.3,12.2,12.5,12.4.求该零件长度的方差 σ^2 的 0.95 置信区间.

解 计算可得,$(n-1)s^2=0.465$. 又 $1-\alpha=0.95$,$\alpha=0.05$,$n=10$,查表得

$$\chi^2_{1-\frac{\alpha}{2}}(9)=2.700,\chi^2_{\frac{\alpha}{2}}(9)=19.023.$$

于是可得方差 σ^2 的 0.95 置信区间为 $[0.024,0.172]$.

习题 6.5

1. 某仪器的工作温度服从正态分布,测得 5 次温度(℃)为 1 250,1 275,1 265,1 245, 1 260.求温度真值的置信区间($\alpha=0.10$).

2. 某种电子管的使用寿命服从正态分布. 从中随机地抽取 15 个进行检验,计算后得到平均寿命为 1 950 小时,标准差为 300 小时. 试以 95％的置信度估计整批电子管平均寿命的置信区间.

3. 人的身高服从正态分布. 从初一女生中随机抽取 6 名,测得身高(单位:cm)为 149,158.5,152.5,165,142,157. 求初一女生平均身高的置信度为 95％的置信区间.

4. 已知岩石密度的测量误差服从正态分布,随机抽取 12 个样品,测得标准差 $s=0.2$. 求 σ^2 的置信区间($\alpha=0.05$).

§6.6　假设检验

6.6.1　问题的提出

假设检验是统计推断中的另一类重要问题. 在管理实践中,除了要对总体的参数作出估计外,我们还会碰到这样的问题,要判断总体是否具有某个性质,或者判断两个独立样本的总体是否具有相同的均值或方差等.

先看两个例子:

【引例 6 - 5】　某厂用自动包装机装箱,额定标准为 50 kg. 设每箱重量 $X \sim N(50, 0.5^2)$. 某日开工后,随机抽取 8 箱,称得重量(单位:kg)为:49.6,50.2,50.5,49.8,49.9,50.1,50.3,49.9. 问这天包装机工作是否正常?

【引例 6 - 6】　为了研究一种新化肥对小麦种植的效果,选用 13 块土质相同面积相等的土地进行试验,产量如下(单位:kg):

$$施肥的:44,45,40,43,44,42,43;$$

$$未施肥的:39,37,42,38,41,41.$$

问这种化肥对小麦产量是否有显著影响?

要对上述两个问题作出回答,其共同的处理方法是,先根据提出的问题对总体提出某种假设,然后根据样本资料对假设进行检验,判断此假设是否成立. 这样类型的问题一般称为假设检验问题.

6.6.2　假设检验

一、基本概念

原假设、备择假设:假设检验中需要检验的内容称为原假设,用 H_0 表示;否定原假设即为备择假设,用 H_1 表示. 如检验总体均值 μ 是否为常数 μ_0 可分别记为

$$H_0: \mu = \mu_0 \text{ 和 } H_1: \mu \neq \mu_0.$$

检验统计量:为了检验假设是否成立,我们需要构造一个包含参数且已知分布的样本函数,该样本函数称为检验统计量.

接受域、拒绝域:接受假设 H_0 时统计量的取值范围称为接受域,拒绝假设 H_0 时统计量的取值范围称为拒绝域. 接受域与拒绝域的分界点称为临界值.

二、假设检验的一般步骤

(1) 根据实际问题提出原假设 H_0;

(2) 选取适当的统计量,并在原假设成立的条件下确定该统计量的分布;

(3) 按问题的具体要求,选取适当的显著性水平 α,根据统计量的分布查表,确定对应于 α 的临界值,进而得到拒绝 H_0 的拒绝域;

(4) 根据样本观测值计算统计量的值,若落入拒绝域内,则拒绝原假设,否则接受原假设.

6.6.3 正态总体的假设检验

一、方差 σ^2 已知时单正态总体均值的假设检验

设 $(X_1, X_2, \cdots, X_n)$ 是总体 $X \sim N(\mu, \sigma^2)$ 的一个样本,其中 σ^2 已知. 检验原假设 H_0: $\mu = \mu_0$. 此时,选取统计量

$$U = \frac{\overline{X} - \mu_0}{\sigma / \sqrt{n}},$$

在 H_0 成立的条件下,$U \sim N(0,1)$. 根据给定的显著性水平 α,查表得临界值 $U_{\frac{\alpha}{2}}$,从而得到拒绝域为 $|U| > U_{\frac{\alpha}{2}}$;根据样本观测值计算统计量 U 的值,作出判断. 这种方法称为 U—检验法.

【例 6-28】 某种产品的重量 $X \sim N(12,1)$. 更新设备后,从新生产的产品中随机抽取 100 个,测得样本均值为 12.5 克. 如果方差没有变化,问设备更新后,产品的平均重量是否有显著变化($\alpha = 0.1$)?

解 这是在方差已知的情况下检验假设 H_0: $\mu = \mu_0$ 是否成立. 根据题意

$$\mu_0 = 12, n = 100, \overline{x} = 12.5, \sigma = 1,$$

$$u = \frac{\overline{x} - \mu_0}{\sigma / \sqrt{n}} = 5.$$

对给定的显著性水平 $\alpha = 0.1$,查表得临界值为 $U_{\frac{\alpha}{2}} = 1.65$,从而拒绝为 $|U| > 1.65$.

根据样本统计量的值和拒绝域,拒绝原假设. 因此,我们认为,设备更新后,产品的平均重量有显著变化.

二、方差 σ^2 未知时单正态总体均值的假设检验

设 $(X_1, X_2, \cdots, X_n)$ 是总体 $X \sim N(\mu, \sigma^2)$ 的一个样本,其中 σ^2 未知. 检验原假设 H_0: $\mu = \mu_0$. 此时,选取统计量

$$T = \frac{\overline{X} - \mu_0}{S / \sqrt{n}},$$

在 H_0 成立的条件下,$T \sim t(n-1)$. 根据给定的显著性水平 α,查表得临界值 $t_{\frac{\alpha}{2}}(n-1)$,从而得到拒绝域为 $|T| > t_{\frac{\alpha}{2}}(n-1)$;根据样本观测值计算统计量 T 的值,作出判断. 这种方法

称为 t—检验法.

【例 6 - 29】 某批矿砂的 5 个样品中的镍含量(%)经测定为 3.25, 3.27, 3.24, 3.26, 3.24. 设测定值服从正态分布, 问在 $\alpha = 0.01$ 下能否认为这批矿砂的镍含量为 3.25?

解　这是在方差未知的情况下检验原假设 $H: \mu = 3.25$ 是否成立. 根据题意

$$\mu_0 = 3.25, n = 5, s \approx 0.013, \overline{x} = 3.252,$$

$$t = \frac{\overline{x} - \mu_0}{s / \sqrt{n}} \approx 0.344\ 0.$$

对给定的显著性水平 $\alpha = 0.01$, 查表得临界值为 $t_{\frac{\alpha}{2}}(4) = 4.604\ 1$, 从而拒绝域为 $|T| > 4.604\ 1$.

根据样本统计量的值和拒绝域, 接受原假设. 因此, 我们认为, 这批矿砂的镍含量为 3.25.

三、双正态总体均值的假设检验

设两个正态总体 X 与 Y 相互独立, $(X_1, X_2, \cdots, X_n)$ 为来自总体 $X \sim N(\mu_1, \sigma_1^2)$ 的一个样本, $(Y_1, Y_2, \cdots, Y_m)$ 为来自总体 $Y \sim N(\mu_2, \sigma_2^2)$ 的一个样本, $\overline{x}$ 与 $\overline{y}$ 分别为两个样本的样本均值, s_1^2 与 s_2^2 分别为样本方差. 设两个总体的方差均已知, 检验假设 $H_0: \mu_1 = \mu_2$. 此时, 选取统计量

$$U = \frac{\overline{X} - \overline{Y}}{\sqrt{\dfrac{\sigma_1^2}{n} + \dfrac{\sigma_2^2}{m}}},$$

在 H_0 成立的条件下, $U \sim N(0, 1)$. 根据给定的显著性水平 α, 查表得临界值 $U_{\frac{\alpha}{2}}$, 从而得到拒绝域为 $|U| > U_{\frac{\alpha}{2}}$; 根据样本观测值计算统计量 U 的值, 作出判断.

【例 6 - 30】 假设动物的血清中无机磷的含量服从正态分布. 现检查马与羊两种动物, 先检查 26 匹马, 测得每 100 毫升的血清中, 所含有的无机磷平均为 3.29 毫升, 马的总体标准差为 0.27 毫升. 又检查了 18 头羊, 每 100 毫升的血清中, 无机磷含量平均为 3.96 毫升, 羊的总体标准差为 0.40 毫升. 请检验马与羊的血清中无机磷的含量是否有显著差异 ($\alpha = 0.05$).

解　设马的血清中无机磷的含量 $X \sim N(\mu_1, \sigma_1^2)$, 羊的血清中无机磷的含量 $Y \sim N(\mu_2, \sigma_2^2)$. 提出原假设 $H_0: \mu_1 = \mu_2$. 根据题意

$$\sigma_1^2 = 0.27^2, \sigma_2^2 = 0.40^2, \overline{x} = 3.29, \overline{y} = 3.96, n = 26, m = 18,$$

$$u = \frac{\overline{x} - \overline{y}}{\sqrt{\dfrac{\sigma_1^2}{n} + \dfrac{\sigma_2^2}{m}}} = \frac{3.29 - 3.96}{\sqrt{\dfrac{0.27^2}{26} + \dfrac{0.40^2}{18}}} \approx -6.196\ 8.$$

对给定的显著性水平 $\alpha = 0.05$, 查表得临界值 $U_{\frac{\alpha}{2}} = 1.96$, 从而拒绝域为 $|U| > 1.96$.

根据样本统计量的值和拒绝域, 拒绝原假设, 即马与羊的血清中无机磷的含量有显著性差异.

四、单正态总体方差 σ^2 的假设检验

设 $(X_1, X_2, \cdots, X_n)$ 是总体 $X \sim N(\mu, \sigma^2)$ 的一个样本,其中 μ 与 σ^2 均未知. 检验原假设 $H_0: \sigma^2 = \sigma_0^2$. 此时,选取统计量

$$\chi^2 = \frac{(n-1)s^2}{\sigma^2},$$

在 H_0 成立的条件下,$\chi^2 \sim \chi^2(n-1)$. 根据给定的显著性水平 α,查表得临界值 $\chi_{\frac{\alpha}{2}}^2(n-1)$ 与 $\chi_{1-\frac{\alpha}{2}}^2(n-1)$,从而得到拒绝域为 $\chi^2 < \chi_{1-\frac{\alpha}{2}}^2$ 或 $\chi^2 > \chi_{\frac{\alpha}{2}}^2$;根据样本观测值计算统计量 χ^2 的值,作出判断. 这种方法称为 χ^2—检验法.

【例 6-31】 设某厂生产的铜线的折断力 $X \sim N(\mu, 64)$. 现从一批产品中抽查 10 根,测得其折断力的均值为 $\bar{x} = 575.2$,方差为 $s^2 = 68.16$. 能否认为这批铜线折断力的方差仍为 64(取 $\alpha = 0.01$)?

解 假设 $H_0: \sigma^2 = 64$. 对给定的显著性水平 $\alpha = 0.01$,查表得临界值

$$\chi_{\frac{\alpha}{2}}^2(9) = 23.589, \chi_{1-\frac{\alpha}{2}}^2(9) = 1.735,$$

则拒绝域为 $\qquad \chi^2 > 23.589$ 或 $\chi^2 < 1.735$.

根据样本观测值计算 $\chi^2 \approx 9.585$ 在拒绝域外,接受原假设. 于是,可以认为,这批铜线折断力的方差仍为 64.

习题 6.6

1. 假设某厂生产的一种钢索的断裂强度 $X \sim N(\mu, 1\,600)(\text{kg/cm}^2)$,从中取一个容量为 9 的样本,经计算得 $\bar{x} = 780(\text{kg/cm}^2)$,能否据此认为这批钢索的断裂强度为 800 $(\text{kg/cm}^2)(\alpha = 0.05)$?

2. 某公司从甲、乙两灯泡厂购买灯泡,从历史资料知道,灯泡寿命服从正态分布. 两工厂产品寿命的标准差:甲厂为 80 小时,乙厂为 94 小时. 现从两厂各抽取 50 个灯泡,测得它们的平均寿命:甲厂为 1 282 小时,乙厂为 1 231 小时. 能否判断两厂灯泡的平均寿命存在显著差异($\alpha = 0.05$)?

3. 在正常情况下,某工厂生产的灯泡的寿命服从正态分布,测得 10 个灯泡的寿命如下(单位:小时):1 490,1 440,1 680,1 610,1 500,1 750,1 550,1 420,1 800,1 580. 能否认为该厂生产的灯泡的平均寿命为 1 600 小时($\alpha = 0.05$)?

4. 糖厂用自动打包机打包,每包重量 $X \sim N(\mu, 1)$. 已知每包标准重量为 100 kg. 某日开工后测得 9 包重量(单位:kg)如下:99.3,98.7,100.5,101.2,98.3,99.7,99.5,102.1,100.5.问这天打包机工作是否正常($\alpha = 0.05$)?

5. 某炼铁厂的铁水含碳量 X 在正常情况下服从正态分布. 现对操作工艺进行了改进,从中抽取 5 炉铁水,测得含碳量如下:4.420,4.052,4.357,4.287,4.683.是否可以认为新工艺炼出的铁水含碳量的方差仍为 0.108^2($\alpha = 0.05$)?

6. 正常人的脉搏平均为 72 次/分. 某医生测得 10 例慢性四乙基铅中毒患者的脉搏

（次/分）如下：54,67,68,78,70,66,67,70,65,69. 已知这种患者的脉搏服从正态分布. 问四乙基铅中毒患者的脉搏和正常人有无显著差异（$\alpha=0.05$）?

§6.7　一元线性回归分析

在自然界和人类社会中有许多变量，它们之间虽然存在一定的关系，但这些关系是不确定的. 例如，人的身高与体重的关系、化肥用量与农作物产量的关系、居民的收入与消费支出的关系等. 这样的关系我们称之为相关关系.

回归[1]分析是研究相关关系的一种方法，它是用确定性的数学关系，也就是数学公式，来描述变量之间的相关关系的统计方法，所得到的数学公式称为回归方程或经验公式. 对两个变量之间的线性相关关系的回归分析称为一元线性回归分析，它是最简单、最常用的回归分析方法，所得的回归方程称为一元线性回归方程.

6.7.1　一元线性回归方程

已知 n 个样本点 $(x_k,y_k)(k=1,2,\cdots,n)$，如果这些点大致分布在一条直线的附近，我们就说变量 x 与 y 之间具有线性相关关系，也就可以用一条直线来近似表示 x 与 y 之间的关系. 设此直线的方程为 $\hat{y}=a+bx$，称之为 y 对 x 的一元线性回归方程，a,b 称为回归系数.

确定回归系数 a,b 的原则是使所求直线最大程度地与 n 个样本点 $(x_k,y_k)(k=1,2,\cdots,n)$ 靠近，也就是使得将样本点中的 x_k 代入直线方程 $\hat{y}=a+bx$ 后所得 $\hat{y}_k=a+bx_k$（也称为回归值）与样本值 y_k 之间的偏差 $y_k-\hat{y}_k$ 最小. 为避免正、负偏差之间相互抵消，一般用偏差的平方和 $\sum_{k=1}^{n}(y_k-\hat{y}_k)^2$ 来刻画全部的样本值与回归直线之间的偏离程度，要求

$$Q(a,b)=\sum_{k=1}^{n}(y_k-\hat{y}_k)^2=\sum_{k=1}^{n}(y_k-a-bx_k)^2$$

取最小值，利用微积分的知识，我们容易求出 a,b：

$$\begin{cases} b=\dfrac{\sum_{k=1}^{n}(x_k-\overline{x})(y_k-\overline{y})}{\sum_{k=1}^{n}(x_k-\overline{x})^2} \\ a=\overline{y}-b\overline{x} \end{cases}$$

上述确定回归系数 a,b 的方法称为最小二乘法. 考虑到上述回归系数 a,b 的值是根据 n 对样本值估计出来的，一般记作 $\hat{a},\hat{b}$，相应的回归方程记作 $\hat{y}=\hat{a}+\hat{b}x$.

若记 $\qquad L_{xx}=\sum_{k=1}^{n}(x_k-\overline{x})^2, L_{yy}=\sum_{k=1}^{n}(y_k-\overline{y})^2,$

[1]　英国统计学家弗朗西斯·高尔登（*Francis Galton*，1822～1911），在研究一个家族的男子身高的分布情况时发现：一个高个子父亲，他的儿子的身高比他更高的概率要小于比他矮的概率；一个矮个子父亲，他的儿子的身高比他更矮的概率要小于比他高的概率. 每个家族的男性后代的身高有向家族的平均身高回归的趋势. 这就是回归分析中"回归"一词的最早来由.

$$L_{xy} = \sum_{k=1}^{n} (x_k - \overline{x})(y_k - \overline{y}),$$

则上述回归系数的计算公式可简写成

$$\begin{cases} \hat{b} = \dfrac{L_{xy}}{L_{xx}} \\ \hat{a} = \overline{y} - \hat{b}\,\overline{x} \end{cases}.$$

【例 6 - 32】 某铁路货运站统计了一段时间的货运量见下表:

天数 x	180	200	235	270	285	290	300
百吨数 y	36	47	64	78	85	87	90

求 y 对 x 的一元线性回归方程.

解 实际计算中经常采用下列的表格形式:

序号	x_k	x_k^2	y_k	y_k^2	$x_k y_k$
1	180	32 400	36	1 296	6 480
2	200	40 000	47	2 209	9 400
3	235	55 225	64	4 096	15 040
4	270	72 900	78	6 084	21 060
5	285	81 225	85	7 225	24 225
6	290	84 100	87	7 569	25 230
7	300	90 000	90	8 100	27 000
$\sum$	1 760	455 850	487	36 579	128 435

根据上表可得,$\overline{x} = 251.43, \overline{y} = 69.57$. 从而可计算

$$L_{xy} = \sum_{k=1}^{7} x_k y_k - 7\,\overline{x}\,\overline{y} = 128\,435 - 7 \times 251.43 \times 69.57 = 5\,991.11,$$

$$L_{xx} = \sum_{k=1}^{7} x_k^2 - 7\,\overline{x}^2 = 455\,850 - 7 \times 251.43^2 = 13\,330.7,$$

$$L_{yy} = \sum_{k=1}^{7} x_k y_k - 7\,\overline{y}^2 = 2\,601.64,$$

所以

$$\hat{b} = \frac{L_{xy}}{L_{xx}} = \frac{5\,991.11}{13\,330.7} = 0.449,$$

$$\hat{a} = \overline{y} - \hat{b}\,\overline{x} = 69.57 - 0.449 \times 251.43 = -43.322.$$

故所求 y 对 x 的一元线性回归方程为 $\hat{y} = -43.322 + 0.449x$.

6.7.2 相关性检验

由上述建立线性回归方程的过程我们可以看到,对于任何两个变量 x 和 y 的一组观测

数据$(x_k,y_k)(k=1,2,\cdots,n)$,用最小二乘法都可以确定一个回归方程.然而,我们事先并不知道这两个变量之间是否真正具有线性关系,或者它们之间的线性关系是否显著.如果这两个变量之间并不真正具有线性关系,或者它们之间的线性关系并不显著,那么所求方程就毫无意义.因此,我们必须检验两变量之间是否具有显著的线性相关关系.这种检验称为相关性检验或显著性检验.常用的检验方法有两种,一种是 F 检验法,另一种是相关系数检验法,本节只介绍相关系数检验法.

相关系数法的基本步骤是:

(1) 根据观察值$(x_k,y_k)(k=1,2,\cdots,n)$算出相关系数 $r=\dfrac{L_{xy}}{\sqrt{L_{xx}L_{yy}}}$;

(2) 由相关系数临界值表查出显著性水平为 α,自由度为 $n-2$(n 为样本容量)时相关系数的临界值 r_α;

(3) 作出判断.当相关系数 r 满足 $|r|\geqslant r_\alpha$ 时,表明变量 x 与 y 之间的线性相关关系显著,否则为不显著.

【例 6-33】　例 6-32 中所求回归方程检验变量 x 与 y 之间的线性相关关系是否显著($\alpha=0.05$)?

解　根据例 6-32 求得结果及 $L_{yy}=\sum\limits_{k=1}^{7}y_k^2-7\bar{y}^2=2601.64$,可得

$$|r|=\frac{|L_{xy}|}{\sqrt{L_{xx}L_{yy}}}=\frac{5\,991.11}{\sqrt{13\,330.7\times 2\,601.64}}=1.017\,3.$$

根据显著性水平 $\alpha=0.05$ 和自由度 $n-2=5$ 查附表 5 得临界值 $r_\alpha=0.754\,5$.由于 $|r|\geqslant r_\alpha$,所以变量 x 与 y 之间的线性相关关系显著.

相关性得到检验后,当线性相关关系显著时,可根据回归方程进行预测.如例 6-32 中,我们可预测天数 $x=310$ 时的货运量 $y=-43.322+0.449\times 310=95.868$.

习题 6.7

1. 某工厂月总成本 C(万元)与月产量 x(万件)的统计数据见下表:

x	1.08	1.12	1.19	1.28	1.36	1.48	1.59	1.68	1.80	1.87	1.98	2.07
C	2.25	2.37	2.40	2.55	2.64	2.75	2.92	3.03	3.14	3.26	3.36	3.50

(1) 求月成本对月产量的回归方程;(2) 在显著性水平 $\alpha=0.05$ 时检验月成本与月产量之间线性关系的显著性.

2. 抽取某地区 5 个家庭的年收入与年储蓄(千元)的有关资料,见下表:

年收入 x	8	11	9	6	6
年储蓄 y	0.6	1.2	1.0	0.7	0.3

求出 y 对 x 的线性回归方程,并说明 $\hat{a},\hat{b}$ 的意义.

3. 为研究广告费用 x(万元)与销售额 y(万元)之间的关系,现作一统计,得到如下的资料:

x	40	25	20	30	40	40	25	20	50	20	50	50
y	490	395	420	475	385	525	480	400	560	365	510	540

(1) 求 y 对 x 的线性回归方程;

(2) 在显著性水平 $\alpha = 0.05$ 时检验销售额与广告费用之间的线性关系是否显著.

自测题 6

一、填空题

1. 设 A,B 为两个事件,且 $P(A+B) = 0.9, P(AB) = 0.3$,若 $B \subset A$,则 $P(A-B) =$ _____.

2. 设 A,B 为两个事件,若 $P(B) = \dfrac{3}{10}, P(B|A) = \dfrac{1}{6}, P(A+B) = \dfrac{4}{5}$,则 $P(A) =$ _____.

3. 口袋内有 5 只红球, 3 只白球, 2 只黄球,则任取 3 只球,恰好颜色不同的概率是 _____.

4. 设随机变量 X 的概率密度为 $f(x) = \begin{cases} 4x^3 & 0 < x < 1 \\ 0 & \text{其他} \end{cases}$,则使 $P\{X > a\} = P\{X < a\}$ 成立的常数 $a =$ _____.

5. 设 $E(X) = -2, E(X^2) = 5$,则 $D(1-3X) =$ _____.

6. 方差未知时,检验假设 $H_0: \mu = \mu_0$,应选取统计量 _____,在 _____ 条件下,该统计量服从自由度为 $n-1$ 的 _____ 分布.

7. 设 $0,1,0,1,1$ 为来自两点分布总体的一组样本值,则 p 的数字特征估计值为 _____.

二、选择题

1. 甲乙两人独立地向同一目标射击,他们击中目标的概率分别为 $0.7, 0.8$,则两人中恰有一人击中目标的概率是( ).

A. 0.56　　　　B. 0.44　　　　C. 0.5　　　　D. 0.38

2. 设 A,B 为两个事件, $P(A) = \dfrac{1}{3}, P(A \mid B) = \dfrac{2}{3}, P(\overline{B} \mid A) = \dfrac{3}{5}$,则 $P(B) =$ ( ).

A. 0.2　　　　B. 0.4　　　　C. 0.6　　　　D. 0.8

3. 设 $X \sim N(\mu, \sigma^2)$, X 的分布函数为 $F(x)$,若已知 $P\{X < \mu - 2\} = 0.2$,则 $F(\mu+2) =$ ( ).

A. 0.9　　　　B. 0.8　　　　C. 0.7　　　　D. 0.6

4. 设离散型随机变量 $X \sim P(\lambda)(\lambda > 0)$,且 $P\{X = 0\} = \dfrac{1}{e}$,则 $\lambda =$ ( ).

A. 0.5　　　　B. 1　　　　C. 2　　　　D. 3

三、解答题

1. 通过调查某电视频道的收视率知道,已婚的男士和女士收看该节目的概率分别为 0.5 和 0.6. 在某女士看此节目的情况下,她的丈夫也看此节目的概率为 0.8. 求:

(1) 夫妻二人均看此节目的概率;

(2) 在男士看此节目时,他的妻子看此节目的概率;

(3) 夫妻二人至少一人看此节目的概率.

2. 某人值班需要看管 3 台机床,这 3 台机床正常工作的概率分别为 $0.9,0.8,0.85$,求在任一时刻:(1) 3 台机床都正常工作的概率;(2) 3 台机床中至少有一台正常工作的概率.

3. 口袋中有红、白、黄色球各 5 只,现从中任取 4 只,用 X 表示取到的白球数量,求 X 的概率分布.

4. 已知每株梨树的产量 X 服从正态分布,从一片梨树中随机抽取 6 株,测算产量分别为 $221,191,202,205,256,245.$ 求:

(1) 每株梨树平均产量的置信水平为 0.95 的置信区间;

(2) 每株梨树产量的方差的置信水平为 0.95 的置信区间.

5. 某种元件,要求其使用寿命不低于 1 000 小时,现随机抽取 25 件,测得其平均寿命为 950 小时.已知这种元件的寿命服从标准差为 100 小时的正态分布,试在显著性水平为 0.05 的条件下确定这批元件是否合格?

附表1　泊松分布表

$$P\{X \leqslant m\} = \sum_{k=0}^{m} \frac{\lambda^k}{k!} e^{-\lambda}$$

m \ λ	0.1	0.2	0.3	0.4	0.5	0.6	0.7	0.8	0.9	1.0
0	0.904 8	0.818 7	0.740 8	0.670 3	0.606 5	0.548 8	0.496 6	0.449 3	0.406 6	0.367 9
1	0.995 3	0.982 5	0.963 1	0.938 4	0.909 8	0.878 1	0.844 2	0.808 8	0.772 5	0.735 8
2	0.999 8	0.998 9	0.996 4	0.992 1	0.985 6	0.976 9	0.965 9	0.952 6	0.937 1	0.919 7
3	1	0.999 9	0.999 7	0.999 2	0.998 2	0.996 6	0.994 2	0.990 9	0.986 5	0.981 0
4		1	1	0.999 9	0.999 8	0.999 6	0.999 2	0.998 6	0.997 7	0.996 3
5				1	1	1	0.999 9	0.999 8	0.999 7	0.999 4
6							1	1	1	0.999 9
7										
8										
9										
10										

m \ λ	1.2	1.4	1.6	1.8	2.0	2.5	3.0	3.5	4.0	4.5
0	0.301 2	0.246 6	0.201 9	0.165 3	0.135 3	0.082 0	0.049 8	0.030 2	0.018 3	0.011 1
1	0.662 6	0.591 8	0.524 9	0.462 8	0.406 0	0.287 3	0.199 2	0.135 9	0.091 6	0.061 1
2	0.879 5	0.833 5	0.783 4	0.730 6	0.676 7	0.543 8	0.423 2	0.320 9	0.238 1	0.173 6
3	0.996 2	0.946 3	0.921 2	0.891 3	0.857 1	0.757 6	0.647 2	0.536 6	0.433 5	0.352 3
4	0.992 3	0.985 8	0.976 3	0.963 6	0.947 4	0.891 2	0.815 3	0.725 4	0.628 8	0.542 1
5	0.998 5	0.996 8	0.994 0	0.989 6	0.983 4	0.958 0	0.916 1	0.857 6	0.785 1	0.702 9
6	0.999 8	0.999 4	0.998 7	0.997 4	0.995 5	0.985 8	0.966 5	0.934 7	0.889 3	0.831 1
7	1	0.999 9	0.999 7	0.999 4	0.998 9	0.995 8	0.988 1	0.973 3	0.948 9	0.913 4
8	1	1	1	0.999 9	0.999 8	0.998 9	0.996 2	0.990 1	0.978 6	0.959 7
9	1	1	1	1	1	0.999 7	0.998 9	0.996 7	0.991 9	0.982 9
10	1	1	1	1	1	0.999 4	0.999 7	0.999 0	0.997 2	0.993 3

附表 2　标准正态分布表

$$P\{X \leqslant x\} = \Phi(x) = \int_{-\infty}^{x} \frac{1}{\sqrt{2\pi}} e^{-\frac{t^2}{2}} dt$$

x	0.00	0.01	0.02	0.03	0.04	0.05	0.06	0.07	0.08	0.09
0.0	0.500 0	0.504 0	0.508 0	0.512 0	0.516 0	0.519 9	0.523 9	0.527 9	0.531 9	0.535 9
0.1	0.539 8	0.543 8	0.547 8	0.551 7	0.555 7	0.559 6	0.563 6	0.567 5	0.571 4	0.573 5
0.2	0.573 9	0.583 2	0.587 1	0.591 0	0.594 8	0.598 7	0.602 6	0.606 4	0.610 3	0.614 1
0.3	0.617 9	0.621 7	0.625 5	0.629 3	0.633 1	0.636 8	0.640 6	0.644 3	0.648 0	0.651 7
0.4	0.655 4	0.659 1	0.662 8	0.666 4	0.670 0	0.673 6	0.677 2	0.680 8	0.684 4	0.687 9
0.5	0.691 5	0.695 0	0.698 5	0.701 9	0.705 4	0.708 8	0.712 3	0.715 7	0.719 0	0.722 4
0.6	0.725 7	0.729 1	0.732 4	0.735 7	0.738 9	0.742 2	0.745 4	0.748 6	0.751 7	0.754 9
0.7	0.758 0	0.761 1	0.764 2	0.767 3	0.770 4	0.773 4	0.776 4	0.779 4	0.782 3	0.785 2
0.8	0.788 1	0.791 0	0.793 9	0.796 7	0.799 5	0.802 3	0.805 1	0.807 8	0.810 6	0.813 3
0.9	0.815 9	0.818 6	0.821 2	0.823 8	0.826 4	0.828 9	0.831 5	0.834 0	0.836 5	0.838 9
1.0	0.841 3	0.843 8	0.846 1	0.848 5	0.850 8	0.853 1	0.855 4	0.857 7	0.859 9	0.862 1
1.1	0.864 3	0.866 5	0.868 6	0.870 8	0.872 9	0.874 9	0.877 0	0.879 0	0.881 0	0.883 0
1.2	0.884 9	0.886 9	0.888 8	0.890 7	0.892 5	0.894 4	0.896 2	0.898 0	0.899 7	0.901 5
1.3	0.903 2	0.904 9	0.906 6	0.908 2	0.909 9	0.911 5	0.913 1	0.914 7	0.916 2	0.917 7
1.4	0.919 2	0.920 7	0.922 2	0.923 6	0.925 1	0.926 5	0.927 9	0.929 2	0.930 6	0.931 9
1.5	0.933 2	0.934 5	0.935 7	0.937 0	0.938 2	0.939 4	0.940 6	0.941 8	0.942 9	0.944 1
1.6	0.945 2	0.946 3	0.947 4	0.948 4	0.949 5	0.950 5	0.951 5	0.952 5	0.953 5	0.954 5
1.7	0.955 4	0.956 4	0.957 3	0.958 2	0.959 1	0.959 9	0.960 8	0.961 6	0.962 5	0.963 3
1.8	0.964 1	0.964 9	0.965 6	0.966 4	0.967 1	0.967 8	0.968 6	0.969 3	0.969 9	0.970 6
1.9	0.971 3	0.971 9	0.972 6	0.973 2	0.973 8	0.974 4	0.975 0	0.975 6	0.976 1	0.976 7
2.0	0.977 2	0.977 8	0.978 3	0.978 8	0.979 3	0.979 8	0.980 3	0.980 8	0.981 2	0.981 7
2.1	0.982 1	0.982 6	0.983 0	0.983 4	0.983 8	0.984 2	0.984 6	0.985 0	0.985 4	0.985 7
2.2	0.986 1	0.986 4	0.986 8	0.987 1	0.987 5	0.987 8	0.988 1	0.988 4	0.988 7	0.989 0
2.3	0.989 3	0.989 6	0.989 8	0.990 1	0.990 4	0.990 6	0.990 9	0.991 1	0.991 3	0.991 6
2.4	0.991 8	0.992 0	0.992 2	0.992 5	0.992 7	0.992 9	0.993 1	0.993 2	0.993 4	0.993 6
2.5	0.993 8	0.994 0	0.994 1	0.994 3	0.994 5	0.994 6	0.994 8	0.994 9	0.995 1	0.995 2
2.6	0.995 3	0.995 5	0.995 6	0.995 7	0.995 9	0.996 0	0.996 1	0.996 2	0.996 3	0.996 4
2.7	0.996 5	0.996 6	0.996 7	0.996 8	0.996 9	0.997 0	0.997 1	0.997 2	0.997 3	0.997 4
2.8	0.997 4	0.997 5	0.997 6	0.997 7	0.997 7	0.997 8	0.997 9	0.997 9	0.998 0	0.998 1
2.9	0.998 1	0.998 2	0.998 2	0.998 3	0.998 4	0.998 4	0.998 5	0.998 5	0.998 6	0.998 6
3.0	0.998 7	0.999 0	0.999 3	0.999 5	0.999 7	0.999 8	0.999 8	0.999 9	0.999 9	1.000 0

注：表中末行系函数值 $\Phi(3.0), \Phi(3.1), \cdots, \Phi(3.9)$.

附表 3 χ^2 分布表

$$P\{\chi^2(n) > \chi_\alpha^2(n)\} = \alpha$$

n \ α	0.990	0.975	0.950	0.900	0.1	0.05	0.025	0.01
1	—	0.001	0.004	0.016	2.706	3.841	5.024	6.635
2	0.020	0.051	0.103	0.211	4.605	5.991	7.378	9.210
3	0.115	0.216	0.352	0.584	6.251	7.815	9.348	11.35
4	0.297	0.484	0.711	1.064	7.779	9.488	11.14	13.28
5	0.554	0.831	1.145	1.610	9.236	11.07	12.83	15.09
6	0.872	1.237	1.635	2.204	10.65	12.59	14.45	16.81
7	1.239	1.690	2.167	2.833	12.02	14.67	16.01	18.48
8	1.646	2.180	2.733	3.490	13.36	15.51	17.54	20.09
9	2.088	2.700	3.325	4.168	14.68	16.92	19.02	21.67
10	2.558	3.247	3.940	4.865	15.99	18.31	20.48	23.21
11	3.053	3.816	4.575	5.578	17.28	19.68	21.92	24.73
12	3.571	4.404	5.226	6.304	18.55	21.03	23.34	26.22
13	4.107	5.009	5.892	7.042	19.81	22.36	24.74	27.69
14	4.660	5.629	6.571	7.790	21.06	23.69	26.12	29.14
15	5.229	6.262	7.261	8.547	22.31	25.00	27.49	30.58
16	5.812	6.908	7.962	9.312	23.54	26.30	28.85	32.00
17	6.408	7.564	8.672	10.09	24.77	27.59	30.19	33.41
18	7.015	8.231	9.390	10.87	25.59	28.87	31.53	34.81
19	7.633	8.906	10.12	11.65	27.20	30.14	32.85	36.19
20	8.260	9.591	10.85	12.44	28.41	31.41	34.17	37.57
21	8.897	10.28	11.59	13.24	29.62	32.67	35.48	38.93
22	9.542	10.98	12.34	14.04	30.81	33.92	36.78	40.29
23	10.20	11.69	13.09	14.85	32.01	35.17	38.08	41.64
24	10.86	12.40	13.85	15.66	33.20	36.42	39.36	42.98
25	11.52	13.12	14.61	16.47	34.38	37.65	40.65	44.31
26	12.20	13.84	15.38	17.29	35.56	38.89	41.92	45.64
27	12.88	14.57	16.15	18.11	36.74	40.11	43.19	46.96
28	13.57	15.31	16.93	18.94	37.92	41.34	44.46	48.28
29	14.26	16.05	17.71	19.77	39.09	42.56	45.72	49.59
30	14.95	16.79	18.49	20.60	40.26	43.77	46.98	50.89
35	18.51	20.57	22.47	24.80	46.06	49.80	53.20	57.34
40	22.16	24.43	26.51	29.05	51.81	55.76	59.34	63.69
45	25.90	28.37	30.61	33.35	57.51	61.66	65.41	69.96

附表 4　t 分布表

$$P\{t(n) > t_\alpha(n)\} = \alpha$$

α / n	0.05	0.025	0.01	0.005	0.000 5
1	6.31	12.71	31.82	63.66	636.62
2	2.92	4.30	6.97	9.93	31.60
3	2.35	3.18	4.54	5.84	12.94
4	2.13	2.78	3.75	4.60	8.61
5	2.02	2.57	3.37	4.03	6.86
6	1.94	2.45	3.14	3.71	5.96
7	1.90	2.37	3.00	3.50	5.41
8	1.86	2.31	2.90	3.36	5.04
9	1.83	2.26	2.82	3.25	4.78
10	1.81	2.23	2.76	3.17	4.59
11	1.80	2.20	2.72	3.11	4.44
12	1.78	2.18	2.68	3.06	4.32
13	1.77	2.16	2.65	3.01	4.22
14	1.76	2.15	2.62	2.98	4.14
15	1.75	2.13	2.60	2.95	4.07
16	1.75	2.12	2.58	2.92	4.02
17	1.74	2.11	2.57	2.90	3.97
18	1.73	2.10	2.55	2.88	3.92
19	1.73	2.09	2.54	2.86	3.88
20	1.73	2.09	2.53	2.85	3.85
21	1.72	2.08	2.52	2.83	3.82
22	1.72	2.07	2.51	2.82	3.79
23	1.71	2.07	2.50	2.81	3.77
24	1.71	2.06	2.49	2.80	3.75
25	1.71	2.06	2.48	2.79	3.73
26	1.71	2.06	2.48	2.78	3.71
27	1.70	2.05	2.47	2.77	3.69
28	1.70	2.05	2.47	2.76	3.67
29	1.70	2.04	2.46	2.76	3.66
30	1.70	2.04	2.46	2.75	3.65
40	1.68	2.02	2.42	2.70	3.55
60	1.67	2.00	2.39	2.66	3.46
120	1.66	1.98	2.36	2.62	3.37
∞	1.65	1.96	2.33	2.58	3.29

附表5 相关系数临界值表

$$P\{|r| > r_\alpha\} = \alpha$$

$n-2$ \ α	0.10	0.05	0.02	0.01	0.001
1	0.987 7	0.996 9	0.999 5	0.999 9	0.999 9
2	0.900 0	0.950 0	0.980 0	0.990 0	0.999 0
3	0.850 4	0.878 3	0.934 3	0.958 7	0.991 2
4	0.729 3	0.811 4	0.882 2	0.917 2	0.974 1
5	0.669 4	0.754 5	0.832 9	0.874 5	0.950 7
6	0.621 5	0.706 7	0.788 7	0.834 3	0.924 9
7	0.582 3	0.666 4	0.749 8	0.797 7	0.898 2
8	0.549 4	0.631 9	0.715 5	0.764 6	0.872 1
9	0.521 4	0.602 1	0.685 1	0.734 8	0.847 1
10	0.497 3	0.576 0	0.658 1	0.707 9	0.823 3
11	0.476 2	0.552 9	0.633 9	0.683 5	0.801 0
12	0.457 5	0.532 4	0.612 0	0.661 4	0.780 0
13	0.440 9	0.513 9	0.592 3	0.641 1	0.760 3
14	0.425 9	0.497 3	0.574 2	0.622 6	0.742 0
15	0.412 4	0.482 1	0.557 7	0.605 5	0.724 6
16	0.400 0	0.468 3	0.542 5	0.589 7	0.708 4
17	0.388 7	0.455 5	0.528 5	0.575 1	0.693 2
18	0.378 3	0.443 8	0.515 5	0.561 4	0.678 7
19	0.368 7	0.432 9	0.503 4	0.548 7	0.665 2
20	0.359 8	0.422 7	0.492 1	0.536 8	0.652 4
25	0.323 3	0.380 9	0.445 1	0.486 9	0.597 4
30	0.296 0	0.349 4	0.409 3	0.448 7	0.554 1
35	0.274 6	0.324 6	0.381 0	0.418 2	0.518 9
40	0.257 3	0.304 4	0.357 8	0.393 2	0.489 6
45	0.242 8	0.287 5	0.338 4	0.372 1	0.464 8
50	0.230 6	0.273 2	0.321 8	0.354 1	0.443 3
60	0.210 8	0.250 0	0.294 8	0.324 8	0.407 8
70	0.195 4	0.231 9	0.273 7	0.301 7	0.379 9
80	0.182 9	0.217 2	0.256 5	0.283 0	0.356 8
90	0.176 2	0.205 0	0.242 2	0.267 3	0.337 5
100	0.163 8	0.194 6	0.230 1	0.254 0	0.321 1

参考答案

习题 1.1

1. (1) 否;(2) 是;(3) 否;(4) 是.

2. (1) $(-\infty,+\infty)$;(2) $(-\infty,-2)\cup(2,+\infty)$;(3) $[-1,3]$;(4) $[-2,-1)\cup(-1,1)\cup(1,+\infty)$.

3. $[0,2],0,0,-\dfrac{1}{4},\dfrac{\pi^2}{16}$.

4. x^2-5x+6.

5. (1) 奇函数;(2) 偶函数;(3) 偶函数;(4) 奇函数.

6. (1) $y=\sqrt[3]{\dfrac{x+1}{2}}$;(2) $y=\dfrac{1}{2}(\log_3 x-5)$.

7. (1) $y=3^u,u=\sin x$;(2) $y=\lg u,u=\tan v,v=3x$;(3) $y=\cot u,u=\sqrt{v},v=2x+1$;(4) $y=\arccos u,u=\lg v,v=\sqrt{x}$.

8. (1) x^4;(2) 2^{2x};(3) 2^{x^2};(4) 2^{2^x}.

9. $Q=50(1-4.5\%)^n$.

10. $y=\begin{cases} 1\,200x & 0\leqslant x\leqslant 1\,000 \\ 1\,200x-2\,500 & 1\,000<x\leqslant 1\,500 \end{cases}$.

习题 1.2

1. (1) 0;(2) 2;(3) 1;(4) 1.

2. $0,4,9$.

3. $\lim\limits_{x\to 0}f(x)$ 不存在,$\lim\limits_{x\to 1}f(x)=2$.

习题 1.3

(1) -9;(2) 2;(3) 0;(4) -4;(5) $\dfrac{2}{3}$;(6) $\dfrac{2}{3}$;(7) 0;(8) ∞;(9) $\left(\dfrac{3}{2}\right)^{20}$;(10) $\dfrac{3}{2}$;(11) $-\dfrac{1}{2}$;

(12) $\dfrac{1}{4}$;(13) $\dfrac{3}{4}$;(14) 0;(15) $\dfrac{1}{2}$;(16) $\dfrac{4}{3}$.

习题 1.4

(1) 4;(2) $\dfrac{2}{5}$;(3) 1;(4) $\dfrac{1}{2}$;(5) -2;(6) 1;(7) e^2;(8) e^2;(9) $\mathrm{e}^{-\frac{1}{2}}$;(10) e^{-2};(11) e^5;(12) e;

(13) $\dfrac{1}{\mathrm{e}}$;(14) e^{-1}.

习题 1.5

1. (1) 无穷大;(2) 无穷小;(3) 无穷小;(4) 无穷大;(5) 无穷大;(6) 无穷小.

2. (1) ∞;(2) 0;(3) $\dfrac{1}{2}$;(4) 0;(5) -2;(6) 1;(7) $\dfrac{5}{7}$;(8) $\dfrac{3}{2}$;(9) $\dfrac{1}{2}$;(10) $\dfrac{1}{2}$;(11) $-\dfrac{5}{2}$;(12) $\dfrac{\omega^2}{2}$.

习题 1.6

1. $\Delta x=-\dfrac{1}{2},\Delta y=-\dfrac{3}{2}$.

2. (1) $x=-2$,第二类间断点;(2) $x=0$,第一类间断点;(3) $x=1$,第一类间断点;(4) $x=1$,第一类间断点,$x=2$,第二类间断点.

3. (1) 1;(2) $-\dfrac{1}{2}\left(\dfrac{1}{e^2}+1\right)$;(3) 1;(4) $4e+2$;(5) 0;(6) 0;(7) $\dfrac{\pi}{3}$;(8) 0.

自测题1

一、**1.** $[-2,1)$.

    2. x^2-4.

    3. $\sin a^{\sqrt{x}}$.

    4. 1.

    5. $a=1,b=-2$.

    6. $0,1,$不存在$,1,x=0$.

二、**1.** C.

    2. B.

    3. D.

    4. C.

    5. B.

    6. B.

三、**1.** $\dfrac{2}{3}$.

    2. ∞.

    3. -2.

    4. ∞.

    5. $\dfrac{\sqrt{2}}{2}$.

    6. 0.

    7. 1.

    8. $e^{\frac{1}{3}}$.

    9. e^2.

    10. $\dfrac{1}{e}$.

    11. 2.

    12. 2.

习题2.1

1. (1) 3;(2) $2x$;(3) $\dfrac{1}{\sqrt{2x+3}}$.

2. 10.

3. $f'_+(1)=\lim\limits_{x\to 1^+}\dfrac{2x-1-1}{x-1}=2,f'_-(1)=\lim\limits_{x\to 1^-}\dfrac{x^2-1}{x-1}=2,$所以 $f'(1)=2.$

习题2.2

1. (1) $12x^3-10x+40$; (2) $10x^4-24x^2+6x$; (3) $\dfrac{-7}{(2+3x)^2}$; (4) $\dfrac{21}{2}x^{\frac{5}{2}}+\dfrac{1}{2}x^{-\frac{1}{2}}+\dfrac{5}{2}x^{-\frac{3}{2}}$;

(5) $2x\arctan x+1$; (6) $\dfrac{1}{2}x^{-\frac{1}{2}}\tan x+\sqrt{x}\sec^2 x$; (7) $\dfrac{-2\times 10^x\ln 10}{(1+10^x)^2}$; (8) $\dfrac{-1}{1+\sin x}$.

2. (1) $100x(5x^2+1)^9$; (2) $e^{\sin x}\cos x$; (3) $\dfrac{1+2x^2}{\sqrt{1+x^2}}$; (4) $3x^2\cos x^3$; (5) $\dfrac{1}{2\sqrt{x}(1+x)}$; (6) $3\tan^2 x\sec^2 x$;

(7) $3^{\sin\sqrt{x}}\cdot\dfrac{\ln 3}{2\sqrt{x}}\cos\sqrt{x}$; (8) $3\cos 3x-3x^2\sin x^3$; (9) $\dfrac{1}{(1+x^2)\arctan x}$; (10) $-\dfrac{1}{x^2}e^{\sin\frac{1}{x}}\cos\dfrac{1}{x}$;

(11) $\cos x2^{\sin x}\ln 2-\dfrac{\sin\sqrt{x}}{2\sqrt{x}}$; (12) $-3x^2\sin 2(x^3+2)$.

3. (1) $\dfrac{e^{x+y}-y}{x-e^{x+y}}$; (2) $\dfrac{-4x}{9y}$; (3) $-\dfrac{ye^{xy}+\dfrac{y}{x}+2\sin 2x}{xe^{xy}+\ln x}$; (4) $-\dfrac{\sin y+y\cos x}{x\cos y+\sin x}$; (5) $\dfrac{y+e^y}{e^y-x}$;

(6) $\dfrac{xy\cos(x+2y)-y}{x-2xy\cos(x+2y)}$; (7) $\dfrac{x\ln y-y}{y\ln x-x}$; (8) $\dfrac{3x^2}{4y-e^y}$.

4. (1) $x^{\sin x}\left(\cos x\ln x+\dfrac{\sin x}{x}\right)$; (2) $(\ln x)^x\left(\ln\ln x+\dfrac{1}{\ln x}\right)$.

5. $y=\dfrac{1}{4}x+2$.

6. (1) $36x^2-10$; (2) $2\sin x+4x\cos x-x^2\sin x$; (3) $\dfrac{2(1-x^2)}{(1+x^2)^2}$; (4) $-2(1+x)^{-3}$; (5) $2\arctan x+\dfrac{2x}{1+x^2}$; (6) $2\sin x(\cos x)^{-3}$; (7) $-x(1+x^2)^{-\frac{3}{2}}$; (8) $2e^x\cos x$.

习题 2.3

1. (1) $dy=12x^3dx$; (2) $dy=(2x\cos x-x^2\sin x)dx$; (3) $dy=\dfrac{2}{(2-x)^2}dx$; (4) $dy=\dfrac{2x}{\sqrt{1-x^4}}dx$;

(5) $dy=(2x\arctan x+1)dx$; (6) $dy=\dfrac{3x^2}{1+x^3}dx$; (7) $dy=e^{\sin x}\cos xdx$; (8) $dy=\dfrac{1}{2(1+x)\sqrt{x}}dx$; (9) $dy=3\sin^2 x\cdot\cos xdx$; (10) $dy=e^x(\cos x-\sin x)dx$; (11) $dy=\dfrac{-e^y}{1+xe^y}dx$; (12) $dy=2x^{2x}(\ln x+1)dx$.

2. (1) $\dfrac{3-2t}{2-2t}$; (2) $\dfrac{3\cos 3t}{-\sin t}$; (3) $2t+t^2$; (4) $2t$.

自测题 2

一、**1.** D.
 2. C.
 3. D.
 4. B.

二、**1.** $f'(a)=2$.

 2. $y'=-\dfrac{2x-y}{2y-x}$.

 3. 2.

 4. $\dfrac{dy}{dx}=\dfrac{1}{2t}$.

习题 3.1

1. A.

2. C.

3. (1) 不满足;(2) 满足,且 $\xi=\sqrt{\dfrac{4}{\pi}-1}$.

习题 3.2

(1) 1;(2) 3;(3) $\dfrac{n}{m}a^{n-m}$;(4) $-\dfrac{1}{2}$;(5) $\dfrac{1}{2}$;(6) 0;(7) $-\dfrac{1}{3}$;(8) $\dfrac{1}{3}$;(9) $\dfrac{3}{2}$;(10) $-\dfrac{1}{8}$;(11) $\dfrac{1}{\sqrt{2}}$;

(12) $-\dfrac{1}{6}$;(13) 0;(14) $\dfrac{1}{2}$.

习题 3.3

1. (1) A;(2) B.

2. (1) 单调减少区间$(-2,1)$,单调增加区间$(-\infty,-2)$,$(1,+\infty)$;(2) 单调减少区间$(1,2)$,单调增加区间$(0,1)$;(3) 单调减少区间$(-\infty,-1)$,$(1,+\infty)$,单调增加区间$(-1,1)$;(4) 单调减少区间$(-1,0)$,单调增加区间$(0,+\infty)$;(5) 单调减少区间$(-\infty,-1)$,单调增加区间$(-1,+\infty)$;(6) 单调减少区间$\left(-2,-\dfrac{4}{5}\right)$,单调增加区间$(-\infty,-2)$,$\left(-\dfrac{4}{5},+\infty\right)$;(7) 单调减少区间$(-\infty,-1)$,$(0,1)$,单调增加区间$(-1,0)$.

3. (1) 令 $f(x)=\ln(1+x)-\dfrac{x}{1+x}$,则当 $x>0$ 时,$f'(x)=\dfrac{1}{1+x}-\dfrac{1}{(1+x)^2}=\dfrac{x}{(1+x)^2}>0$,又因为 $f(0)=0$,所以 $f(x)>f(0)=0$,即 $\ln(1+x)>\dfrac{x}{1+x}$;(2) 令 $f(x)=e^x-ex$,则当 $x>1$ 时,$f'(x)=e^x-e>0$,又因为 $f(1)=0$,所以 $f(x)>f(1)=0$,即 $e^x>ex$.

4. 令 $f(x)=x^3-x+\dfrac{1}{4}$,显然 $f(x)=x^3-x+\dfrac{1}{4}$ 在 $\left[0,\dfrac{1}{2}\right]$ 上连续,且 $f(0)\cdot f\left(\dfrac{1}{2}\right)<0$,由零点定理知 $f(x)=0$ 在 $\left(0,\dfrac{1}{2}\right)$ 内至少有一实数根;又当 $x\in\left(0,\dfrac{1}{2}\right)$ 时,$f'(x)=3x^2-1<0$,所以方程 $f(x)=0$ 在 $\left(0,\dfrac{1}{2}\right)$ 内有且只有一实数根.

习题 3.4

1. (1) A;(2) C;(3) B;(4) D.

2. (1) 极小值 $y(-2)=-10$,极大值 $y(2)=22$;(2) 极小值 $y(0)=0$,极大值 $y(\pm1)=1$;(3) 极大值 $y(\pm1)=e^{-1}$,极小值 $y(0)=0$;(4) 极大值 $y(0)=0$,极小值 $y\left(\dfrac{2}{5}\right)=-\dfrac{3}{5}\left(\dfrac{4}{25}\right)^{\frac{1}{3}}$.

3. (1) 最大值 $y(1)=y(4)=5$,最小值 $y(2)=4$;(2) 最大值 $y(2)=4$,最小值 $y(4)=-16$;(3) 最大值 $y(-1)=3$,最小值 $y(1)=1$;(4) 最大值 $y(3)=\dfrac{3}{4}$,最小值 $y(0)=0$.

4. 当 $x=40$ cm 时,箱子的容积最大,最大容积是 $16\,000$ cm³.

5. 50 cm 和 50 cm.

习题 3.5

1. (1) A;(2) C.

2. (1) 凹区间$(0,+\infty)$,凸区间$(-\infty,0)$,拐点$(0,1)$;(2) 凹区间$(-1,1)$,凸区间$(-\infty,-1)$,$(1,+\infty)$,拐点$(-1,\ln2)$,$(1,\ln2)$;(3) 凹区间$(2,+\infty)$,凸区间$(-\infty,2)$,拐点$(2,2e^{-2})$;(4) 凹区间$\left(-\infty,-\dfrac{1}{\sqrt{2}}\right)$,$\left(\dfrac{1}{\sqrt{2}},+\infty\right)$,凸区间$\left(-\dfrac{1}{\sqrt{2}},\dfrac{1}{\sqrt{2}}\right)$,拐点$\left(-\dfrac{1}{\sqrt{2}},e^{-\frac{1}{2}}\right)$,$\left(\dfrac{1}{\sqrt{2}},e^{-\frac{1}{2}}\right)$;(5) 凹区间$\left(-\infty,-\dfrac{1}{\sqrt{3}}\right)$,$\left(\dfrac{1}{\sqrt{3}},+\infty\right)$,凸区间$\left(-\dfrac{1}{\sqrt{3}},\dfrac{1}{\sqrt{3}}\right)$,拐点$\left(-\dfrac{1}{\sqrt{3}},\dfrac{3}{4}\right)$,$\left(\dfrac{1}{\sqrt{3}},\dfrac{3}{4}\right)$;(6) 凹区间$\left(-\dfrac{2}{3},+\infty\right)$,凸区间$\left(-\infty,-\dfrac{2}{3}\right)$,拐点$\left(-\dfrac{2}{3},5\dfrac{16}{27}\right)$.

习题 3. 6

(1) $y=0$; (2) $y=1, x=0$; (3) $y=1$; (4) $y=1, x=3, x=-1$.

习题 3. 7

1. (1) 6.5(元/件); (2) 9(元/件); (3) 10(元/件).

2. $C'(q)=1+\dfrac{1}{(q+1)^2}$, $R'(q)=2$, $L'(q)=1-\dfrac{1}{(q+1)^2}$.

3. 300 件, 700 元.

4. 20 件, 16 元/件.

5. 600 件, 最低平均成本 14 元.

6. (1) $R(x)=800x-x^2$; (2) $L(x)=-x^2+790x-2\,000$; (3) 395; (4) $L(395)=154\,025$; (5) $p(395)=405$.

7. (1) $\dfrac{p}{p-20}$; (2) $-\dfrac{3}{17}$.

自测题 3

一、**1.** $x=-\dfrac{1}{\ln 2}$.

2. 单调增加区间 $(-1,1)$.

3. $a=-2, b=4$.

4. $\eta_p=\dfrac{8-6p}{8-3p}$.

二、**1.** 极小值 $y(3)=-61$, 极大值 $y(-1)=3$.

2. 1 000 件.

3. 总成本函数 $C(x)=2+x$, 利润函数 $L(x)=3x-\dfrac{1}{2}x^2-2$, 边际收入函数 $R'(x)=4-x$, 边际成本函数 $C'(x)=1$, 每年生产 300 台时总利润最大, 最大利润为 2.5 万元.

4. 250 个单位.

习题 4. 1

1. (1) $f(x)$; (2) $f(x)+C$; (3) $f(x)\mathrm{d}x$; (4) $f(x)+C$.

2. (1) $\dfrac{1}{4}x^4-x^2+5x+C$; (2) $\dfrac{2}{9}x^{\frac{9}{2}}+C$; (3) $t+2\ln|t|-\dfrac{1}{t}+C$; (4) $\mathrm{e}^x-2\sin x+C$; (5) $\mathrm{e}^{x-3}+C$; (6) $\dfrac{3^x}{\ln 3}+2\ln|x|+C$; (7) $\dfrac{1}{2}x+\dfrac{1}{2}\sin x+C$; (8) $\dfrac{10^x 2^{3x}}{3\ln 2+\ln 10}+C$; (9) $x-\arctan x+C$; (10) $\sin x+\cos x+C$; (11) $\tan x-\sec x+C$; (12) $-\dfrac{1}{x}+\arctan x+C$.

习题 4. 2

1. (1) $\dfrac{1}{8}(1+2x)^4+C$; (2) $\dfrac{1}{3}\ln|3x-5|+C$; (3) $\dfrac{1}{3}\mathrm{e}^{3x}+C$; (4) $-\dfrac{1}{2(1+x^2)}+C$; (5) $-2\mathrm{e}^{\frac{1}{x}}+C$; (6) $-2\cos\sqrt{x}+C$; (7) $\dfrac{1}{6}\sin^6 x+C$; (8) $\dfrac{1}{3}(x^2+1)^{\frac{3}{2}}+C$; (9) $\ln|\ln x|+C$; (10) $x-\ln(1+\mathrm{e}^x)+C$; (11) $\ln\left|\dfrac{x+1}{x+2}\right|+C$; (12) $-2\sqrt{1-x^2}-\arcsin x+C$; (13) $\arcsin\dfrac{x}{2}+C$; (14) $\dfrac{1}{2}x^2-x+\ln|1+x|+C$; (15) $\sin x-\dfrac{1}{3}\sin^3 x+C$; (16) $\dfrac{1}{2}(\arctan x)^2+C$; (17) $(\arctan\sqrt{x})^2+C$; (18) $\ln|\mathrm{e}^x-1|-x+C$.

2. (1) $\dfrac{2}{3}(x+1)^{\frac{3}{2}}-2(x+1)^{\frac{1}{2}}+C$; (2) $2\sqrt{x}-4\sqrt[4]{x}+4\ln(\sqrt[4]{x}+1)+C$; (3) $-\dfrac{\sqrt{a^2-x^2}}{a^2 x}+C$;

(4) $\sqrt{x^2-a^2}-a\arctan\dfrac{\sqrt{x^2-a^2}}{a}+C.$

习题 4.3

(1) $x\sin x+\cos x+C$;(2) $-(x+1)e^{-x}+C$;(3) $\dfrac{1}{4}\sin2x-\dfrac{1}{2}x\cos2x+C$;(4) $\dfrac{1}{2}x^2\ln x-\dfrac{1}{4}x^2+C$;

(5) $x\arctan x-\dfrac{1}{2}\ln(1+x^2)+C$;(6) $x\ln(1+x^2)-2x+2\arctan x+C$;(7) $2(\ln x-2)\sqrt{x}+C$;(8) $\dfrac{1}{4}(2x^2$

$-2x+1)e^{2x}+C$;(9) $\dfrac{1}{2}(x^2-1)e^{x^2}+C$;(10) $\dfrac{1}{4}x^2+\dfrac{x}{4}\sin2x+\dfrac{1}{8}\cos2x+C$;(11) $2\sin\sqrt{x}-2\sqrt{x}\cos\sqrt{x}$

$+C$;(12) $x(\arcsin x)^2+2\sqrt{1-x^2}\arcsin x-2x+C.$

习题 4.4

1. (1) 二阶;(2) 一阶;(3) 一阶;(4) 四阶.

2. (1) $(1-x)(1+y)=C$;(2) $y=e^{Cx}$;(3) $e^y=\dfrac{1}{2}(e^{2x}+1)$;(4) $x^2y=4.$

3. (1) $\ln\dfrac{y}{x}=Cx+1$;(2) $y^2=x^2(\ln x^2+C).$

4. (1) $y=e^{-x}(x+C)$;(2) $y=(x+C)e^{-\sin x}$;(3) $3\rho=2+Ce^{-3\theta}$;(4) $y=\dfrac{\pi-1-\cos x}{x}.$

5. (1) $y=C_1e^{-x}+C_2e^{3x}$;(2) $y=(C_1+C_2x)e^{2x}$;(3) $y=e^x(C_1\cos2x+C_2\sin2x)$;(4) $s=e^{-t}(4+$

$2t)$;(5) $y=C_1e^{-x}+C_2e^{-4x}-\dfrac{1}{2}x+\dfrac{11}{8}$;(6) $y=C_1+C_2e^{-\frac{5}{2}x}+\dfrac{1}{3}x^3-\dfrac{3}{5}x^2+\dfrac{7}{25}x$;(7) $y=C_1e^{-x}+C_2e^{-2x}$

$+\left(\dfrac{3}{2}x^2-3x\right)e^{-x}$;(8) $y=\dfrac{1}{2}e^{-x}-\dfrac{1}{2}e^x+e^{2x}.$

习题 4.5

1. (1) $\leqslant$;(2) $\geqslant$.

2. (1) $-\dfrac{5}{2}$;(2) $\dfrac{28}{3}$;(3) $\dfrac{271}{6}$;(4) 2;(5) $\dfrac{1}{3}$;(6) $\dfrac{\pi}{2}$;(7) $\dfrac{1}{2}(e-1)$;(8) $\dfrac{1}{5}(e-1)^5$;(9) $\dfrac{\pi}{4}+1$;

(10) $2(\sqrt{1+\ln2}-1).$

3. (1) $\dfrac{5}{3}$;(2) $\dfrac{22}{3}$;(3) $2-\dfrac{\pi}{2}$;(4) $\dfrac{\sqrt{3}}{8}$;(5) $\sqrt{2}-\dfrac{2\sqrt{3}}{3}.$

4. (1) -2π;(2) $1-\dfrac{2}{e}$;(3) $\dfrac{1}{9}(1+2e^3)$;(4) $\dfrac{\sqrt{3}}{12}\pi+\dfrac{1}{2}$;(5) $e-2$;(6) $1+\dfrac{\pi^2}{4}$;(7) $\dfrac{\pi}{4}$;(8) $\pi-2.$

5. $\dfrac{9}{2}.$

6. $e+\dfrac{1}{e}-2.$

7. $b-a.$

8. $\dfrac{3}{2}-\ln2.$

9. 9 987.5.

10. $C(x)=0.2x^2-12x+80,L(x)=-0.2x^2+32x-80$,当 $x=80$ 时,最大利润 1 200 元.

11. (1) 19 万元,20 万元;(2) 320 台.

12. (1) 收敛,1;(2) 收敛,e^{-1};(3) 发散;(4) 收敛,π;(5) 收敛,-1;(6) 发散;(7) 收敛,1;(8) 收敛,$\dfrac{\pi^2}{8}.$

自测题 4

一、1. C.

2. D.

3. B.

4. D.

5. D.

6. B.

7. D.

8. A.

9. D.

二、1. $e^{-x^2}dx$.

2. 略.

3. $\arctan(\ln x) + C$.

4. $\dfrac{1}{2(x+2)\sqrt{x+1}}$.

5. 5.

6. $-\dfrac{\pi}{4}$.

7. 9 800.

8. $\dfrac{1}{3}$.

三、1. (1) $\dfrac{1}{2}x^4 - \dfrac{1}{2}x^2 + 5x + C$; (2) $\ln(1+e^x) + C$; (3) $x\arctan x - \dfrac{1}{2}\ln(1+x^2) + C$.

2. (1) $\dfrac{1}{6}(3\sqrt{3}-1)$; (2) $1 + 2\ln\dfrac{3}{2}$.

3. (1) $1 + e^y = C(1+x^2)$; (2) $y = (x^2 + C)e^{-x^2}$; (3) $y = \dfrac{1}{2}e^{-x} - \dfrac{1}{2}e^x + e^{2x}$.

4. 18.

5. (1) $C(x) = -\dfrac{x^2}{2} + 2x + 100$; (2) $R(x) = 20x - 2x^2$; (3) 6 台.

习题 5. 1

1. (1) 16; (2) 1.

2. (1) 0; (2) 0.

3. (1) 24; (2) 21; (3) 40; (4) 48.

4. (1) 692; (2) 8; (3) 0; (4) $(1+3b)(1-b)^3$; (5) $(a+b+c+d)(a-b+c-d)[-(a-c)^2 - (b-d)^2]$; (6) $x^n + (-1)^{n+1}y^n$; (7) $1 + a_1a_2\cdots a_n$; (8) $\left[x + \dfrac{n(n+1)}{2}\right](x-1)(x-2)\cdots(x-n)$.

5. -14.

6. (1) $x_1 = 1, x_2 = 2, x_3 = 3$; (2) $x_1 = -2, x_2 = 1, x_3 = 3, x_4 = -1$.

7. $\lambda = 7$.

8. (1) $x_1 = -2, x_2 = 3$; (2) $x_1 = -1, x_2 = 5, x_3 = 7$.

习题 5. 2

1. $\begin{bmatrix} -2 & -2 & 0 \\ 0 & -2 & 1 \end{bmatrix}$.

2. $\begin{bmatrix} 2 & 2 & -2 \\ 2 & 0 & 0 \\ 4 & -4 & -2 \end{bmatrix}$, $\begin{bmatrix} 4 & 4 & 4 \\ 0 & 1 & 3 \\ 0 & 0 & 4 \end{bmatrix}$, -32.

3. (1) $(10, 15, 5) \begin{bmatrix} 5 & 25 & 15 & 9 \\ 7 & 20 & 12 & 8 \\ 6 & 18 & 9 & 4 \end{bmatrix} = (185, 640, 375, 230)$;

(2) $(185, 640, 375, 230) \begin{bmatrix} 3\,000 \\ 800 \\ 2\,000 \\ 600 \end{bmatrix} = 1\,955\,000$.

4. (1) $\begin{bmatrix} 3 & -1 \\ -5 & 2 \end{bmatrix}$; (2) $\begin{bmatrix} 0 & 4 & 1 \\ \dfrac{1}{2} & \dfrac{1}{2} & \dfrac{1}{2} \\ \dfrac{-1}{2} & \dfrac{5}{2} & \dfrac{1}{2} \end{bmatrix}$.

5. (1) $\begin{bmatrix} 1 & -1 & 0 \\ 0 & 0 & 1 \end{bmatrix}$; (2) $\begin{bmatrix} 1 & 0 & 0 \\ 0 & 1 & 0 \\ 0 & 0 & 1 \end{bmatrix}$.

6. (1) $\begin{bmatrix} -1 & 1 \\ -1 & \dfrac{3}{2} \end{bmatrix}$; (2) $\begin{bmatrix} 0 & \dfrac{1}{3} & \dfrac{1}{3} \\ 0 & \dfrac{1}{3} & \dfrac{-2}{3} \\ -1 & \dfrac{2}{3} & \dfrac{-1}{3} \end{bmatrix}$.

7. (1) $\begin{bmatrix} 2 & -23 \\ 0 & 8 \end{bmatrix}$; (2) $\begin{bmatrix} \dfrac{-9}{2} & 2 \\ 7 & -4 \\ \dfrac{11}{2} & -3 \end{bmatrix}$.

8. (1) 3; (2) 2.

9. $a = 0, -1$.

10. $A^{-1} = \dfrac{A-E}{2}$.

习题 5.3

1. (1) 唯一解; (2) 无穷多解; (3) 无解.

2. (1) $\begin{bmatrix} x_1 \\ x_2 \\ x_3 \end{bmatrix} = \begin{bmatrix} -\dfrac{1}{2}c \\ \dfrac{3}{4}c \\ c \end{bmatrix}$ (c 为任意常数); (2) $\begin{bmatrix} x_1 \\ x_2 \\ x_3 \\ x_4 \end{bmatrix} = \begin{bmatrix} 2c_1 + \dfrac{5}{3}c_2 \\ -2c_1 - \dfrac{4}{3}c_2 \\ c_1 \\ c_2 \end{bmatrix}$ (c_1, c_2 为任意常数); (3) $\begin{bmatrix} x_1 \\ x_2 \\ x_3 \\ x_4 \end{bmatrix} = $

$\begin{bmatrix} -2c_1 - c_2 + 2 \\ c_1 \\ c_2 + 1 \\ c_2 \end{bmatrix}$ (c_1, c_2 为任意常数); (4) $\begin{bmatrix} x_1 \\ x_2 \\ x_3 \\ x_4 \end{bmatrix} = \begin{bmatrix} -c-1 \\ -2c+1 \\ 0 \\ c \end{bmatrix}$ (c 为任意常数).

3. $\lambda = \dfrac{3}{2}$，通解为：$\begin{bmatrix} x_1 \\ x_2 \\ x_3 \end{bmatrix} = \begin{bmatrix} 2 \\ -3c+3 \\ 2c \end{bmatrix}$（$c$ 为任意常数）.

4. (1) $\lambda \neq 0$ 且 $\lambda \neq -3$；(2) $\lambda = 0$；(3) $\lambda = -3$，通解为 $\begin{bmatrix} x_1 \\ x_2 \\ x_3 \end{bmatrix} = \begin{bmatrix} c-1 \\ c-2 \\ c \end{bmatrix}$（$c$ 为任意常数）.

5. 小号 1 件、中号 9 件、大号 2 件和加大号 1 件.

自测题 5

一、**1.** D.

2. B.

3. C.

4. A.

5. B.

6. B.

二、**1.** -6.

2. 3.

3. 9.

4. 1，2.

5. $\begin{bmatrix} -16 & 55 \\ -55 & 39 \end{bmatrix}$.

6. $r+1$.

三、**1.** (1) 10；(2) $(a-1)^3(a+3)$.

2. (1) 可逆，$\dfrac{1}{7} \begin{bmatrix} 6 & -3 & -4 \\ 2 & -1 & 1 \\ -3 & 5 & 2 \end{bmatrix}$；(2) 可逆，$\dfrac{1}{4} \begin{bmatrix} 1 & 1 & 1 & 1 \\ 1 & -1 & 1 & -1 \\ 1 & 1 & -1 & -1 \\ 1 & -1 & -1 & 1 \end{bmatrix}$.

3. $\begin{bmatrix} 1 & \dfrac{1}{2} & 0 \\ 0 & \dfrac{3}{2} & -1 \\ -1 & \dfrac{1}{2} & 0 \end{bmatrix}$.

4. (1) 1；(2) 2.

5. (1) $\begin{bmatrix} x_1 \\ x_2 \\ x_3 \\ x_4 \end{bmatrix} = \begin{bmatrix} -2c_1+c_2 \\ c_1 \\ 0 \\ c_2 \end{bmatrix}$（$c_1, c_2$ 为任意常数）；

(2) $\begin{bmatrix} x_1 \\ x_2 \\ x_3 \\ x_4 \end{bmatrix} = \begin{bmatrix} -c+2 \\ c-1 \\ 1 \\ c \end{bmatrix}$（$c$ 为任意常数）.

6. (1) $\lambda \neq 1$ 且 $\lambda \neq -2$；(2) $\lambda = -2$；(3) $\lambda = 1$，$\begin{bmatrix} x_1 \\ x_2 \\ x_3 \end{bmatrix} = \begin{bmatrix} 1-c_1-c_2 \\ c_1 \\ c_2 \end{bmatrix}$（$c_1, c_2$ 为任意常数）.

习题 6.1

1. 略.

2. (1) $A\bar{B}\bar{C}$;(2) $AB\bar{C}$;(3) ABC;(4) $A+B+C$;(5) $\bar{A}\bar{B}\bar{C}$;(6) $AB+BC+AC$.

3. $\dfrac{1}{17}$.

4. (1) 0.268;(2) 0.284.

5. 0.1.

6. 0.97,0.03.

7. 0.32.

8. (1) 0.001 5;(2) 0.048 5;(3) 0.077.

9. 0.973.

10. 0.052 5.

习题 6.2

1. $P\{X=k\}=C_{10}^k\left(\dfrac{1}{2}\right)^k\left(\dfrac{1}{2}\right)^{10-k}(k=0,1,2,\cdots,10)$;

2. (1) $P\{X=1\}=\dfrac{10}{13},P\{X=2\}=\dfrac{5}{26},P\{X=3\}=\dfrac{5}{143}$, $P\{X=4\}=\dfrac{1}{286}$;

   (2) $P\{X=1\}=\dfrac{10}{13},P\{X=2\}=\dfrac{33}{169},P\{X=3\}=\dfrac{72}{2\,197},P\{X=4\}=\dfrac{6}{2\,197}$.

3. $P\{X=3\}=0.1,P\{X=4\}=0.3,P\{X=5\}=0.6$.

4. 69 人.

5. 约为 0.199.

6. (1) 0.060 7;(2) 0.054 6;第二种方案好.

7. $e^{-\frac{2}{3}}$.

8. (1) $F(x)=\begin{cases} 0 & x<2 \\ \dfrac{x-2}{3} & 2\leqslant x<5;(2)\ \dfrac{2}{3}. \\ 1 & x\geqslant 5 \end{cases}$

9. 略.

10. (1) $F(x)=\begin{cases} 0 & x<-\dfrac{\pi}{2} \\ \dfrac{\sin x+1}{2} & -\dfrac{\pi}{2}\leqslant x<\dfrac{\pi}{2};(2)\ \dfrac{\sqrt{2}}{4}. \\ 1 & x\geqslant \dfrac{\pi}{2} \end{cases}$

11. 0.954 4.

12. 0.923 6,$x>57.575$.

13. 31.25.

习题 6.3

1. 12,−12,3.

2. 均值为 0.3,方差约为 0.32.

3. 44.64.

4. $\dfrac{2}{3},\dfrac{35}{24}$.

5. 2. 5.

6. 0,2.

7. 5,3.

习题 6. 4

1. 1 476. 2,6 887. 29.

2. 0. 829 3.

3. (1) 43. 8;(2) 1. 708.

习题 6. 5

1. $[1 247. 6,1 270. 4]$.

2. $[1 783. 86,2 116. 14]$.

3. $[145. 6,162. 4]$.

4. $[0. 020,0. 115]$.

习题 6. 6

1. 可以.

2. 有显著差异.

3. 可以.

4. 工作正常.

5. 不能认为.

6. 有显著差异.

习题 6. 7

1. (1) $\hat{C} = 0. 972 8 + 1. 216x$;(2) $r = 0. 998 5$,显著.

2. $\hat{y} = -0. 396 + 0. 144x$.

3. (1) $\hat{y} = 319. 086 3 + 4. 185 3x$;(2) 显著.

自测题 6

一、**1.** 0. 6.

2. 0. 6.

3. 0. 25.

4. $2 - \frac{1}{4}$.

5. 9.

6. $T = \dfrac{\overline{X} - \mu_0}{S}\sqrt{n}$,$H_0$ 为真,t.

7. 0. 6.

二、**1.** D.

2. A.

3. B.

4. B.

三、**1.** (1) 0. 48;(2) 0. 96;(3) 0. 62.

2. (1) 0. 612;(2) 0. 997.

3. X 的可能取值为 0,1,2,3,4,取这些值的概率依次为 $\dfrac{2}{13},\dfrac{40}{91},\dfrac{30}{91},\dfrac{20}{273},\dfrac{1}{273}$.

4. (1) $[193. 0,247. 0]$;(2) $[258. 1,3 985. 5]$.

5. 不合格.

参考文献

[1] 张政修,曹承宾,王尚文.经济数学基础——线性代数[M].北京:高等教育出版社, 2003.

[2] 陈笑缘,刘萍.经济数学[M].北京:北京交通大学出版社,2007.

[3] 王书营.工程应用数学基础[M].南京:南京大学出版社,2007.

[4] 同济大学数学系.线性代数[M].上海:同济大学出版社,1999.

[5] 萧树铁,扈志明.微积分(上)[M].北京:清华大学出版社,2006.

[6] 孙毅,张旭利,刘静.微积分习题课教程(上册)[M].北京:清华大学出版社,2006.

[7] 李志煦等.经济数学基础——微积分[M].北京:高等教育出版社,2007.